Christiane Franke

Eine Mordsehe

... bis dass der Tod sie scheidet

Christiane Franke

Eine Mordsehe

... bis dass der Tod sie scheidet

Verlag Soltau-Kurier-Norden

Personen und Handlung dieses Regionalkrimis sind frei erfunden.
Ähnlichkeiten mit Lebenden oder Toten
oder real existierenden Einrichtungen sind nicht beabsichtigt.

Christiane Franke
Eine Mordsehe

1. Auflage 2002
ISBN 3-928327-54-2

Verlagsanschrift: Stellmacherstraße 14, 26506 Norden
Internet: www.skn-druck-verlag.de
E-Mail: skn-verlag@nwn.de

Lektorat: Inge Straatmann
Produktion: Reinhard Former

Grundschrift: Concorde

Druck und Gesamtherstellung:
SKN Druck und Verlag GmbH & Co.
Printed in Germany

Nebenan knatterte der Rasenmäher.
Unser kleiner, dicklicher, glatzköpfiger Nachbar schob ihn schwitzend über sein Grundstück. Seine kleine, dickliche, dauerwellengelockte Gattin trug ebenso verschwitzt des Rasenmähers Kabel hinter ihm her. War das doch ihr Beitrag zur Gartenpflege.
Ich saß lesend auf meiner Terrasse, ein Sektglas in der Hand und warf einen Blick auf meinen eigenen Rasen.
„Ey“, schien der mir zuzurufen, „beweg deinen faulen Hintern und klemm dich hinter den Mäher. Ich will auch gepflegt aussehen. Ständig vernachlässigst du mich!“
Die Grashalme bewegten sich wütend im Wind.

„Achtung, Pauline, da hinten kommt ‘ne alte Fregatte, die entern wir. Halt das Messer bereit!“, unterbrach mein Sohn das Zwiegespräch zwischen dem Rasen und mir.
Anton hatte eine Piratenflagge mit Totenkopf am Giebel des Gartenhäuschens befestigt und sah mit dem umgebundenen schwarzen Tuch, der Augenklappe und dem Holzschwert wahrlich zum Fürchten aus, wie er so oben auf dem Dache stand.
„Die hat keine Chance, gleich werden wir sie kielholen und den Haien zum Fraß vorwerfen.“ Pauline, mit ihren sechseinhalb Jahren fünf Lenze jünger als ihr Bruder, war Smutje und Besatzung in einem und zu jeder Schandtat bereit.
Ich erspähte eine ältere, in ihren Sonntagsstaat gekleidete Dame samt Dackel, die die Straße entlangstolziert kam. Blieb nur zu hoffen, dass sie sich durch die wilden Schreie meiner Sprösslinge nicht angesprochen fühlte.
Denn mich an einem so schönen Tag von jemandem hinsichtlich meiner Kinder maßregeln zu lassen, verspürte ich keine Lust. Obwohl, ich sah die Bilder schon vor mir. Wäre ja nicht das erste Mal, dass ältere Herrschaften Probleme mit der Phantasie meiner Kinder hatten.
„Also, was fällt euch ein?“, kreischte die Dame in meiner Vorstellung. Der Dackel bellte im Takt. „Habt ihr denn keine Erziehung genossen?“ Sie schaute wild um sich. „Wo ist denn überhaupt eure Mutter?“ Der Speichel würde ihr und dem kläffenden Köter aus dem Maul laufen.
„Attacke!“, riss mich Antons Ruf aus meinem Tagtraum.
Gott sei Dank war die Dackeldame entweder schwerhörig oder sie hatte über genügend Selbstbewusstsein verfügt, den kindlichen Ausspruch nicht auf sich zu beziehen. Sie war inzwischen

jedenfalls außerhalb meiner Sichtweite und ich konnte mich getrost wieder der Lektüre meines Buches zuwenden. Dabei fiel mein Blick auf den Mann, der neben mir im Gartenstuhl saß. Auch er hatte zu mir hergesehen, sein Buch beiseite gelegt und gelächelt. Er zog mich zu sich heran.
„Geht's uns nicht wunderbar?“, fragte er nach einem innigen Kuss.
Ich sah ihn an und nickte: „Besser könnte es nicht sein.“
Doch mein Leben war nicht immer so harmonisch gewesen wie heute.

Rückblende.
Ein Jahr vorher.
„Pauline, Fernseher aus, Anton ist da!“
Pauline hörte nicht.
„Pau-li-ne, den Kasten aus!“ Mein Tonfall wurde etwas schärfer.
„Ich komm sofort!“ Sofort hieß in der Regel, sobald der Zeichentrickfilm zu Ende war.
„Jetzt!!!“
„Na gut.“ Meine Tochter erschien.
Warum denn nicht gleich so! Anton hatte den Ranzen im Flur fallen lassen und gesellte sich zu uns. Ich überzeugte mich vom ordnungsgemäßen, sprich sauberen Zustand der Hände meiner Ableger und verteilte das Essen.
„Uihh, Lasagne, kommt Papa heute Mittag nicht?“ Anton war ein Schnellmerker und stopfte sich gleich einen großen Happs des Nudelgerichts in den Mund.
„Nö, sonst gäb's ja keine Lasagne.“ Auch Pauline war schließlich nicht dumm.
„Prima, dann gibt's heute Mittag wenigstens kein Generve.“ Mein Großer schaufelte weiter.
„Anton, so spricht man nicht von seinem Vater“, wies ich mein Kind zurecht.
„Ist aber trotzdem wahr“, verstand ich trotz Genuschel.
Ich beschloss, derartige Kinderäußerungen zu ignorieren und fragte: „Wie war's denn in der Schule?“
Pauline kam ihrem Bruder zuvor. „Ich durfte heute beim Stuhlkreis nicht mitmachen.“ Sie konnte es nicht leiden, wenn Anton im Mittelpunkt des Gespräches stand und hob sich die tägliche Beantwortung meiner Frage nach ihrem Tag im Kindergarten stets auf, bis ihr großer Bruder befragt werden sollte. „Stuhlkreis“ war übrigens der Abschluss des Kindergartentages. Dort wurde

dann im Kreis auf den Stühlen gesessen, Lieder gesungen und noch so allerhand.
„Wieso das denn nicht?“ Ich wandte meine Aufmerksamkeit Pauline zu, die im Moment eigentlich nicht dran war.
„Ich hab Quatsch gemacht.“ Sie zerlegte mit ihrem Messerchen die Lasagne in kleinste Nudelschnippelchen, so dass das Ganze aussah wie schon mal gegessen.
„Was für Quatsch?“, wollte ich wissen.
„Na, so Quatsch halt. Aber bestimmt nicht absichtlich, Mama.“ Sie guckte mich aus ihren großen Augen an.
„Was anderes als Quatsch kannste ja sowieso nich.“ Anton meinte seine Schwester gründlich zu kennen.
„Ich hab immer untern Stuhl geguckt, ob da auch kein Ungeheuer kommt. Und zweimal bin ich dabei vom Stuhl gefallen. Und Sigrid hat gesagt, ich mache Quatsch.“
Nein, wie konnte man als Kindergärtnerin auch so unsensibel sein. Das arme Kind. Hatte Angst vor Ungeheuern und durfte nicht am Stuhlkreis teilnehmen. Angst vor Ungeheuern musste doch ernst genommen werden! Mein zartes Mäuschen fiel vom Stuhl, sogar zweimal!, und keiner reichte ihr die schützenden Arme, nahm ihr die Furcht!
Also, das musste ich auf dem nächsten Elternabend mal ansprechen. So ging das ja nun nicht. Da sollten wir nächste Woche über die sexuelle Entwicklung der Kinder sprechen und das Thema „Ungeheuer“ stand überhaupt nicht auf dem Plan. Nee, nee. Wo mich die sexuelle Entwicklung bei meinem Großen als Gesprächsthema sowieso viel mehr interessieren würde. Von wegen Vorpubertät und so.
Pauline hatte genug von sich preisgegeben und wandte sich mit Akribie den Resten ihrer Lasagne zu. „Das wird mal ‘ne Chirurgin“, pflegte Claus in solchen Momenten zu sagen. Na, wenn die an ihren Patienten genauso rumschnippelte wie an ihrem Essen, dachte ich jedes Mal, dann möchte ich höflichst darum bitten, nicht während ihres Dienstes operiert werden zu müssen. Aber Chirurgen operieren sowieso nur im äußersten Notfall eigene Familienmitglieder. Da konnte ich nur hoffen, dass erstens nie ein solcher eintreten möge und zweitens mein Töchterchen im Laufe der Jahre ihre Feinmotorik noch etwas mehr verbesserte.
„Nun, wie war’s denn also?“, versuchte ich das Gespräch mit meinem Ältesten wieder aufzunehmen.
Der erhob sich erst einmal.
„Ich hab noch Durst.“

„Mineralwasser steht auf dem Tisch, Eistee gibt's jetzt nicht mehr", bremste ich seinen Drang, zum Kühlschrank zu laufen. Wo er doch nicht nur die leicht aufbrausende Art, sondern auch die Figur seines Vaters geerbt hatte. Und da war nun einmal ein leichter Hang zu Rettungsringen um Bauch und Hüfte vorprogrammiert.
„Jau, ganz gut", bekam ich als Antwort. „Jau" war zur Zeit eines seiner Lieblingswörter.
„Könntest du das vielleicht mal etwas genauer definieren?" Mütter können aber auch ganz schön hartnäckig sein.
„In Mathe alles im Lot, in Physik ein Experiment über die Elektrizität, in Deutsch nix Außergewöhnliches und in Sport haben wir Handball gespielt."
Na prima. In Mathe alles im Lot. Und dank wem? Dank mir. Schließlich übten Anton und ich jeden Abend so nette kleine Aufgäbchen wie fünf mal sechzehn oder acht mal dreiundzwanzig. So als leichtes Gedächtnistraining für die Kopfrechentests. Die er inzwischen sehr gut meisterte. Ey, Herr Lehrer, wo bleibt denn meine Zensur? Krieg ich jetzt 'ne Eins für gute Kinderführung? Doch das interessierte wohl keine Sau.
Der Mutter Arbeit hatte still und vor allem im Hintergrund abzulaufen. Genauso stellte auch Claus sich mein häusliches Dasein anscheinend vor. Immer still und bescheiden. Bloß nicht auffallen. Schon gar nicht ihm, mit dem ich seit inzwischen elf Jahren verheiratet war. Ihm, der als Arzt in seiner Praxis durch die Gegend wedelte, immer wichtig und wunderbar drauf, bis er nach Hause kam. Zu Hause offenbarte er nämlich sein wahres Gesicht. War oft missgestimmt und ließ seinen Frust an mir und den Kindern aus.
Und ich schluckte alles artig. Nur ab und zu wurde ich aufmüpfig. Schließlich hatte ich auch eine Ausbildung genossen. Nach dem Abitur. Ich war bis zur Geburt unseres Sohnes die Karriereleiter einer Versicherung ziemlich hochgeklettert. Und hatte diese Karriere der Gründung einer Familie und der Aufzucht der gewünschten Kinder untergeordnet. Gerne untergeordnet. Als Dank durfte ich mich von meinem Gatten missmutig behandeln lassen. Nein, das passte mir eigentlich gar nicht.

„Uuhh, jetzt brauch ich erst mal 'nen schönen Tee."
Ich ließ mich auf einen der Stühle auf Gudruns Terrasse fallen. Meine Freundin wohnte in einem rot geklinkerten Reihenhäuschen mit Terrasse und Garten.

„So ein Stress."
Gudrun schenkte mir liebevoll eine Tasse ein und wollte sich auch hinsetzen. „Pphhhh", machte es. Gudrun sprang hoch. „Was ist denn das?" Sie betrachtete argwöhnisch ihren Stuhl. „Das ist ein Furzkissen", erläuterte ich absolut cool und voll informiert.
Sie hob das Kissen auf, Hochlehner, blau-grün gemustert, Marke Aldi, und siehe da, ein quietschegelbes Furzkissen Typ „Micky Maus" leuchtete uns entgegen. „Matthes!" Gudruns Stimme nahm beachtliche Lautstärke an. Matthes, ihr Sohn und genauso alt wie Anton, kam angeschlichen.
„Ja-ha?!"
„Hast du mir dieses Teil", sie deutete auf das Furzkissen, „unter mein Kissen gelegt?" Matthes suchte verzweifelt nach Hilfe. Hinter ihm erblickte ich das grinsende Gesicht meines Filius, der sich offensichtlich diebisch freute, dass nicht nur er, sondern auch Matthes ins Kreuzfeuer mütterlicher Kritik geriet.
„Hmm, tjaaa", ließ sich Matthes vernehmen, „also in der ‚Micky Maus' stand, man sollte es so machen." Was als Erklärung per se wohl genügte.
„Aber nicht bei mir", entrüstete sich seine Mutter. „So was will ich nie wieder erleben." Sie hob mahnend den Zeigefinger. „Du kannst es ja bei Papa heute Abend mal versuchen." Aha, siehste, genau wie bei uns. Ich frohlockte. Überall das Gleiche, die Männer nerven und doch will's keine zugeben.
„Au ja", Matthes gewann seinen schelmischen Gesichtsausdruck zurück. „Kann ich jetzt mit Anton losziehen?"
„Wo wollt ihr denn hin?", kam unisono von uns Müttern.
„Mit den Rollerblades auf den Schulhof, da sind sowieso alle." Anton war der Sprecher.
„Okay", Gudrun und ich gaben unsere Zustimmung, und mit einer „Heimkehrzeit" ausgestattet, zockelten die beiden von dannen. Gudrun und ich versuchten uns einem Gespräch zuzuwenden, wo doch von vier Kindern jetzt zwei aushäusig weilten. Doch weit gefehlt.

„Uns ist langweilig", Pauline und Svenja, Gudruns Tochter und nur sechs Monate jünger als ihre Freundin, kamen angetrabt. Langweilig, na klar. Großer Garten, Schaukel, Rutsche und Sandkiste, aber den Damen ist es langweilig. „Können wir perkjutern?" Perkjutern war ihr Ausdruck für computern und sowieso viel besser.

„Nee!“ Klares Nein von den Schiedsrichtern. „Die Sonne lacht, warm ist es auch, drinnen könnt ihr noch im Herbst oder Winter lang genug spielen.“ Gudrun sprach ein Machtwort.
„Im Kindergarten haben wir aber schon den Herbstanfang gefeiert“, entgegnete meine Tochter. „Und Laternen haben wir auch schon gebastelt“, fügte Svenja hinzu. Schließlich waren sie keine kleinen Doofis.
„Egal, die Sonne scheint, ihr spielt jetzt draußen.“ Ich sprang meiner Freundin verbal hilfreich zur Seite. „Spielt doch Kindergarten, oder Mutter und Kind, oder Prinzessin und Königin …“
„Wir spielen König und Diener“, fiel Svenja ein.
„Au ja, du bist der Diener“, gab Pauline begeistert zurück, was ein deutlicher Ansatz zu einem kindlichen Streitgespräch war.
Nachdem wir die beiden mit mahnendem Hinweis „… wenn ihr euch nicht vertragt, gibt’s gleich kein Eis!“ zur Räson gebracht hatten und sie zufrieden loszogen, guckten wir zwei Frauen uns erst mal an.
„Ruhe?“, fragte Gudrun zaghaft.
„Ruhe!“, antwortete ich optimistisch. Wir grinsten.
„Mal sehen, wie lang es dauert.“ Gudrun war kein solch großer Optimist wie ich. „Aber bevor es gleich wieder losgeht, erzähl – wie war der erste Elternabend?“
„Nun denn“, begann ich, lehnte mich zurück, griff zur Handtasche und zog ein Päckchen Zigaretten hervor. Gudrun nahm ihre Schachtel vom Tisch. Genüsslich zündeten wir die gesundheitsgefährdenden, weil krebserregenden Glimmstängel an und inhalierten kräftig. Ein Schlückchen Tee noch, dann war ich bereit.
„War schon ganz interessant“, fasste ich zusammen.
Gudrun konnte nämlich wegen des 88. Geburtstages ihrer Oma nicht am Elternabend teilnehmen, hatte aber telefonisch beim Lehrer abgesagt.
„Also“, drängelte sie.
„Na, Herr Stürmlich fing damit an, dass wir wählen sollten. Aber das weißte ja.“ Mein Deutsch wurde auch immer unmöglicher. „Schlauerweise habe ich mich sofort als Wahlleiterin zur Verfügung gestellt, was Herrn Stürmlich jedoch nicht davon abhielt, mich und die versammelte Elternschaft darüber zu informieren, dass nach der neuesten Änderung auch Wahlleiter als potentielle Wahlkandidaten für das Amt des Klassenelternsprechers zur Verfügung stehen können.“
Gudrun grinste und schenkte uns noch einen Tee ein. „Und nun biste Vorsitzende?“

Ich nahm einen der wunderbaren Haselnusskekse, die sie auf den Tisch gestellt hatte, und biss genießerisch ab. „Nee. Nun lass mich doch mal weitererzählen. Die Schriftführerin war Frau Schnapproth, schick angezogen mit anthrazitfarbenem Blazer zu dunkelblauen Jeans und wäre ebenfalls wählbar gewesen. Aber die wollte auch nicht, obwohl sie sich outfitmäßig total gut als Klassenelternsprecherin gemacht hätte. Hatte sogar noch 'n Seidentuch um den Hals geknotet."
Ich krümelte wieder mit meinem Keks. „Doch was soll ich dir sagen, wir haben es auch so hingekriegt." Ich trank noch einen Schluck Tee und Gudruns Neugierde war geweckt.
„Und wer sind nun die armen Opfer?"
„Na ja, Frau Müller-Thurgau hat sich als erste und Herr Franke als Stellvertreter aufstellen und wählen lassen."
„Kenn ich nicht", bemerkte meine Freundin.
„Wirste schon noch kennen lernen", entgegnete ich, „denn die ganze Elternschaft hat sich als durchaus kommunikationswillig gezeigt. Hinterher sind wir fast vereint ins ‚Bistro' gewandert. Herr Stürmlich war übrigens auch dabei."
„Sonst gab's nichts? Nichts zu lästern?" Das konnte Gudrun nicht glauben.
„Tja", ich schmunzelte, „also ..."

Sonntagvormittag.
Es regnete.
Mein Gatte erwachte, grunzte undoktorhaft in sein Kissen und fragte: „Wie ist denn das Wetter?"
„Keine Ahnung", nuschelte ich, drehte mich auf die andere Seite, warf einen Blick auf meinen Funkwecker und stöhnte innerlich auf. Acht Uhr. Sauerei! Schinderei, Frauenquälerei! Am Wochenende. Acht Uhr!
Nicht zu fassen! Schwungvoll hüpfte der Peiniger aus den Federn und warf einen Blick aus dem Fenster. „Scheiße, Regen." Ich streckte ihm unter der Decke mal wieder die Zunge raus. Armleuchter! Lass mich doch schlafen, wenn es draußen schon regnet, dachte ich verstimmt.
„Wir fahren heute ins ‚Aqua-Toll'", bestimmte Claus und machte ausgiebige Streck- und Dehnbewegungen. „Da haben wir alle unseren Spaß." Aha. Ich hätte meinen Spaß durchaus noch in meiner Muffkiste gehabt.
„Also, auf, auf, Frühstück gemacht, und ab ins Schwimmvergnügen." Mein Ehemann versuchte mir die Bettdecke wegzuziehen.

„Hör mal zu“, ranzte ich ihn an, „erstens möchte ich morgens nicht so abrupt, sondern vielleicht einmal mit einem Kuss geweckt werden, zweitens ist es noch viel zu früh, und drittens habe ich überhaupt keine Lust, schwimmen zu gehen.“ Damit das mal klar war! Ich zog die Decke wieder über die Ohren und drehte mich erneut auf die andere Seite.
Doch Claus kannte keine Gnade, öffnete die nur angelehnte Schlafzimmertür gänzlich und rief frohen Mutes über den Flur: „Alles aufgewacht! Wer will heute schwimmen gehen?!“
„Wir“, wie vom wilden Affen gebissen kamen unsere Kinder aus ihren Zimmern geschossen. „Wann geht's los?“ Sie konnten vor Begeisterung kaum innehalten.
„Sobald die Mami aus den Federn ist und wir gefrühstückt haben.“
Der Herr Vater stand schon unter der Dusche.
„Au ja“, da wurde selbst der coole und vorpubertierende Anton wieder zum Kind. Er hopste aufs Bett, und versuchte, ganz der Vater, mir die Decke zu klauen.
„Aufhören“, beschwerte ich mich. „Lasst mich doch wenigstens am Wochenende mal in Ruhe ausschlafen.“
„Aber du schläfst doch gar nicht mehr, Mami“, ließ sich Pauline lautstark vernehmen. „Sonst könntest du jetzt nicht mit uns reden.“ Mein Gott, was habe ich für schlaue Kinder!
„Also gut“, gab ich auf, „dann springt ihr mal in die Klamotten, ich mach mich fertig.“
Zögernd ließ ich ein Bein aus dem warmen Bett ins Freie gleiten. Mist. Warum passiert so was immer nur mir? Anderen Frauen bringen die Männer morgens Kaffee ans Bett, hatte ich zumindest in „Die Welt ist rosarot“ gelesen. Auch das zweite Bein hatte sich an die frische Luft gekämpft. „Uaahh“, stöhnte ich auf. Doch es nützte nichts, bevor ich noch in bodenloses Selbstmitleid verfiel, packte ich wohl eher meinen Unmut in die hinterste Ecke und schickte mich ins Unvermeidliche. Obwohl mein Unmut in der Ecke laut grollte und bereit war zuzubeißen, sobald ich ihm auch nur ein Zeichen gäbe.
Claus kam aus dem Badezimmer, ausnahmsweise mal gut gelaunt. Und das am Wochenende. Kannte ich ihn da doch ansonsten eher miesepetrig. „Nun mach schon“, drängte er mich, und siehe da, der erste Anflug von Missstimmung war schon wieder zu erkennen. Wäre auch verwunderlich gewesen, er hatte nicht mal Geburtstag, seine gute Laune konnte nicht von langer Dauer sein.

„Ich hol Brötchen und die ‚Welt'", verkündete er und entschwand. Ich schleppte mich ins Bad, putzte Zähne, wusch mein Gesicht und schminkte mich. Duschen hatte keinen Zweck, wo wir doch gleich ins Schwimmbad fuhren. Ordentlich geschminkt und angezogen konnte ich meinem Spiegelbild wenigstens ein kleines Lächeln schenken, obwohl mein Filius erst gestern zu mir gesagt hatte, ich sähe – er meine das bitte nicht böse – älter aus als Gudrun. Dabei war meine Freundin zwei Jahre älter als ich! Ein Blick in die wieder mal schier im Chaos versunkenen Kinderzimmer zeigte mir, heute brauchte ich die Kinder nicht anzutreiben, sie waren mit dem Anziehen schon fast fertig.
„Pauline, ich glaube, es wäre schon besser, wenn du die Unterhose unter dem Badeanzug ausziehen würdest", brauchte ich nur zu korrigieren. Das gefiel Pauline zwar nicht, musste sie den ganzen Krempel noch einmal ausziehen, doch sie fügte sich brav.
Ich trollte mich die Treppe hinunter, marschierte durch die große Diele in unsere Wohnküche und setzte Kaffee auf. Während die Maschine ihr Möglichstes tat, um meinem Befehl Folge zu leisten, versuchte ich Ordnung in die Küche zu bringen. Zuerst zerquetschte ich die leeren Bierdosen, die Claus grundsätzlich über dem Behälter für die Wertstoffentsorgung deponierte, und füllte den gelben Sack mit ihnen. Meine Güte, sechs Dosen, das sind ja drei Liter, wie konnte ein Mensch nur so viel trinken? Mein Unmut traute sich einen Schritt aus seiner Ecke. ‚Nicht Mensch', säuselte er, ‚Mann!' ‚Kusch, verkriech dich', befahl ich ihm. Wenigstens hatte ich gestern Abend die Geschirrspülmaschine schon ausgeräumt, so dass ich die leeren Vorabendgläser sofort aus meinem Blickfeld vertreiben konnte. Die Kaffeemaschine gab ein letztes Stöhnen von sich, auch sie hätte wohl noch gern länger geschlafen, der Muselmanentrank war fertig. Gerade als ich meinen Becher mit dem heißen Getränk an die Lippen setzen wollte, erschien mein Gatte.
„Wie, noch kein Tisch gedeckt? So 'ne Trödelei, wir kommen ja heute überhaupt nicht mehr los." Missstimmung, ich grüße dich! „Dann pack doch mal mit an, mit vereinten Kräften geht's schneller, außerdem ist es grad mal viertel vor neun!" Ich wurde auch so langsam sauer und mein Unmut kam wieder aus seiner Ecke gekrochen. Doch Clausi-Mausi würdigte mich keines Tones – geschweige denn Blickes – mehr, setzte sich an den Küchentisch und begann die Zeitung zu lesen. Schließlich hatte er doch Wochenende und ich als Hausfrau sowieso einen lauen Lenz, da konnte ich auch an den gemeinsamen freien Tagen meine Fami-

lie bedienen. Mein Unmut fing an zu knurren. ‚Ruhig, ruhig', befahl ich ihm. ‚Unsere Stunde kommt gleich im ‚Aqua-Toll'.'

Nachdem ich den Frühstückstisch gedeckt und wieder abgedeckt hatte, alle Mann gesättigt waren, die Badetasche von mir in ihre vorgeschriebene befüllte Ausgangsposition gebracht worden war, Claus endlich die Lektüre seiner Zeitung beendet hatte, konnte es losgehen.
Kaum saßen wir im Auto, quengelte Pauline: „Mama, ich will jetzt die ‚Fünf-Freunde'-CD hören." Claus ließ sich derweil vom Deutschlandfunk berieseln.
„Geht nicht, Mäuschen, Papa möchte Radio hören", versuchte ich sie zu beruhigen.
„Der Sender ist völlig uncool", gab auch Anton seinen Senf dazu.
„Ich will die ‚Fünf Freunde'", Pauline gab so schnell nicht auf.
„Ich auch", Anton konnte durchaus ein Herz und eine Seele mit seiner Schwester sein.
„Wenn da hinten nicht sofort Ruhe ist, halte ich an, dann gibt's gewaltig Ärger, und das tut weh!", drohte nun das Familienoberhaupt. Jippie, wir machen einen Ausflug und alle freuen sich! Während wir also durch die friesische Natur fuhren, Felder und Wiesen, wohin das Auge auch sah, gelang es unseren Kindern doch tatsächlich, sich einigermaßen still zu verhalten.
„Da, schau mal, Anton, die kleine Mühle dreht sich wieder", begeisterte sich Pauline, als wir in Heidmühle einfuhren. „Nun ist es nicht mehr weit."
War es auch nicht.

Endlich, endlich waren wir am Schwimmbad angelangt.
Claus übernahm die Badetasche, ich die Kinder, der Familienbeitrag war bezahlt, jeder hatte seine Papp-Eintrittskarte in der Hand, dem Badevergnügen konnte fröhlich ins Auge geguckt werden.
„Huhu, Mama, ich bin schon drin", Pauline hatte sich, ihre Karte in der Hand, unter der Stahldrehtür durchgemogelt.
„Pauline! Komm sofort wieder zurück, wir müssen das Ding doch erst in diesem Apparat" – nämlich dem Drehkreuzautomaten – „abstempeln lassen." Ich fing an zu schwitzen. Meine Güte, war es hier heiß.
Claus wurde auch wieder ungehalten. „Kümmer du dich um deine Tochter, Anton und ich gehen schon vor." Schwups, waren die beiden verschwunden.

„Mama, ich häng fest“, beschwerte sich Pauline.
„Warte, ich helfe dir“, ich zog erst einmal meine Jacke aus.
„Mama, nun mach doch!“
Sollte ich oder sollte ich nicht? Das fragte ich mich in diesem Moment. Ich konnte schließlich auch einfach auf dem Absatz kehrtmachen, die Bagage Bagage sein lassen, mich ins Schwimmbad-Café setzen und einen Cappuccino trinken. Irgend jemand würde dem kleinen Frollein schon helfen.
‚Nein', protestierte mein Mutterinstinkt. ‚Deine arme Tochter, eingeklemmt, du eilst ihr sofort zu Hilfe.' ‚Sie ist doch selber schuld', kam vom Unmut. ‚Schluss jetzt, ihr beiden', dachte ich, krempelte die Ärmel meines Pullis hoch und pflückte die Deern aus ihrem Gefängnis. Nun noch mal das Ganze, aber diesmal bitte schön so, wie es sich gehört. Vollkommen fertig kam ich bei den Umkleidekabinen an.
„Wo bleibt ihr denn?“ Claus stand trommelnderweise in seinen schwarzen Bade-Bermudas da. „Anton schwimmt schon seit ‘ner Stunde.“
„Du hättest mir ja auch mal helfen können“, knurrte ich.
Keine Reaktion.
„Hier haste die Badetasche, ich geh auch schon rein.“
Weg war er. Danke schön. Vielen, vielen Dank. Ich machte mich auf die Suche nach einem Spind, der zufällig in der Nähe einer Umkleidekabine und größenmäßig in der Lage war, die Klamotten von Mutter und Tochter auch zu fassen. Aha, Nummer einhundertvierzehn. Also, Pappkarte hinein, und „Pauline“, schon wieder war dieses Kind verschwunden. Ich geriet noch mehr ins Schwitzen.
„Ich bin schon fertig, Mama“, erscholl ihr Stimmchen. Und siehe, da kam sie auch schon angetrabt. Im Badeanzug.
„Wo sind denn deine Sachen?“, wollte ich wissen.
„Die sind da hinten, wo ich mich ausgezogen hab. Ich geh dann mal schwimmen.“ Sprach's und machte Anstalten, ihre arme, vollkommen verschwitzte und noch bekleidete Mutter neben der Badetasche stehen zu lassen.
„So nicht, mein Kind“, jetzt wurde ich streng. Nein, alles konnte man mit mir nun doch nicht machen. Mich auch noch hinter den Kinderklamotten hersuchen zu lassen. So nach dem Motto: „Erledige deine Arbeit, bitte schön leise, und stör uns nicht weiter.“ O nein!!!
„Du gehst jetzt sofort in diese Umkleidekabine und bringst mir deine Sachen.“

Paulinchen drehte sich um, spurtete und war in Sekundenschnelle wieder mit einem Bündel zusammengeknüllter Textilien da. „Hier, Mama", sie drückte mir das Bündel in die Arme. „Kann ich jetzt los?" Ich nickte, sie sauste davon und ich stand mutterseelenallein im total überhitzten Umkleidebereich des Schwimmbades.

Nachdem Paulines Sachen im Spind verstaut waren, zog ich meine Schuhe und Hose aus und war gerade dabei, auch meinen Pulli loszuwerden, als plötzlich Stimmen aus einer drei Meter entfernten Kabine an mein Ohr drangen. Spontan fiel mir ein, mich vielleicht auch in einem solchen Kabuff umzuziehen, denn einen Strip im Gang hinzulegen, ziemte sich schließlich nicht für eine Mutter.

Während ich mich in der Enge des Kabuffs aus meiner restlichen Bekleidung schälte, hörte ich zu meiner inneren Genugtuung: „Also, Marie-Helén, so geht das nicht. Hör bitte auf zu zappeln." Die weibliche Stimme klang auch schon ziemlich genervt. „Ich will jetzt aber raus hier", das musste Marie-Helén sein. „Du hast ja noch nicht mal deinen Badeanzug richtig an." Wieder die Mutter. „Den kann ich auch auf dem Weg ins Wasser hochziehen", trotzte das Töchterlein.

„Marie-Helén!" Muttern wurde langsam wütend. „Jetzt bin ich aber fertig, Mama", und „Aua", das war wieder die weibliche Stimme, „kannst du denn nicht aufpassen, du haust mir ja die Tür an den Kopf."

Ich grinste in mich hinein. Na, da schau an, auch andere Mütter sind genervt. Ich war inzwischen fertig und lugte vorsichtig aus meiner Kabine, denn Marie-Helén und ihr Mütterlein wollte ich auf gar keinen Fall verpassen. Während ich in aller Gemütsruhe die Sachen in meinem Spind hin und herräumte, hatte sich Marie-Helén endlich von ihrer Mutter loseisen können und rannte, genau wie meine Tochter vorher, an mir vorbei ins Bad. „Marie-Helén ...!" Doch der Mutter Stimme verklang ungehört. Dafür erschien die zur Stimme gehörende Person, eine kleine, dicke, genauso verschwitzte Frau, vielleicht in meinem Alter, aber mindestens vier Konfektionsgrößen stärker. Sie trug, wiederum genau wie ich, einen schwarzen Badeanzug. So kann man sich täuschen, dachte ich, Schwarz streckt doch nicht in jedem Fall und zog vorsorglich erst einmal meinen Bauch ein.

Marie-Heléns Mutter grinste mir zu und rang sich ein „ Tja, so ist das mit den Kleinen" ab, wobei ich lächelnd mit dem Kopf nickte. „Ja, ja", antwortete ich, schnappte meine Badetasche und

schlenderte in den Damen-Dusch-Bereich. Nachdem eine lauwarme Dusche mich vom Schweiß befreit hatte, betrat ich das Schwimmbad, stellte die Tasche in das dafür vorgesehene Regal, schloss mein Portemonnaie im Wertschrank ein, klemmte mir den dazugehörigen Schüssel an den Badeanzug, schön zwischen die Brüste und begab mich ins Pipibecken. Das Pipibecken war natürlich nicht zum Pipimachen, sondern nur pi-warm und äußerst angenehm.
Unangenehm waren nur die dort herumtobenden und lärmenden Kinder, wobei ich zugeben musste, dass zwei von den kreischenden Menschlein zu mir gehörten. Von meinem Gatten war – auch nach einem suchenden Blick ins „Große" – keine Spur zu sehen.
„Wo ist Papa denn?", rief ich Anton zu.
„Hä?", er war gerade damit beschäftigt, seine Schwester nasszuspritzen.
„Wie bitte – und wo Papa ist." „Hä" ließ ich auch im Schwimmbad nicht durchgehen.
„Der ist im Dampfbad", rief Anton zurück und machte sich daran, Pauline unterzutauchen.
„Stopp!" Ein mahnender Aufschrei mütterlicherseits. „Untertauchen ist nicht." Nicht dass eines meiner Kinder hier noch ertrank. So sehr sie mir auch dann und wann auf die Nerven gingen, wollte ich doch nicht mit zwei Kindern losfahren und mit nur einem wieder nach Hause kommen. „Wenn ihr euch nicht einigermaßen vernünftig benehmt, könnt ihr euch an den Rand setzen und zugucken." Mann, ey, das war eine echt ernst zu nehmende Drohung. Doch wenn es um die Sicherheit meiner Kinder ging, kannte ich keine Gnade.
„Ist gut", Einigkeit herrschte unter den Geschwistern.
Ich hatte mich jetzt genügend im Wasser bewegt und wandte mich dem angenehmen Teil zu.
„Ich setze mich da hinten in die Cafeteria und trink einen Cappuccino", informierte ich meine Ableger und sie nickten zum Zeichen, dass sie meine Worte vernommen hatten.
Frohen Mutes entstieg ich dem warmen Wasser, ging zu meiner Badetasche, holte mein Handtuch und das neue Buch von Hera Lind heraus, entnahm dem Wertsachenschrank Zigaretten und Portemonnaie und setzte mich entspannt in die Raucherecke der Cafeteria, von wo aus ich meine beiden Kinder immer noch zumindest mit einem Auge sehen konnte.
Ein Jüngling kam an und erkundete meine Wünsche.
„Einen Cappuccino, bitte. Und Süßstoff, wenn Sie haben."

Der Jüngling nickte und machte sich von dannen. Genüsslich legte ich die Füße auf den Nachbar-Plastikstuhl, betrachtete wohlwollend die gelbe Plastik-Tischdecke mit dem Plastik-Blumengesteck darauf und griff zu meinem Buch. „Der gemietete Mann". Das neueste Werk von Hera Lind schien vielversprechend zu sein. Wer weiß, vielleicht konnte ich ja noch etwas lernen?!
Der junge Mann kam mit dem dampfenden Cappuccino zurück, auch Süßstoff hatte er dabei, grinste, warf einen Blick auf mein Buch und fragte schelmisch: „Na so was, Männer zum Mieten? Das müssen Sie mir mal erklären."
Ach, Jüngling, dachte ich, antwortete aber laut: „Dazu kann ich im Moment nicht viel sagen, ich bin gerade erst angefangen, und bislang hat sie noch keinen Mann gemietet."
„Schade", meinte der Blondgelockte, „aber Sie sind ja noch ein Weilchen da, vielleicht können Sie mir später mehr erzählen." Er grinste nochmals, drehte sich um, sein Hintern prangte knackig in seiner schwarzen Plastik-Lederhose und wackelte davon.
Nun grinste ich. Hatte der ‘nen Mutterkomplex oder was? Der war doch höchstens grad mal zwanzig. War das nun ‘ne leichte Anmache oder verhielt man sich mit zwanzig heute immer so? Oder, überlegte ich amüsiert, vielleicht hatte Anton sich ja geirrt, und ich sah doch noch nicht sooo alt aus?! Egal. Ich wandte mich meinem Cappuccino und meinem Buch zu.

Ein schrilles Schreien unterbrach mich schon im ersten Absatz: „Marie-Helén, komm da sofort runter!"
Interessiert schaute ich mich nach Mutter Dickmann um. „Marie-Helén!!!!" Auch die Leute an den Nachbartischen hatten ihre Gespräche unterbrochen und guckten genauso suchend. Einzig ein wohlbeleibter Mittvierziger blieb ungerührt vor seinem Bier sitzen. Das musste Marie-Helénchens Vater sein. Denn nur Väter verhalten sich so, wenn ihre Frauen verzweifelt versuchen, ihre Kinder zur Räson zu bringen.
Da, ich hatte die Kreischerin erspäht. Sie stand am Babybecken, den Kopf in den fleischigen Nacken geschoben und blickte unverwandt nach oben. Mindestens zwanzig Augenpaare taten es ihr nach.
Oben auf dem Podest, von wo aus die gewundene Rutsche bestiegen werden konnte, erkannte ich Marie-Helén. Aber auch Pauline und Anton. Mein Mutterinstinkt meldete sich sofort. ‚Kindchen, musst du dich jetzt nicht sofort kreischenderweise Mutter

Dickmann anschließen, um deine Tochter davor zu bewahren, die gefährliche Rutsche allein hinabzuschießen?' ,Nein, nein, Mutterinstinkt', beruhigte ich das edle Wesen, ,Pauline hat schließlich ihr Freischwimmer-Abzeichen, sie kann schwimmen und es wird schon gut gehen.'
Mut zum Risiko also. Machen andere doch auch.
Mutter Dickmann aber nicht. Vielleicht konnte ihre Tochter aber auch nicht schwimmen. Marie-Helén sah zwar aus wie fünf, aber schließlich ist nicht jedes fünfjährige Mädchen sportlich so talentiert wie meine Pauline.
Marie-Helén jedenfalls stand weiterhin oben und machte absolut keine Anstalten, dem Ruf ihrer Mutter zu folgen. Frau Dickmann war sich inzwischen der Aufmerksamkeit der anderen Badegäste bewusst geworden und begab sich hechelnd zum Auffangbecken der Rutsche.
Ein Blick zurück nach oben ließ mich gerade noch des reizenden Töchterleins schelmisches Lächeln erkennen, bevor sie in der Rutsche verschwand. Warum nicht gleich so?, interpretierte ich dieses Lächeln.
Ich wandte mich wieder meinem Buch zu, kam gerade zu der Stelle, an der der Ehemann der Hauptfigur nörgelnderweise einen Kommentar abgibt, als mich ein „Wo ist denn mein Cappuccino?“ in die Wirklichkeit zurückholte. Mein Gatte schien dem Dampfbad abtrünnig geworden und auch koffeinbedürftig zu sein.
Gelassen gab ich ihm zu verstehen, dass ich bisher nur für mich ein Getränk geordert hatte, da ich nicht gewusst hatte, wann seine Herrlichkeit ein solches zu sich zu nehmen wünschte.
Diesen Grund sah er ein, setzte sich auf den Stuhl, auf dem ich eben noch meine Füße platziert hatte, und meinte: „Nun rück doch mal ein Stück, das ist ja viel zu eng hier.“
Dass noch zwei weitere, von meinem in durchaus akzeptabler Distanz befindliche Sitzgelegenheiten am Tisch standen, war ihm offenbar entgangen.

Das Wochenende war geschafft.
Endlich herrschte wieder normaler Alltagsstress.
Die Kinder kamen – wie üblich – morgens nicht aus dem Bett, mein steter Ruf „Aufstehen, ihr zwei!“ verhallte wieder ungehört, mein Adrenalinspiegel stieg unaufhörlich und beruhigte sich erst, als Anton mit seinem Fahrrad und Helm auf die heimatliche Stätte gen Schule verlassen hatte. Sofort kehrte Ruhe ein, Paulinchen

spielte süß mit ihrer Barbie, ich konnte ohne Hetze die Küche in einen einigermaßen geordneten Zustand bringen und anschließend mein Fräulein Tochter im Kindergarten abliefern.
Der Herr Doktor verließ morgens schon um sechs Uhr dreißig sein trautes Heim, um in die Praxis zu entfliehen, wo schließlich Patienten so früh bereits darauf warteten, dass ihnen Blut abgezapft wurde. „Frau ohne Doktor" stand dementsprechend immer erst um sechs Uhr dreißig auf, so dass absolut keine Gefahr bestand, dem morgenmuffelnden Ehemann in die Quere zu geraten. Hätten die Kinder mitgespielt, wäre jeder Morgen ein fröhlicher, heiterer, gut gelaunter Morgen gewesen.
Die Kinder jedoch beharrten auf ihrem Recht, Kinder zu sein. Warum gleich beim ersten Wecken aufstehen, wenn eine Mutter doch dazu da war, mindestens zwanzigmal „Aufstehen, ihr zwei" zu rufen, das Frühstück und den Tee zu bereiten, das Schulbrot zu schmieren und im Tupperbehälter gleich in den Schulranzen zu verfrachten, der natürlich auch von ihr auf den notwendigen Inhalt überprüft wurde, lautete ihre Devise.
Schließlich hatten Mütter doch eh nichts anderes zu tun! Gut, das bisschen Aufräumen, Wäschemachen, Staubsaugen, Bügeln, Staubwischen, Wischen, Fensterputzen, Frühstück, Mittagessen und Abendbrot zubereiten fiel schließlich nicht weiter ins Gewicht. Genauso wenig wie das ständige Herumkutschieren. Zum Sport, Gitarrenunterricht, zum Schul- oder Kindergartenfreund, all das verrichtete eine Mutter liebend gern zum Wohle ihrer Sprösslinge.
Und ein Eigenleben brauchte eine Mutter ohnehin nicht, dachten sie, genau wie ihr Vater. Doch ab und zu brauchte eben auch eine Mutter – beziehungsweise ich – mal etwas Freiraum. Ein Geburtstagsfrühstück, ein „Krabbel-Treffen" – Überbleibsel aus der Schwangerschaftsgymnastik – oder ein Nachmittag mit einer Freundin und den ganzen Kindern musste durchaus drin sein.

Heute war wieder ein solcher Tag.
Die Kinder in Schule und Kindergarten sicher untergebracht, hatte ich mir ausgiebig Zeit genommen, meine blonden, halblangen Spaghettilocken zu waschen und zu stylen.
Mangels tatsächlichen Haarvolumens – die letzte Schwangerschaft hatte mich Tausende von Haaren gekostet – schummelte ich mittels toupieren. Half übrigens auch gut.
Perfekt – wenigstens für meine Ansprüche – geschminkt, in schwarze Glanz-Stretch-Jeans gezwängt, in einen weißen Body

und eine superschicke Jacke gehüllt, drehte ich mich vor meinem großen Spiegel, war mit mir völlig zufrieden und fand mich nicht nur cool und trendy, sondern auch affenscharf. Schade nur, dass beim heutigen Frühstück keine Kerls anwesend waren.
Doch egal, ich war abfahrbereit, schmiss mir meine schwarze Lederjacke über und setzte mich in meinen kleinen Twingo. Ein kurzer Stopp beim Blumenladen an der Ecke, schließlich hatte die heutige Frühstücksgastgeberin vor genau einem Jahr ihr zweites Kind zur Welt gebracht – eine Tatsache, die Mütter gar nicht genug mit Blumen unterstreichen können, es macht ja sonst keiner –, einen kleinen Blumenstrauß gekauft, zurück in den Wagen und losgebraust.
Nachdem ich mehrere Ampeln unbeschadet bei Grün überquert hatte, kam ich an eine gefährliche, weil Rechts-vor-Links-Kreuzung. Von links preschte, ich konnte es im letzten Moment erkennen, ein weinroter, schon ziemlich betagter Nissan heran, dessen Fahrerin getreu meinem Motto „Gestern kam hier auch keiner“ mit fünfzig Sachen in die Kurve einfahren wollte. Ein Quietschen, der Nissan schlitterte, doch der erwartete Bums blieb aus. Halleluja!
Endlich an meinem eigentlichen Ziel angelangt, konnte ich anhand der bereits parkenden Autos feststellen, dass ich wieder einmal die Letzte war. Dabei stand mir nicht einmal das „akademische Viertel“ zu. Ich hechtete nach oben, nur um auf halber Strecke festzustellen, dass meine eben so liebevoll gekauften Blümchen noch im Auto verharrten. Also zurückgespurtet. Jaja, so eine kleine Morgengymnastik hielt fit. Obwohl mein Arzt kürzlich erst bei genauer Betrachtung meines in letzter Zeit schmerzenden Knies festgestellt hatte, es müsse sich um Arthrose handeln. – Ich war nämlich nicht bei meinem Mann in Behandlung, das gehörte sich irgendwie nicht.
Mit Blümchen angetan, verschnaufte ich einen kurzen Moment vor der Wohnungstür, klingelte und wurde mit einem „Schön, dass du endlich kommst, es sind schon alle da“ begrüßt.
Tief ausatmend, entledigte ich mich erst einmal meiner Jacke, die Blumen hatte ich bereits am Eingang übergeben, und gesellte mich zu den anderen Damen, die sich schon bei Kaffee und Tee um den Esstisch versammelt hatten.
Ein paar von den Ladies kannte ich noch nicht, und nachdem ich mich mit „Hallo, ich bin Charlotte“ vorgestellt hatte und sie mir auch ihre Namen entgegenschleuderten, stand einem gemütlichen und interessanten Frühstück nichts mehr im Wege. Karin,

eben jene Mutter, bei der das Frühstück stattfand, hatte die hartgekochten Eier verteilt, jeder griff gleichzeitig nach dem Brötchenkorb und der Butter, es konnte also gelacht werden. Zunächst drehte sich das allgemeine Gesprächsthema – wie stets üblich – um die Kinder. Na ja, wenn Frauen zusammensitzen und alle auch noch Mütter sind, bietet sich ein solches Thema auch astrein an.
Kann aber durchaus mal langweilig werden.
Um so interessierter hörte ich zu, als meine Nachbarinnen, zwei mir bislang fremde Frauen, anfingen zu klatschen. Endlich mal was Neues!
„Hast du schon gehört“, fing die eine, ich glaube Gabriele – um Gottes willen nicht ‚Gaby’ genannte – an, „mein Arzt soll ein Verhältnis mit einer seiner Patientinnen haben.“
„Ist nicht wahr!“, entrüstete sich die rechts neben mir sitzende Dodo. ‚Um Gottes willen, sag bloß nicht Dorothee zu mir.‘
„Doch“, Gabriele biss in ihr mit Schinken belegtes Körnerbrötchen und kaute erst einmal. „Ich weiß es aus sicherer Quelle.“
„Nee.“ Das war wieder Dodo.
„Doch, echt.“
Das konnte jetzt noch stundenlang so weitergehen, und ich wurde an eine Werbung für günstige Telefontarife erinnert.
„Ja, wie denn nun, jetzt mal Butter bei die Fische“, versuchte ich dem Sachverhalt näher zu kommen. Die beiden schauten mich irritiert an, hatten sie doch meine Anwesenheit vollkommen vergessen. Ich biss erst einmal in mein Käsebrötchen.
„Nun mal raus mit der Sprache, was ist da los?“ Ich war nämlich überhaupt nicht neugierig.
„Ja, also“, Gabriele guckte immer noch leicht irritiert aus der Wäsche, „ich hab gehört, der hat jetzt ‘ne gaaaanz junge Freundin.“ Sie schüttelte die rotgetönten kurzen Locken. „Und das, wo er doch verheiratet ist.“
Nee, also, so was aber auch. Ich schüttelte ebenfalls den Kopf.
„Weißt du das genau?“, wollte Dodo wissen.
„Aber echt“, nun wippten Gabrieles Locken horizontal auf und ab, „das ist nämlich die Tochter von der Freundin meiner Mutter.“
Na, wenn das so war. Dann war die Quelle ja echt authentisch. Ich lauschte weiterhin gespannt. War doch mal ein wirklich interessantes Frühstück! Auch Dodo wartete auf weitere Informationen, was sie aber nicht daran hinderte, sich hingebungsvoll ihrem Ei zu widmen.

„Die heißt Britta, ist gerade mal einundzwanzig und studiert Pädagogik“, Gabriele ließ sich nicht lumpen, was unseren Informationsdrang anging. „In Oldenburg.“ Hm, das war ja auch nicht weit weg. So schlappe sechsundfünfzig Kilometer. Bietet sich für ‘nen Seitensprung auch irgendwie an.
„Dabei ist er mindestens schon ... also bestimmt ... so fünfundvierzig Jahre ist der sicher alt.“ Gabriele kannte kein Halten mehr. „Und zwei süße kleine Kinder soll der auch haben. Einen Jungen und ein Mädchen.“ Den Arzt musste sie aber ziemlich gut kennen.
Hach, genau wie bei uns, fiel mir ein, mein Mann ist auch Arzt und hat auch zwei Kinder. Auch einen Jungen und ein Mädchen. Zufälle gibt's!!
Ich überlegte krampfhaft, wer aus dem Kollegenkreis meines Göttergatten denn wohl der Fremdgeher sein könnte. Peter, nein, der hatte nur zwei Mädchen und war schon über fünfzig. Obwohl er sich gut gehalten hatte. Thomas – nee, schade, der hatte drei Kinder und war, so wie ich seine Ehe beurteilen konnte, überaus verliebt in seine Frau. Frithjof hatte weder Frau noch Kinder, Sebastian war schwul, aaaber Christoph, der könnte es sein! Hallo, halt mal, ich glaub, ich weiß, von wem ihr sprecht! Komm ich jetzt in die Bonus-Runde?
„Der soll ja auch schon andere Verhältnisse gehabt haben“, wandte nun Dodo ein.
„Und seine Frau hat nie was geschnallt“, Gabriele wusste es anscheinend wirklich ganz genau. „Na, bei mir hat er es ja auch mal versucht“, erklärte sie, sich nicht im mindesten wichtig machen wollend.
So ein Schwein. Hatte der denn nur seine Männlichkeit im Kopf? Vielleicht sollte ich zu dem auch mal gehen?! Womöglich würde der bei mir auch Annäherungsversuche starten, wo er laut Gabriele und Dodo kaum einen berockten Hintern unbetatscht an sich vorbeiziehen ließ. Ich ging gedanklich meinen Kleiderschrank durch – doch ja, ein Rock käme durchaus in Frage. Aber genug gedacht, zuhören war jetzt angesagt.
„...stand er mit ‘ner roten Rose vor meinem Bett.“ Da hatte ich leider einen Teil von Gabrieles Ausführungen nicht mitgekriegt. „Noch mal, bitte“, wagte ich dazwischenzureden. „Wann stand der mit ‘ner roten Rose vor deinem Bett?“
Gabriele blühte sichtlich auf angesichts des wahnsinnigen Interesses an ihrem Vortrag. „Na, als ich mal so hohes Fieber hatte, dass ich beim besten Willen nicht zu ihm in die Praxis kommen

konnte.“ Sie schüttelte erregt vor Freude und Selbstbestätigung ihre Locken.
„Das musst du dir mal vorstellen“, sie tat ganz vertraulich und Dodo schob ihren bronzefarbenen Pagenkopf näher an uns heran. „Nur nichts verpassen“, lautete auch ihre Devise. „Und der Hajo war im Nebenzimmer!“ Nee, was konnte Gabriele entrüstet gucken und man sah ihr an, dass sie es gar nicht so meinte. „Hajo ist nämlich Hans-Joachim, mein Lebensabschnittspartner.“
Ich hustete kurz und biss schnell in mein Brötchen, sonst hätte ich sicher einen Lachkrampf gekriegt. Nee, nee, war schon klar. Gabriele wollte partout nicht Gaby genannt werden, Hans-Joachim konnte oder wollte sich gegen die Abkürzung anscheinend nicht wehren und dann noch ‘n Arzt, der der hochfiebernden Gabriele an die Wäsche wollte. Womöglich hatte sie sich extra für den ärztlichen Besuch ein Seidennegligé angezogen.
„Vielleicht hätte ich anstatt des Seidennachthemdes doch meinen alten, verwaschenen Baumwollschlafanzug anlassen sollen?“, wollte sie von uns wissen.
Hurra! Wieder hundert Punkte! Bestimmt kam ich jetzt in die Bonus-Runde und konnte einen Mercedes der A-Klasse gewinnen!
„Und was hat der genau zu dir gesagt?“ Ich fühlte mich in den Kreis der Eingeweihten aufgenommen und konnte es wagen, eine Frage zu stellen.
„Tja“, nun zierte sich Gabriele ein wenig. „Also, das ist mir doch etwas peinlich.“ Sie sah aber gar nicht so peinlich berührt aus. Vielleicht hatte sie doch nur gesponnen?
„Also, er setzte sich zu mir aufs Bett, öffnete seinen Arztkoffer, holte die rote Rose heraus und meinte, kein Fieber der Welt könnte meiner Schönheit Abbruch tun.“
Igitt, wie schmalzig!! Igitt, wie gestellt!!
Hat mal jemand ‘ne Kotzkumme?! Das musste Christoph sein, der gab ja außer Schmalz gar nichts anderes von sich. Pfui bah!
„Und“, wollte nun Dodo wissen, „wie haste reagiert?“
Genau, das interessierte mich nun auch brennend.
„Na ja“, Gabriele wand sich immer noch gekonnt, „also, wie ihr wisst, war Hajo im Nebenzimmer und arbeitete an seinem Computer.“ Kiek mol an, Nachtigall, ick hör dir trapsen!
„Also, selbst wenn der nicht da gesessen und gearbeitet hätte …“, Gabriele hatte sich wieder gefangen und sprach nun wesentlich energischer, „wie hätte ich denn auf so etwas eingehen können,

schließlich bin ich in festen Händen und Mutter eines Sohnes."
Stimmt. Klar, 'ne Mutter tut so was nicht. So fremdgehen oder so. Das machten nur liederliche Weibsbilder oder junge, unwissende, akademikergeile Studentinnen!!! Wie hatten wir das auch nur vergessen können. Dodo und ich guckten uns zustimmend an. Mich jedoch packte die reine Neugier.
„Du, Gabriele", fragte ich nach nunmehr fast dreißigminütiger Alleinunterhaltung ihrerseits, „bei wem biste denn überhaupt in Behandlung?"
Gabriele schaute mich verwundert an.
„Na, bei Doktor Koch", vermeldete sie.
Ich schluckte. „Dr. Koch?", meine Stimme hatte sich verflüchtigt. Ich räusperte mich. „Dr. Claus Koch?" Irgendwie hörte ich mich heiser an.
„Eben jener", bestätigte mir Gabriele.
Ach so. Ach soooooooo??!!??
Mooooment!!!
Das war ja mein Mann!!!!
Ich räusperte mich noch einmal. „Bist du dir sicher, dass du Doktor Claus Koch meinst?", fragte ich Gabriele ein letztes Mal. Die guckte inzwischen mehr als ratlos.
„Ja-ha", kam zögerlich ihre Antwort. Sie schien nicht zu begreifen und weidete sich noch zart zweifelnd an meinem Schlucken und Räuspern. Dodo hatte die Sachlage wohl blitzschnell durchschaut, die Blickrichtung geändert und gab sich den Anschein, als unterhielte sie sich mit ihrer anderen Nachbarin.
„Na, dann hat sich dieses Frühstück für mich ja im wahrsten Sinne des Wortes gelohnt", meine Stimme war schon fast wieder da. Ein letzter Schlucker, das Kreuz durchgedrückt, Haltung bewahren. „Denn ...", ich blickte in die Runde, wo jetzt alle mitgekriegt hatten, dass hier etwas Außergewöhnliches ablief, „die blöde, nichtsahnende, dumme Gattin und Mutter seiner Kinder bin nämlich ich."
Schweigen.
Schweigen, wohin das betrogene Gattinnenohr auch hörte.
„Und ...", ich versuchte die Flucht nach vorn anzutreten, „was gibt's sonst Neues?"

Auf dem Weg zum Kindergarten kochte ich.
Das mir!!!!
Nee, das gab's ja gar nicht. Das Schwein bring ich um!!! Ich lass mich scheiden!!

Meine Gedanken liefen auf Hochtouren. Entgegen meiner üblichen Gewohnheiten kramte ich an der nächsten Straßenecke eine Zigarette aus meinem Rucksack hervor und zündete sie an. ‚Schwächling', meldete sich mein Mutterinstinkt. ‚Im Auto rauchen, wo du doch gleich Pauline abholst!' ‚Leck mich!', gab ich besagtem Instinkt zu verstehen. ‚Was weißt du denn schon?' Mein Unmut jubilierte. ‚Hab ich's dir nicht gesagt', muckte er auf, ‚Claus ist ein Arsch! Jetzt weißt du's endlich. Definitiv!' ‚Halt die Schnauze!' Auch er wurde heute nicht mit Glacéhandschuhen angefasst.
O nein, wie peinlich!!!! Hatte ich doch sensationsgeil den Ausführungen Gabrieles zugehört und mich am Unglück anderer weiden wollen. Hatte sogar den blöden Christoph in Verdacht gehabt! Obwohl – zuzutrauen wär's ihm gewesen. Dabei war mein Gatte der Unhold! Patientinnenverführer, Lustmolch, Hinternkneifer! Er, der zu Hause höchstens mit 'nem String-Tanga zu irgendwelchen sexuellen Aktivitäten zu bewegen war. Nein, wie peinlich!!! Die hintergangene Ehefrau. Das betrogene Weib! Die dumme Naive. Und auch noch blond!! Wenn das nicht alles besagte! Ich lass meine Haare färben, entschloss ich mich spontan. Nie wieder blond. Nie wieder naiv. Und nie, nie wieder einem Mann trauen!!!
Irgendwie schaffte ich es, Pauline aus dem Kindergarten abzuholen, sie hinten auf den Kindersitz zu verfrachten, anschnallen tat sie sich schon lange allein, ihrer munteren Plapperei zuzuhören und so zu tun, als ob in der Stunde vorher nicht ein Teil meiner bisher so heilen Welt kaputtgegangen wäre. Ich gab mich ganz normal.
„Mami, ist was mit dir?", Pauline unterbrach ihre Plapperei.
„Nö, wieso?" Ich stand an der Ampel Friedenstraße/Ecke Gökerstraße und wartete auf Grün.
„Du bist so komisch, Mami."
„Ach, Schatz", es wurde grün und ich gab Gas, „ich bin nur etwas müde, sonst ist nichts." Hatte sie also doch etwas bemerkt. Au Mann, da musste ich aber äußerst vorsichtig sein, war ich mir über meine weitere Vorgehensweise ja noch absolut nicht im Klaren.
Gott sei Dank, dass heute Dienstag, also Gudrun-Tag, war. Da konnte ich nachher über alles reden. Über den Fremdgeher, den damischen.
Der damische Fremdgeher merkte jedenfalls nicht, dass ich in irgendeiner Weise anders drauf war als sonst, schaufelte den von

mir bereiteten Salat in sich hinein, meckerte die Kinder an und zog gleich wieder von dannen. „Ist so viel los in letzter Zeit.“ Das Küsschen, das er mir routinemäßig auf die Wange drückte, wischte ich mit leichtem Ekelgefühl weg, sobald er außer Sichtweite war. Na, zumindest hatte ich den Salat heute nicht so gründlich gewaschen wie sonst, ein paar kleine grüne Tierchen hatte der gute Mann schon unwissentlich mitgegessen. Geschah ihm recht.

Gudrun bemerkte gleich, dass ich leicht von der Rolle war. Das Wetter hatte sich inzwischen deutlich verändert. Ein kalter Wind wehte, der Himmel zeigte sich in dezenten Grautönen, ab und zu griff oben jemand zur Gießkanne und ließ das Wasser über Wilhelmshaven ab, und so machten wir es uns in ihrem Wohnzimmer gemütlich.

„Was ist los?“, wollte sie von mir wissen.

„Nun ja“, ich wusste nicht so recht, wie ich anfangen sollte.

„Mama, dürfen wir perkjutern?“, Svenja baute sich vor uns auf, die Hände in die Hüften gestemmt, die kleinen Pippi-Langstrumpf-Zöpfchen wackelten fordernd.

„Ja genau, perkjutern!“ Pauline tat es ihrer Freundin gleich und stellte sich genauso herausfordernd hin. Nur dass sie heute keine Zöpfchen hatte.

Gudrun warf einen Blick in meine Richtung, bemerkte den resignierten Ausdruck auf meinem Gesicht und antwortete: „Ist gut, ihr zwei. Aber kein Streit!“

„Wir doch nicht!!“ Die Mädels waren sich einig. Also stand Gudrun noch einmal auf, ging zum Computer, der wohlweislich am anderen Ende des Wohnzimmers stand, legte die „Blinky-Bill“-CD-Rom ein und kehrte wieder zurück.

„Also, noch mal von vorn“, sie zündete sich eine Zigarette an. „Was ist passiert?“

Ich wollte nun partout die coole, mega-moderne, durch nichts zu erschütternde Frau von heute sein und begann: „Ja, och, heute Morgen war ich bei Karin zum Frühstück.“

Gudrun guckte mich schräg an. „Charlotte!“

„Na, und wie ich da so saß, zwischen zwei Frauen, die ich bislang gar nicht kannte, hörte ich den beiden einfach beim Gespräch zu.“

„Ach so“, Gudrun nahm einen Schluck aus ihrer Teetasse.

„Tja, also, die waren sehr witzig, die beiden, so wie in der Telekom-Reklame. Die, wo sich zwei Frauen angeblich von ganz weit auseinander anrufen und sich gegenseitig belügen, was sie denn abends zu ‘ner Fete anziehen. Da frage ich mich immer, wenn die beiden so weit auseinander wohnen, wo soll denn da die Fete stattfinden.“

„Ach nee“, kommentierte Gudrun.

„Und wie die beiden so am Erzählen waren, es ging um einen Arzt, der verheiratet ist, zwei Kinder und ‘ne neue blutjunge Freundin hat, habe ich natürlich ordentlich mitgefiebert und fasziniert zugehört. In Gedanken bin ich alle möglichen Kollegen von Claus durchgegangen und war schon der Meinung, Christoph müsste der Unhold sein.“ Ich machte eine kleine Pause und trank auch erst einmal einen Schluck Tee. „Haste mal ‘nen Sherry?“, bat ich meine Freundin. Sie sah gleich, dass nun der wohl wichtige Teil kommen musste, erhob sich und kam mit zwei randvoll gefüllten Sherry-Gläsern wieder. Ich nippte an dem stärkenden Trunk.

„Tja, und als die zwei sich dann einem anderen Gesprächsthema zuwenden wollten, meine Neugier aber immer noch nicht gestillt war, fragte ich einfach nach dem Namen des Arztes.“ Wieder ein Schluck Sherry, eine weitere Zigarette. „Und was soll ich dir sagen, es war gar nicht Christoph, es war Claus!“

Nun war es an Gudrun, zu ihrem Glas zu greifen und es in einem Zug zu leeren.

„Claus? Dein Claus?“

Ich nickte. „Ja, ich habe extra noch mal nachgefragt. Doktor Claus Koch hieß das Wesen, über das die beiden sich die ganze Zeit unterhalten haben.“ Ich zog an meiner Zigarette. „Lustig, oder?“

Gudrun wusste nun sichtlich nicht, wie sie reagieren sollte. War bei mir nun In-den-Arm-nehmen-und-trösten angesagt oder nicht. Sie machte zwei-, dreimal den Mund auf und wieder zu. „Das glaub ich nicht“, konnte sie sich schließlich doch artikulieren.

„Och, ich weiß nicht“, gab ich zu bedenken. „Wenn man mal so überlegt, die letzte Zeit hat Claus oft abends oder am Wochenende noch lange in der Praxis zu tun, fühlt sich noch stärker als früher von uns genervt, also, das käme schon irgendwie hin.“

„Du stehst unter Schock“, attestierte Gudrun. „Hast du schon Baldrian genommen?“

„Nö, warum denn auch, du siehst doch, ich bin ganz ruhig.“

„Du bist zu ruhig, das passt überhaupt nicht zu dir.“ Sie stand wieder auf. „Du kriegst jetzt erst mal noch ‘nen Sherry und nimmst artig die Baldriantropfen.“

Ja, Mama.
Als sie sich wieder setzte, warfen wir beide – wie auf Kommando – einen Blick zu unseren beiden Jüngsten. Die mussten wohl gemerkt haben, dass die Situation nicht alltäglich war und verhielten sich mustergültig. Kein Gezanke, Gekratze, Gehaue, friedlich wie zwei kleine Engelchen saßen sie auf den Stühlen vor dem „Pjuter" und amüsierten sich köstlich.
„Und nun?", stellte meine Freundin die Frage, auf die ich selbst keine Antwort wusste. „Willst du ihn mit deinem Wissen konfrontieren oder nicht? Lässt du dich scheiden oder bleibst du bei ihm?"
„Ich bring ihn um", gab ich lächelnd zurück. So aus dem hohlen Bauch raus.
„Charlotte!!!"
„Ist doch wahr! Dieser alte Macho-Arsch", ich begann mich langsam zu entrüsten, „was meint der denn eigentlich, wer er ist? Spielt zu Hause den Tyrannen, meckert an mir und den Kindern herum, meistens sogar grundlos, ist Herr Oberwichtig in Person, sitzt des Abends auf dem Sofa, gönnt sich ein Bier nach dem anderen und wenn er dann mal Druck loswerden möchte, kommt ein schiefer Seitenblick und die Aufforderung ‚Lass uns mal nach oben gehen, wir könnten's eigentlich ja mal wieder machen!'" Ich versuchte der Kinder wegen meine Stimme zu dämpfen und hielt kurz inne.
Ein ganz anderer Gedanke kam mir in den Sinn.
„Ob er sich bei der Britta wohl anders verhält? Ist er da zärtlich, streichelwütig und so? Oder nörgelt er da auch wohl so viel rum?" Ich guckte Gudrun fragend an. Die zuckte hilflos mit den Schultern. „Ich weiß es nicht", gab sie zurück.
„Na, wäre ja auch noch schöner, wenn du wüsstest, wie Claus woanders im Bett ist", echauffierte ich mich.
„Ja nun", brachte sie das Gespräch wieder auf den Punkt, „sprichst du denn heute Abend mal mit ihm darüber?"
„Ich weiß es noch nicht", gab ich, plötzlich leise, zu.
„Ich habe absolut keine, wirklich null Ahnung, wie man sich in einem solchen Fall richtig verhält."

Der Fremdgeher war zu Hause eingetroffen.
Die Kinder waren schon im Bett, es war kurz vor zweiundzwanzig Uhr, im Fernsehen kam nur Müll, ich hatte eine Flasche Weißwein geöffnet und mir die Hälfte schon zu Gemüte geführt. Das entspannte ungemein. Half beim Nachdenken und gab mir

Mut. Denn ich hatte mich entschlossen, doch mit meinem Mann zu reden.
Über Britta, die Pädagogikstudentin. Und die Gerüchte.
Claus kam ins Wohnzimmer, hatte schon seinen rot-grün-blau gestreiften Schlafanzug an, ein Dösken Bier in der Hand und fläzte sich in seinen Sessel. „Uuhh, bin ich kaputt.“ Fast fing ich an, hysterisch zu lachen.
Das glaubte ich gerne! Erst den Tag in der Praxis, anschließend wahrscheinlich noch die halbstündige Autotour nach Oldenburg, einen Quickie mit Britta, danach duschen, zurück ins Auto und nach Wilhelmshaven. Da wäre ich sicher auch kaputt. Schade für ihn, dass ich nun absolut nicht gewillt war, die Rolle der fürsorglichen, bedauernden Gattin zu spielen. Nee, nie nich! Ich doch nich!
„Claus, ich müsste mal mit dir reden“, begann ich.
Doch Claus schnappte sich die Fernbedienung und zappte durch die Programme. Endlich hatte er irgendwo die einhundertelfte Wiederholung von „Rocky I“ entdeckt.
„Claus“, sprach ich bestimmt seinen Rücken an.
„Charlotte, heute Abend nicht mehr, ich bin absolut fertig.“ Er wandte mir nicht einmal das Gesicht zu.
„Doch, Claus“, ich griff nach der zweiten Fernbedienung und schaltete den Kasten einfach aus.
„Charlotte“, nun wurde Claus aber ungemütlich und drehte sich zumindest halb in meine Richtung.
Dies wäre jetzt der Moment gewesen, an dem ich nett den Mund hätte halten und die Dinge einfach weiterlaufen lassen können. Tat ich aber nicht!
„Claus“, mein Gott, so oft hatte ich diesen blöden Namen lange nicht mehr in den Mund genommen, „ich muss wirklich mit dir reden. Über Britta.“
Überraschung! Ich weiß etwas, von dem du nicht wusstest, dass ich es weiß! Und siehe da, endlich kam eine Reaktion!
Der Herr Gemahl drehte doch tatsächlich seinen Sessel in meine Richtung und schaute mich an. Schon verloren, du Sausack, dachte ich, denn wäre das Gespräch von heute Morgen nur ein Gerücht gewesen, hättest du „Britta?“ gesagt und den Fernseher wieder eingeschaltet.
Doch nun versuchte Claus, die Situation zu retten. Ich konnte ihm ansehen, wie fieberhaft sein Gehirn arbeitete. Was sollte er nun sagen, der arme Wicht? Wie die Situation retten?
Wäre ich sein Freund gewesen, ich hätte Mitleid mit ihm gehabt.

Ich war aber nicht sein Freund.
Ich war seine Frau!
Zunächst einmal räusperte er sich. Na, mach nur, du kommst doch nicht um ein Gespräch herum.
Ich starrte ihn wortlos an. Claus schaute hilflos zurück.
Ein erneutes Räuspern und: „Ja, also, wie soll ich dir das erklären?“
Also doch! Du Arschloch, du Hurenbock, du Sausack. Ach nee, Sausack hatte ich gerade schon. Doch ich schaute weiterhin still und stumm auf dem ganzen Tische rum.
„Bitte, Charlotte, das ist jetzt nicht so, wie du denkst.“
O nein, nicht mal was Neues fiel diesem Typen ein. Den Spruch hörten wir ja ständig in irgendwelchen abgedroschenen und öden Kitschfilmen. Ich hatte eigentlich gedacht, mein Mann wäre zumindest etwas intelligenter oder phantasievoller. Ich verzog den Mund. Sagte aber immer noch nichts.
„Charlotte“, der Fremdgeher beugte sich vor und wollte doch tatsächlich nach meinen Händen greifen! Den Händen, die mein Vater bei unserer Hochzeit so vertrauensvoll in die des Herrn Doktor gelegt hatte. Ich zog besagte Hände eng an meinen Körper. Nö, nie nich! Nicht mit mir!
„Das mit der Britta“, oh, wie er sich wand, ein gar trefflich Schauspiel ward mir geboten, „also, das ist einfach so passiert.“ Ach nee. Plötzlich und aus unerfindlichen Gründen lag der arme Kerl neben einer Einundzwanzigjährigen im Bett? Und womöglich auch gleich splitterfasernackt?!
„Du weißt doch, ich muss wegen der Coronargymnastik öfter ins Willehad.“ Das St.-Willehad-Krankenhaus. „Von wegen des Notfallkoffers und so.“
Den müssen die „turnaufsichtführenden“ Herren Doktoren nämlich mitschleppen. Falls tatsächlich mal jemand den Geist aufzugeben droht.
„Und da bin ich noch mal eben hoch auf die Chirurgie, weil da die Frau Hansen mit ihrem Oberschenkelbruch lag.“ Frau Hansen war ‘ne ganz alte Patientin von Claus.
„Na, und da“, er griff zu seinem Bier und trank einen großen Schluck, „lag im Nebenbett eben die Britta. Blinddarm-OP. Fast ein Durchbruch.“
Mitleidheischend sah er mich an. Also dafür musste ich doch nun echt Verständnis haben. So ‘nen Fast-Durchbruch. Den ließ man nicht einfach ungenutzt im Bette liegen. Noch dazu, wenn er hübsch war. Ich schwieg indessen weiter und griff zu meinem

Glas Wein, es war inzwischen das vierte. Hach, wenn Alice Schwarzer mich so hätte sehen können, sie wäre bestimmt stolz auf mich gewesen. War ich doch ganz die starke, coole, durch nichts zu erschütternde, stolze und überlegene Frau!
„Du sagst ja gar nichts, Muckel“, kam von Claus.
„Ich warte“, antwortete ich sanft.
„Worauf?“
So saublöde Fragen konnten auch nur von Männern kommen. Na, auf besseres Wetter bestimmt nicht.
„Wie es weitergeht. Du bist ja bestimmt noch nicht am Ende deiner Geschichte angelangt.“
Er wand sich weiter. Nein, dass Frauen aber auch absolut keine Gnade walten lassen konnten. Wo ich es doch nun sowieso schon wusste, musste ich den armen Mann dann noch mit Details quälen? Ich musste, jawoll! Sollte er mir das Aufblühen seines zweiten Frühlings schön direkt ins Gesicht sagen. Ich nahm noch einen Schluck Wein und zündete mir eine weitere Zigarette an.
Claus hatte sich inzwischen auch noch ein Bier geholt und versuchte zu erklären. „Ja, und da bin ich mit der Britta eben so ins Gespräch gekommen. Und irgendwie war die total nett und sympathisch.“ Kerl, wenn ich mit jedem ins Bett springen würde, der mir sympathisch ist, würde ich ja zu überhaupt nichts mehr kommen.
„Ja, und als sie dann aus dem Krankenhaus entlassen wurde, stand sie irgendwann plötzlich in meiner Praxis. Als neue Patientin.“
Na, wenn die sich ihm schon so anbot, wie konnte ein Mann sich da denn noch verweigern. Selbst wenn er verheiratet war und Kinder hatte.
„Ich denk, die wohnt in Oldenburg?“, warf ich ein.
Claus guckte verdutzt. „Das weißt du auch schon?“ Ich nickte geheimnisvoll.
„Tja, also die Eltern wohnen ja hier, und so …“
„Und da hast du dir erst mal die Narbe zeigen lassen?“
„Also …, weißt du …“
Ich aber wollte jetzt nichts mehr wissen, mir war speiübel, ich wollte jetzt einfach nur ins Bett. „Du kannst im Gästezimmer schlafen“, unterrichtete ich meinen Mann, „wir reden morgen weiter.“
„Muckel …“, dackeläugig blickte er mich an.
Doch es hatte sich ausgemuckelt.

Im Bett zog ich mir erst mal die Decke über den Kopf und heulte drauflos. Zwischendurch biss ich ins Kopfkissen, weil ich nicht wollte, dass meine Kinder durch Mütterleins Geheule aufwachten. Irgendwie konnte ich mich so gar nicht beruhigen. ‚Ach, Alice, jetzt dürftest du mich nicht sehen. Wo du doch eben noch so stolz auf mich warst.'
Mitten in die Heulattacke hinein meldete sich mein Unmut. ‚Nun reiß dich mal zusammen, Mädchen', blaffte er, ‚sei doch froh, dass du nun endlich definitiv weißt, dass der Kerl dich betrügt. Du reichst die Scheidung ein und suchst dir ‘nen Neuen.' ‚Halt', wandte da mein Mutterinstinkt ein. ‚Denk in Ruhe nach, bevor du einen solchen Schritt unternimmst! Schließlich hast du zwei Kinder, die ihren Vater lieben und brauchen.'
Ich heulte weiter und beachtete die beiden gar nicht. ‚Scheidung!', beharrte der Unmut. ‚Auch in schlechten Zeiten zueinander halten', widersprach der Mutterinstinkt. ‚Wer weiß, vielleicht lernt Claus aus der Situation und wird wieder ganz der treue Ehemann. Die Chance dazu solltest du ihm zumindest geben.' ‚Scheidung', bellte der Unmut. ‚Weg mit dem Knaben, der kann sowieso nicht treu sein. Reichst du ihm jetzt die Flosse, wird der sein Leben lang weiter fremdgehen und immer erwarten, dass du ihm verzeihst. Ich sag's noch einmal: Scheidung.'
Ich hatte fürs Erste genug geheult, ließ die beiden sich weiter streiten und schlief ein.
‚Verschieben wir's auf morgen', war Scarlett-O'Hara-gleich mein letzter Gedanke.

„Mama, Pauline hat mir schon wieder beim Pinkeln zugeguckt", schrie Anton von oben.
„Ich mach das nur, weil ich sehen will, ob der auch richtig ins Klo zielt", protestierte meine Tochter. „Der hat sich nämmich nich hingesetzt, obwohl du das immer sagst."
„Pauline, lass deinen Bruder in Ruhe und komm runter", rief ich nach oben. „Aber erst, wenn du angezogen bist und Zähne geputzt hast." Ich schmierte gerade die Nutella-Frühstücksbrote. Der Früchtetee stand schon auf dem Tisch, damit er auch ja die richtige Trinktemperatur hatte, wenn meine Gören den Becher an den Hals nahmen und keine Gefahr bestand, dass mir ein „Mann, ey, ist das heiß" mitsamt dem Tee ins Gesicht geschleudert wurde. Antons Pausentupperdose war mit Äpfeln gefüllt und selbst der Schulranzen auf seinen ordnungsgemäßen Inhalt überprüft. „Mann, Mama, ich hab so ‘nen öden Strafpunkt gekriegt,

weil ich mein WUK-Buch nicht dabeihatte. Das hatteste wohl total vergessen!" Es konnte ja nun beim besten Willen nicht angehen, dass mein Sohn Strafpunkte bekam, nur weil seine Mutter zu dämlich war, den Schulranzen richtig zu packen. So viel Intelligenz konnte ein Sohn schließlich von seiner Mutter erwarten. Nee, nee, das passierte mir nicht noch einmal.

„Kommt ihr jetzt endlich? Es ist schon fünf vor halb." Spätestens um viertel vor acht musste Anton aus dem Haus. Dass die beiden aber auch immer und immer trödeln mussten. Nie konnten sie einen Morgen ohne Stress hinter sich beziehungsweise mich bringen.

„Ich bin Erste", hörte ich Pauline die Treppe runterkommen.

„Aber nur, weil du deine Zähne nicht richtig geputzt hast, du Furz!" Anton kam hinterhergepoltert.

„Gib mal die Zeitung, Mama", der interessierte Junge von heute wollte schließlich über alles informiert sein, bevor er zur Schule fuhr.

„Geht nicht, die les ich jetzt." Auch ich wollte schließlich auf dem neuesten Stand der Dinge sein.

„Wie siehste denn überhaupt aus, Mama?" Mein Sohn hatte mein verquollenes Gesicht bemerkt, biss aber ungerührt in sein Nutella-Brot. „Haste geheult?"

Ich schüttelte den Kopf. „Nee, muss wohl irgendein Allergieanflug sein."

„Allergie?" Anton guckte verdutzt drein. „Da haste doch sonst nix mit zu tun."

„Nun aber wohl doch", beendete ich forschen Tones die Diskussion. Schließlich wusste ich noch gar nicht, wie die Britta-Claus-Charlotte-Geschichte weitergehen sollte und brauchte meinen Kindern ja nicht gleich auf die Nase zu binden, dass ihr Vater ein Sausack war, ein damischer.

„Und, wer geht nun nicht mehr zu Karstadt einkaufen?", kommentierte Anton mein Studieren der Todesanzeigen.

„Kenn ich keinen von", antwortete ich, trank einen Schluck Kaffee und packte die Zeitung zusammen. „So, ihr zwei, wir müssen los." Ich stellte die Becher und Bretter in die Geschirrspülmaschine.

„Ist mein Ranzen komplett, Mama?" Anton wollte schließlich nicht noch einen Strafpunkt erhalten.

„Sicher, aber ab heute kümmerst du dich selbst um deine Schulsachen", bestimmte ich. „Das mach ich nämlich nicht länger so mit."

Anton hatte seine Jacke schon an und nickte. „Da können wir ja nachher mal drüber sprechen", gab er zurück, schnappte sich Fahrrad- und Haustürschlüssel, stülpte seinen Helm auf den Kopf und preschte los. „Tschühüs", rief er, als er auf den Fahrradschuppen zurannte.
„Tschüs, und fahr vorsichtig", rief ich ihm, wie jeden Morgen, nach.
Pauline hatte sich ihre Sommerjacke angezogen. Ein gelbes Teil mit oben Blumen drauf und unten roten Rüschen dran. Leider nur viel zu kalt. „Pauline, diese Jacke musst du wieder ausziehen, wir nehmen die rote, die ist dicker."
„Ich will aber diese", protestierte mein Töchterlein und stampfte mit dem Fuß auf.
„Keine Chance", widersprach ich, zerrte sie aus dem gelben Sommerteil und zwang sie in die rote Jacke, die auch ganz niedlich, aber ohne Rüschen war. Paulinchen heulte. War mir aber relativ egal, ich schwang mich in meine Lederjacke, zog meine Schuhe an, half meiner Tochter in ihre Gummistiefel und zockelte, ein schreiendes Wesen an meiner Hand, los. Nein, was liebte ich diese Morgende.

Im Kindergarten angekommen, wurden wir freudig begrüßt. Svenja war schon da und zog Pauline gleich mit, nachdem diese ihre Gummistiefel mit den kindergartenüblichen Hausschuhen vertauscht und ihre Jacke aufgehängt hatte. „Wir wollen kneten", flüsterte sie Pauline zu. „Au ja", vergessen war das Geheule.
Auch ich hängte meine Jacke auf und begab mich in den vordersten Gruppenraum.
„Da bin ich", sagte ich fröhlicher, als mir zumute war. Ich hatte heute nämlich „Notdienst". Eine Erzieherin, Sigrid, hatte Urlaub, Silvia war krank und da war ich gefragt worden, ob ich nicht einen Vormittag lang bei der Betreuung der Kinder helfen könnte. Konnte ich, klar, ich doch immer. Schließlich hatte ich Kinder gern, besonders, wenn's nicht die eigenen waren.
„Kannst dich da vorn hinsetzen", meinte Helga, „und wenn du Lust hast, kannste Löcher in die Kastanien bohren. Dann können die Kinder Tiere daraus machen."
Sicher, Löcher in Kastanien bohren, das kam jetzt wirklich gut. Konnte ich mir dabei doch vorstellen, die Kastanien wären Clausens Kopf. Ich schnappte mir also den Pott mit den Kastanien, den kleinen Handbohrer und zwängte mich auf einen der kleinen Kindergartenstühle. Wenn ich meine Beine x-mäßig schräg stell-

te, bekam ich die sogar unter den niedrigen Tisch. Kaum saß ich bohrenderweise allein in dem Raume, kamen auch schon zaghaft ein paar Kinder angeschlichen.
„Was machste denn da?“, fragte ein gar entzückendes Mägdelein namens Nina. Sie hatte einen roten Blümchenpulli an, zwei geflochtene lange Zöpfe, von denen sie einen verlegen um ihren Zeigefinger drehte, und beäugte mich vorsichtig.
„Ich bohre Löcher in die Kastanien, damit ihr nachher Tiere draus basteln könnt“, erklärte ich mein Tun.
„Au fein, das möchte ich machen“, schwups saß sie auf einem Stuhl neben mir.
„Ich auch“, Jonas, ein blond gelockter Junge, saß schnell neben Nina. Ich verteilte die von mir schon vorgebohrten Kastanien an die beiden und gab ihnen auch noch Zahnstocher. Damit die Kleinen ihren Tierchen auch richtige Beine machen konnten. Helga hatte das Interesse der Kinder an den Kastanienarbeiten bemerkt und steuerte noch einen Karton bunter Federn bei. „Dann könnt ihr den Tieren noch einen bunten Schwanz machen“, sagte sie.
„Mein Tier steht nicht“, beschwerte sich Jonas.
„Gib mal her, ich mach dir das“, bot sich Pauline an, die nun auch friedlich neben Svenja am Tisch saß und mitbastelte.
„Ich will einen blauen Schwanz“, rief Nina, „Ich einen rosanen“, das war Jonas. Ich will einen, der nur mich will, dachte ich trotzig. Inzwischen kam ich schon arg in Schwulitäten, so viele Kinder saßen hier herum, da musste ich schnell bohren, um deren Ansprüche befriedigen zu können. O Kind, ich bin doch kein D-Zug, dachte ich, als wieder einer der Jungen laut weitere Kastanien forderte. Den Burschen kannte ich namenmäßig noch nicht. „Wer bist du denn?“, fragte ich ihn, denn schließlich wollte ich meinem Vorsatz, möglichst alle Kinder mit ihrem Namen anzusprechen, auch gerecht werden. „Janchristofschmid.“ Ach so. „Tja, Janchristofschmid, da musst du noch ein Sekündchen warten, gleich habe ich die Kastanien für dich fertig.“

An diesem Abend war Claus bereit, mit mir zu reden.
Ich hatte mir wieder ein Fläschchen Weißwein aufgemacht, gemeinsam mit einer Flasche Mineralwasser neben meine Couch gestellt und wusste nicht, wie ich ein solches Gespräch zu führen hatte. Ich Dummchen aber auch. Brauchte ich doch gar nicht zu führen.

Claus hatte schließlich den ganzen Tag in den Patientenpausen Zeit gehabt, sich ein Konzept auszudenken. Auch die Mittagspause hatte er aushäusig genutzt. Wozu, erklärte er natürlich nicht. Vielleicht hatte er sich ja wirklich Gedanken über unsere Ehe gemacht.
Hatte er. Sagte er zumindest. Und dass ihm das mit der Britta irgendwie echt Leid täte.
Natürlich auch für die Britta. Und er hätte eingesehen, dass ihm mehr, viiieeel mehr an Ehefrau und Kindern als an so 'ner kleinen Bettmaus gelegen wäre. Was natürlich für so 'ne Bettmaus doch schade war. Also, er wolle die Sache mit der Britta beenden und sich wieder in vollen, fröhlichen Zügen dem Familienleben widmen, versprach er.
Hatte er echt gut einstudiert. Fand ich.
‚So nimm es doch hin, Kindchen', mein Mutterinstinkt wurde wieder wach. ‚Schau mal, wie gut er es mit dir meint.'
‚Alles Quatsch', widersprach mein Unmut. ‚Der lullt dich ein. Will bloß die Anwaltskosten und den ganzen Zinnober sparen. Der macht doch weiter so. Der bestimmt.'
‚Hör nicht auf den', erwiderte mein Mutterinstinkt. ‚Deine Kinder sind wichtiger. Sie sind das Wichtigste, was du auf der ganzen Welt hast.' ‚Bist du denn gar nicht wichtig?', insistierte mein Unmut. ‚Nicht einmal dir selbst?' ‚Erst die Kinder.' Das war wieder der Mutterinstinkt.
‚Wenn du dir selbst nicht wichtig bist, wem sollst du denn sonst wichtig sein?' Der Unmut. ‚Willst du ständig der Fußabtreter für alle sein? Immer brav lächeln und immer vergnügt? So nach dem Motto: trampelt ruhig alle auf mir und meinen Gefühlen herum, dafür bin ich ja da?!'
Nee. Nie nich. Ich doch nicht.
Da hatte mein Unmut schon Recht. Ich war schließlich auch wer!
‚Aber du bist eine Mutter', beharrte der Mutterinstinkt.
Claus guckte mich derweil unverwandt an.
Der musste auch denken, die Alte ist reif für die Klapsmühle, wenn ich so lange brauchte, um auf sein Angebot einzugehen. Wo er doch nun schon die Bettmaus aufgeben wollte!
„Tja ..., weißt du, Claus, so schnell kann ich jetzt nichts dazu sagen." Ich trank aus meinem Glas. „Also ganz sicher brauch ich da noch etwas Zeit, das geht nicht so von heute auf morgen. So zu tun, als ob da nichts war."
„Aber da war doch nichts", heulte Claus auf. „Jedenfalls nichts Ernstes."

„Genau das ist ja das Schlimme.“ Ich war ganz ruhig, befand mich irgendwie in einem watteähnlichen Zustand.
„Wenn es dir wenigstens ernst gewesen wäre. So das ganz große Gefühl, von dem du nicht dachtest, dass es das überhaupt gibt ..., dann hätte ich ja Verständnis gehabt. Aber so ...“ Ich zuckte mit den Schultern. „Für nur mal zwischendurch seine Ehe aufs Spiel zu setzen ...“, ich trank noch einen Schluck, „da hätte ich dich eigentlich für wesentlich vernünftiger und verantwortungsbewusster gehalten.“
Er schluckte und griff zu seinem Bier.
„Ich denke, mal so'n bisschen flirten, okay, das braucht der Mensch, aber gleich mit 'nem anderen ins Bett?“ Die schluchzende Frage „Bin ich denn sooo schlecht im Bett?“ kam natürlich nicht von mir, denn ich wusste, ich war gut!
„Also, ich für meinen Teil würde nur dann fremdgehen, wenn unsere Beziehung total am Boden wäre“, behauptete ich. „Und wenn ich mich emotional dem anderen so verbunden fühlen würde, dass eine weitergehende intensive Beziehung möglich wäre.“
Hatte ich jetzt echt gut in Worte gefasst. Fand ich.
„Tja, was soll ich dazu noch sagen?“, fragte Claus. Es täte ihm wirklich, wirklich Leid, beteuerte er, und niemals, niemals hätte er gewollt, dass unsere Beziehung daran Schaden nähme.
Für wie blöd hielt er mich eigentlich?!
Hurte herum und hoffte, dass es keiner mitbekam. Na, ich zumindest nicht. Wollte den tollen Hecht spielen und zu Hause sein artig Weibchen wissen?! Aber so mochten Männer wohl gestrickt sein. Trotz angeblich höherer Intelligenz doch eher etwas unterleibsgesteuert. Mir jedenfalls reichte sein Entschuldigungsgeheule noch lange nicht, und ich verbannte ihn zunächst einmal weiterhin ins Gästezimmer.

Wochenende.
Endlich mal wieder.
Der samstägliche Großeinkauf auf dem Wochenmarkt war erledigt, alle Lebensmittel artgerecht in Kühlschrank, Brotfach oder auf dem Obstteller untergebracht, der „Freizeitspaß“ konnte beginnen. Claus hatte tatsächlich mal gute Laune, wollte er doch das ihm angetraute Eheweib auch bei derselben halten.
„Wir könnten ja mit dem Fahrrad zum Südstrand fahren“, schlug er vor.

„Au ja, Papa, das machen wir“, Pauline hüpfte vor Begeisterung. War Papa doch ausnahmsweise guter Dinge, hatte sie noch kein einziges Mal angeschnauzt und schlug zudem noch einen Fahrradausflug vor. Weihnachten, Geburtstag und Ostern fielen wohl gerade auf einen Tag!
„O Mann, ey, ist doch voll öde“, kam von Anton.
„Anton“, zischte ich meinem Großen zu, „jetzt halt mal die Klappe und füg dich einfach.“ Wo Claus sich doch sichtlich solche Mühe gab! Etwas lauter sagte ich: „Ist doch schön, so mit dem Rad durch die Stadt, und am Südstrand kriegt ihr auch ein Eis oder eine leckere Bratwurst.“ Bestechung kam eigentlich immer irgendwie gut an.
„Och, Scheiß-Eis, ich will lieber zu Kathy“, verzog Anton sein wohlgerundetes Gesicht. Kathy hieß eigentlich Kathrin, war eine Schulfreundin von Anton, wohnte ziemlich in der Nähe, war unheimlich nett und gerade mit Anton dabei, eine Video-Show im Stile von „Samstag Nacht“ zu entwerfen. Anton hatte auch schon mein Okay, unsere Videokamera dafür benutzen zu dürfen.
„Och Anton, du musst mitkommen“, beharrte Pauline.
„Muss ich nicht, du Furz“, mein Herr Sohn übernahm die Rolle des Missgelaunten an diesem Samstag.
„Schluss jetzt, du kommst mit!“ Der Vater hatte ein Machtwort gesprochen. Das ging ja nun wohl echt zu weit. Mann, dass jetzt sein Sohn rummeckerte, wo er doch einen auf Harmonie machen wollte. „Wir fahren alle zusammen.“
Anton moserte noch etwas, fügte sich jedoch in sein Schicksal und kam wenigstens mit.
Aber er fuhr vor.
Um seinen Unmut zumindest zum Ausdruck zu bringen.
Paulinchen verhielt sich wahrlich vorbildlich. Sie radelte artig neben meinem Rad her, fuhr rechts, wenn ich es ihr sagte, und hielt sich konstant an meiner Seite.
Wir fuhren durch den herbstlich angehauchten Kurpark, durch die grünen Baumalleen der Adalbertstraße und an der Christus-Garnisonskirche vorbei. Dort mussten wir einen kurzen Zwischenstopp einlegen, weil gerade ein frisch getrautes Paar mit Gefolge die Kirche verließ und Pauline voller Staunen in die Bremsen trat.
„Mama, ist das eine Prinzessin?“, fragte sie mich.
„Nein, mein Schatz“, lächelte ich, „das ist eine Braut. Die beiden haben gerade geheiratet.“

Pauline war hingerissen. „Ist die schön“, hauchte sie, „so möchte ich auch mal heiraten.“
Sie wusste auch schon, wen. „Das muss ich am Montag gleich Daniel erzählen.“ Daniel war ein Kindergartenfreund, zur Zeit ihr absoluter Favorit und trug eine Brille. Da er nämlich schielte, war ein Auge wechselseitig ständig bepflastert, doch das tat der Liebe meines Töchterleins zum ihm keinen Abbruch.
„So haben Mama und ich auch geheiratet“, kam unpassenderweise von Claus. Mein Lächeln verschwand. Tja, wenn ich damals schon gewusst hätte, was ich heute weiß ...
Egal, ich hätte es trotzdem getan, wäre ich doch sonst heute ohne meine beiden süßen Kinder.
Ich lächelte wieder.
„So, nun aber weiter, der Südstrand wartet.“
Wir stiegen wieder in die Pedale, überquerten die Weserstraße und fuhren am Bontekai entlang. Dieser Kai war einfach schön. In den letzten Jahren waren dort mehrgeschossige Mietshäuser von Bauvereinen und Privatinvestoren gebaut worden, man hatte einen tollen Blick auf den Binnenhafen und über den Deich hinaus auf das offene Meer. Zwischen den Häusern und dem Binnenhafen waren von der Stadtverwaltung Bäume gepflanzt und ein Weg direkt am Kai gepflastert worden. Ich hoffte stets nur, wenn wir dort entlangradelten, dass mein Töchterlein nicht irgendwann im Wasser landen und der Rettung bedürfen würde. Doch sie fiel nicht hinein, wir radelten weiter über die Kaiser-Wilhelm-Brücke, die größte Drehbrücke Europas, stellten unsere Räder in die dafür vorgesehenen Ständer und konnten den Rest zu Fuß erledigen.
„Da vorn gibt's das Eis, Mama“, Pauline hatte den Eisstand schon gesichtet.
„Wenn ich jetzt ein Eis esse, krieg ich dann nachher noch 'n Fischbrötchen?“, fragte Anton.
„Wenn du ein kleines Eis nimmst, schon“, Vatern war immer noch fein zuwege.
„Ist gut“, unser Sohn konnte sein Glück kaum fassen.
Ey, Mann, ey, Claus, du musst öfter fremdgehen, das lohnt sich ja voll für die Kinder. Während ich mich mit den Kindern im Schlepptau zur Eisdiele aufmachte, schlenderte Claus zur halbhohen Mauer, die die Flaniermeile vom „Badedeich“ trennte, lehnte sich dagegen und blickte versonnen über das silbrig glänzende Meer. Die Sicht war ungetrübt, man konnte ohne Mühe Dangast auf der anderen Seite des Jadebusens erkennen.

Ein kleines, ein ganz kleines bisschen ähnelte er dem Claus von früher, als ich ihn da so stehen sah.
Die Kinder hatten jedenfalls ihr Eis, Pauline Kaugummi- und Anton Waldmeister-Geschmack, mit Sahne und Erdbeersauce drauf und stiefelten zufrieden weiter.
Ich gesellte mich zu meinem Mann, für den ich durchaus noch zarte Gefühle hegte, wie mir gerade aufging, und schlug ihm vor, den Kindern nachzulaufen. Wehmütig wandte er sich vom glitzernden Wasser ab und legte den Arm um mich.
Ach, wie hätte alles schön sein können, wenn nicht …
„Du, Charlotte", Claus ergriff das Wort. „Ich war gestern bei der Britta."
Hurra, der Alltag hatte mich wieder. Ich schwieg, mochte ich mir doch die kostbaren, harmonischen Minuten nicht versauen lassen. Obgleich ich diesmal um das Gespräch nicht herumkam.
„Ich hab jetzt mit ihr Schluss gemacht."

Ta-ta-ta-taaaaaaa!
Ich schwieg immer noch.
„Das war es doch, was du wolltest?!"
Och, Claus … Das solltest du doch für uns tun, wenn dir etwas an unserer Beziehung liegt!
„Sie hat das auch irgendwie verstanden." Nee, wie nett von ihr.
„Ich hab ihr das erklärt, das mit dir und den Kindern und so … Dass ihr mir eben wichtiger seid und ich euch nicht missen möchte!"
‚Verräter', schrie der Unmut. ‚Du schleimender, blöder Verräter! Bei der Nächsten machst du doch weiter so und hoffst nur, dass Charlotte dich nicht erwischt.'
‚Ruhe', meldete sich der Mutterinstinkt. ‚Ist er nicht süß, wie er so zögerlich neben dir herläuft und dir alles berichtet?!' Ich hörte beiden angestrengt zu. Leider war meine gute Laune wie weggeblasen. Die Watte war wieder da.
‚Gib dir ‘nen Ruck', meinte der Mutterinstinkt. ‚Lächel ihn an, sag ihm, dass du ihm verzeihst.'
‚Tritt ihm in den Hintern', schrie der Unmut, ‚wenn der meint, du wolltest, dass er mit der Bettmaus Schluss macht und in Wirklichkeit deine Gefühle und eure Gespräche überhaupt nicht verstanden hat, ist er den Dreck unter deinen Fingernägeln nicht wert!'
„Ja, Claus, das wolltе ich", antwortete ich schließlich meinem Mann. „Und ich glaube, du wolltest das auch."

Ich sah ihn an. „So wirklich und echt. So von innen heraus eben.“ Das war nun wohl etwas zu viel für den Herrn Doktor. So viel Gefühl. Das hatte Mann nicht gern. War irgendwie zu anstrengend. Er lenkte ab. „Was hältst du denn davon, wenn wir in den Herbstferien ein paar Tage nach Langeoog fahren? Wir vier, die ganze Familie?“
Warum nicht?! Vielleicht hatten wir dort eine Chance, zu einem normalen, funktionierenden Familienleben zurückzukehren.

Die Herbstferien hatten begonnen.
In der Zwischenzeit hatte sich unser Familienleben irgendwo zwischen normal und Watte befunden. Bei Claus normal, bei mir Watte. Claus nächtigte übrigens immer noch im Gästezimmer.
Der Langeoog-Urlaub stand bevor.
Doch leider Gottes hatte Paulinchen es vorgezogen, sich angesichts des lauftechnisch anstrengenden Inselaufenthaltes noch schnell das rechte Bein zu brechen.
Sie war von Svenjas Hochbett auf ein kleines, unscheinbares, aber überaus gefährliches, weil im Wege liegendes Spielzeug gesprungen und hatte sofort geschrien: „Mama, mein Bein, aua, aua, aua!“
Gelassen, wie ich kindliche Unfälle nun einmal hinnehmen konnte, schließlich hatte Anton diese Phase schon hinter sich, hatte ich mein Töchterlein auf den Arm genommen und ins Auto verfrachtet.
Als sich jedoch nachmittags noch immer keine Besserung ihrer Beschwerden einstellen wollte, Pauline zudem kaum noch auftreten konnte, sah ich mich genötigt, einen Unfallchirurgen aufzusuchen. Der hatte dann nach gründlicher Betrachtung der frisch aufgenommenen Röntgenaufnahmen festgestellt: „Es handelt sich um eine Grünholzfraktur. Wir werden das Bein eingipsen.“
O nein, nicht auch noch das, dachte ich, fast schon dem Verzweifeln nahe. Reichte es denn nicht, dass meine Ehe ziemlich im Argen lag, musste denn nun noch so was passieren? Es musste, denn am Gips war nichts mehr zu ändern. Paulinchen weinte zwar, als der Verband von den Zehen bis zum Oberschenkel gewickelt wurde, doch als der Gips erst mal fest war und sie nach der Farbe des Außenverbandes, natürlich rot, gefragt wurde, erhellte sich ihr kleines Gesichtchen und zumindest ihre Welt war wieder in Ordnung.
Die meines Gatten jedoch nicht.

„So ein Mist“, blaffte er herum, „da hab ich extra die Praxis für ‘ne Woche geschlossen, damit wir einen schönen, harmonischen Urlaub verbringen können und nun so was.“
Er kriegte sich gar nicht wieder ein. „Wir fahren nicht.“ Er schien entschlossen. „Ich ruf gleich bei den Weibern an“, damit meinte er seine Arzthelferinnen, „dass die morgen früh auf der Matte stehen. Und die WZ“, die Wilhelmshavener Zeitung, „fax ich auch an, damit die für Dienstag gleich ‘ne Anzeige bringen, in der steht, dass ich nun doch keinen Urlaub mache.“
Der Kerl raste. Und das, wo eigentlich Mitleid von väterlicher Seite angebracht gewesen wäre. Doch nein, der Herr Doktor fühlte sich persönlich angegriffen. Als ob Pauline sich extra das Bein gebrochen hätte, um ihn zu ärgern. ‚Greif hilfreich ein’, flehte mein Mutterinstinkt. ‚Tritt ihm in den Hintern’, bellte der Unmut.
Ich folgte ersterem und wandte ein: „Du, Claus, wir haben doch den Bollerwagen. Den nehmen wir mit und setzen Pauline hinein. Wirst schon sehn, es wird noch ein schöner Urlaub.“ Mein Mutterinstinkt war begeistert. ‚Klasse, weiter so, Mädchen, du bist auf dem richtigen Wege!’ Mein Unmut verkroch sich sauer in seine Ecke. Wenn eh keiner auf ihn hörte!

Nun waren wir also tatsächlich in Bensersiel am Anleger. Es war ein sonniger, windiger Montagmorgen, den Wagen hatte Claus auf dem Langzeitparker-Parkplatz abgestellt, die Fahrkarten waren gekauft, das Gepäck in den inseltypischen Containern verstaut. Wir saßen auf der Kaimauer unterhalb des Fahrkartenschalters und warteten darauf, dass die FRISIA IV ihre Gangway hinabließ, damit wir an Bord gehen konnten. Und endlich kam das Signal. Ich zog den Bollerwagen mit Pauline, Claus hielt die Fahrkarten bereit. Der freundliche Kontrolleur ersuchte uns höflich, den Bollerwagen doch bitte im Container mit auf die Insel zu schicken.
Ein Hinweis auf die lädierte Pauline und der Blick auf ihre auch im Bollerwagen befindlichen Krücken ließen ihn jedoch davon Abstand nehmen. Pauline durfte mit Bollerwagen an Bord und musste nicht im Container reisen. Wenn das nichts war!

Auf Langeoog angekommen, quälten wir uns aus dem übervollen Schiff in den übervollen Zug, der uns vom Hafen in den Ort befördern sollte. Die Bimmelbahn fuhr an, Claus schien einigermaßen zufrieden zu sein, meckerte wenigstens nicht, und ich

atmete auf. Fast geschafft! Anton stand draußen zwischen den Waggons, hatte unsere Videokamera dabei und wollte einen coolen, megageilen Film über Langeoog drehen. So nach dem Motto: „Und das waren die Steine, über die wir mit der Bimmelbahn hinweggebrettert sind.“ Doch egal, Hauptsache er war zufrieden.
Wo er schon gemosert hatte: „Mann, Langeoog, ey, das ist voll uncool.“ Aber so leicht hatte die fröhliche Mutter nicht aufgegeben und ihn schließlich dazu überreden können, sich dem familiären Ausflug anzuschließen.
Wo er ja der Kameramann sein sollte. Und auch partout wollte. „Da kann ich voll die geilen Erfahrungen für unsere Show sammeln, so als Kameramann.“ Und es war schließlich wichtig, dass mein Sohn seine Erfahrungen sammelte. Waren es vorerst auch nur die eines Kameramannes.
Gentlemanlike übernahm Claus das Hinter-sich-her-Ziehen unserer beiden Koffer, Anton schleppte seinen Rucksack und ich zog den Bollerwagen mitsamt dem Paulinchen drin.
„Au, Mama, guck mal, die Pferdekutsche!“ Meine Tochter war hin und weg. Da stand doch tatsächlich ein Planwagen mit zwei davor gespannten Gäulen am Straßenrand. Die Gäule sahen aber schon ziemlich betagt und ziemlich gelangweilt aus.
„Auf Langeoog gibt’s keine Autos“, dozierte nun der Herr Doktor, wie jedes Mal, wenn wir Langeoogschen Boden betraten, „hier erledigt man alles mit Pferd und Wagen oder Elektrokarren.“
„Oder mit dem Rad“, rief uns ein junger Mann zu, der eben in einem solchen Höllentempo an uns vorbeisauste, dass ich vor Schreck fast mit meinem Hintern auf Paulines Gipsbein geplumpst wäre.
„Vielleicht sollten die auf Langeoog mal Fahrradklingeln importieren“, bemerkte ich. Doch kein einer sagte was. Wir trotteten also in Richtung des Appartements, das wir natürlich vorher telefonisch angemietet hatten und meldeten uns an der Rezeption an. Die gute Frau Rezeptionistin begleitete uns und trug, zur Einstimmung auf unseren Inselaufenthalt, gleich mal ein Fläschchen Sekt in einem Stahlkühler vor sich her. „Für die Kinder steht eine Flasche O-Saft bereit“, informierte sie uns.
Nein, wie aufmerksam. Na ja, das Appartement war nun auch nicht gerade billig, da hatten die Sekt und O-Saft wohl schon mit einkalkuliert. Kam aber trotzdem irgendwie gut an.
Den Bollerwagen unten stehen lassend, Paulinchen auf dem einen, die Krücken unter dem anderen Arm, quälte ich mich hin-

ter Frau Rezeptionistin die Treppe rauf. „Och, da hätten Sie man ruhich den Lift benutzen können, junge Frau“, klärte sie mich auf, als wir schon oben waren. Klasse, dachte ich und schnaufte erschöpft. Na, beim nächsten Mal.
„So, da wären wir“, sie hatte die Tür aufgeschlossen und ließ mich gnädigerweise als Erste rein. Ich platzierte Pauline auf dem Sofa, schmiss die Krücken in eine Ecke und streckte mich. „Wennse noch irgendwelche Fragen ham, Se wissen ja, wo Se mich fin'n.“
Jou, dat wusste ich wohl. Kam ich jetzt im Fernsehn?

Claus war schlauer als ich gewesen, hatte den Lift genommen und kam wesentlich weniger erschöpft in der Wohnung an.
Einzig Anton fehlte.
Wäre ja auch der reinste Zufall gewesen, wenn eins der Kinder mal nicht abhanden gekommen wäre.
Claus blickte sich kritisch um. „Doch ja, hier lässt es sich aushalten“, gab er sich mit den Räumlichkeiten zufrieden.
Das Wohnzimmer war zirka zwanzig Quadratmeter groß, beinhaltete neben Couch, Sessel und kleinem Tischchen – mit dezent blauer Tischdecke – auch den Essbereich nebst Fernseher, endete in der Küchenzeile, von wo aus man einen Blick auf das Nachbarhaus hatte. Vor dem Fenster stehend, konnte man rechts ins Kinderzimmer gehen, das ein Etagenbett sowie einen Kleiderschrank beherbergte und ziemlich eng war. Also, hochschwanger hätte ich diesen Raum nicht betreten können. Aber, Gott sei Dank war ich nicht schwanger und beabsichtigte auch nicht, es je wieder zu werden.
Das Schlafzimmer schloss sich an die andere Seite des Wohnzimmers an. Ätsch, Claus, dachte ich lästerlich, als mein Blick auf zwei auseinander stehende Betten fiel, das hattest du dir wohl etwas anders vorgestellt. Denn zusammenschieben ließen sich die Dinger nicht, sonst hätte man die Tür weder auf noch zu gekriegt.
Außerdem stand mir noch lange nicht der Sinn nach ehelichem Verkehr! Claus aber wohl schon, was sein miesepetriger Blick beim Betrachten der getrennten Betten durchaus zeigte. „Scheiße“, kommentierte er und weiter: „Du kannst ja schon die Koffer auspacken, ich bummel so lange mal durch den Ort. In einer Stunde bin ich wieder da.“
„Stopp“, hielt ich ihn auf. „So nicht.“
„Wie, so nicht?“

„Du glaubst doch nicht im Ernst, ich kümmere mich jetzt allein um die Klamotten und du machst dir 'n flottes Stündchen?!“ Ich schüttelte den Kopf. „Kannst ruhig mithelfen. Ich schnapp mir erst mal den Kinderkoffer, und du holst deinen Kram aus unserem Koffer. Und die Kultursachen kannste auch gleich im Bad verstauen.“

Nö, mit mir nicht mehr. Nie nich.

Das Bad war gleich neben der Eingangstür, einskommafünf mal zwei Meter groß und mit Dusche, WC und Waschbecken ausgestattet. Auch ein Fön und, o Seltenheit, eine Waage standen bereit. Claus grunzte. „Da hätten wir ja wirklich besser zu Hause bleiben sollen. Scheint ja ein toller Urlaub zu werden.“

Mein Unmut meldete sich wieder. ‚Siehste, das haste nun davon. Bist auch selbst schuld, was fährste auch mit dem noch weg. Hättste dich man doch gleich scheiden lassen sollen.'

Der Mutterinstinkt dagegen blieb ruhig. Was hätte er auch schon groß sagen sollen.

Als ich die Kindersachen und auch meine Klamotten ordentlich, wie ich es von meiner Mutter gelernt hatte, in den verschiedenen Schränken verstaut hatte, köpfte ich erst mal die Flasche Sekt. Den hatte ich mir nun verdient. Paulinchen saß immer noch artig auf dem Sofa und war mit ihrem Gameboy beschäftigt. Na, wenigstens die Jacke hatte sie sich ausgezogen. Claus hockte missmutig in dem Sessel und las „Friesenmorde“ von Theodor Reisdorf.

„Möchtest du auch einen Schluck Sekt?“, fragte ich ihn. Ein weiteres Grunzen sollte wohl seine Zustimmung signalisieren, und so reichte ich ihm eines. Pauline bekam ein Glas O-Saft und Anton …

Herrschaftszeiten, wo steckte der Bengel eigentlich? Wir waren nun schon gut und gerne eine Stunde hier, und mein Sohn war noch nicht aufgetaucht. Na, zumindest bei der Ankunft an der Rezeption hatte ich ihn noch gesehen.

„Claus, weißt du, wo Anton ist?“

„Woher soll ich wissen, wo dein Sohn sich wieder rumtreibt?“, kam von dessen Erzeuger. „Der macht doch sowieso nur das, was er will.“

Was nun aber nicht so ganz stimmte. Gut, Anton versuchte schon, seine Wünsche zielstrebig und ohne Rücksicht auf die Familie durchzusetzen, aber oft machte ich ihm da auch einen mütterlichen Strich durch die Rechnung.

„Ich geh mal zur Rezeption“, sagte ich, „wer weiß, vielleicht hat er ja nicht mitgekriegt, in welchem Appartement wir sind und irrt suchend umher.“ Ich wollte mich gerade auf den Weg machen, als es an der Tür klopfte. Ich öffnete und vor mir stand der verloren geglaubte Sohn. Ich war versucht, ihn filmreif an mein liebend Herz zu drücken, guckte aber erst mal halb streng und fragte: „Wo kommst du denn jetzt erst her?“
Anton drängelte sich an mir vorbei, schmiss seinen Rucksack in die Ecke, legte die Kamera daneben und warf sich neben sein Schwesterlein auf die Couch. „Oh, voll stark, ey. Die haben hier ‘nen Billardtisch. Absolut galaktisch.“ Aha. Na, das erklärte nun eigentlich alles. Mein Sohn war nämlich der Welt bester Billardspieler, glaubte er zumindest, und überall da, wo ein solcher Tisch stand, war Anton nicht weit. Wenn er allerdings bei einem Spiel gegen einen anderen Jungen oder gar Mann verlor, hatten die anderen meistens geschummelt. Behauptete er wenigstens.
„Krieg ich auch ‘nen O-Saft?“ Er kriegte und ich gleich noch ein Glas Sekt. Claus nicht, der stierte weiterhin in sein Buch.

„Wie sieht’s denn aus, wollen wir mal durch den Ort strunzen?“
Sekt und O-Saft waren ausgetrunken, ein leichter Anflug von Langeweile kam bei mir und den Kindern auf.
Mühsam riss Claus sich von seinem Buch los.
„Mama, kann ich nicht hier bleiben, ich hab echt keinen Bock auf den Ort.“
„Du kommst mit.“
„Ey, immer muss ich das machen, was ihr sagt, das ist echt Scheiße.“
Nun rastete Claus aus. „Du hältst jetzt sofort die Klappe, ziehst deine Jacke an und kommst gefälligst mit.“ Er schrie so laut, dass ihm Spucketropfen aus dem Mund entwichen und mich zu duschen drohten.
„Claus“, beschwor ich den Schreier.
„Ach, ist doch wahr“, er wurde um keine Nuance leiser, „immer dieser kleine Quertreiber! Was glaubt der denn eigentlich, wer er ist.“ Die Spucke flog immer noch. Hoffentlich kriegte Claus jetzt keinen Herzinfarkt. Obwohl, warum eigentlich nicht? Wäre ein Problem weniger. Irgendwie.
„Ständig stinkt er gegen alles und jedes an, nichts passt ihm, mir reicht’s.“ Des Vaters Gesicht ward puterrot. Er keuchte.
‚Gleich kippt er um‘, freute sich schon mein Unmut. ‚Kind, bring ihn zur Vernunft‘, forderte mich der Mutterinstinkt auf. Ich

beschloss, meinen Gatten erst mal zu beruhigen, da ich nicht zwingend mit zwei Kindern, einem Bollerwagen, zwei Koffern und 'nem Sarg nach Hause wollte. Außerdem wusste ich nicht so genau, wo Claus den Wagen geparkt hatte.
„Hört doch mal auf, ihr zwei", versuchte ich zu beschwichtigen. Anton heulte nämlich schon Rotz und Wasser. „Wir haben uns so auf ein paar schöne Tage hier gefreut."
Doch Claus war nicht willens, so einfach sein Gezeter zu beenden. „Ich bin's leid", schrie er, „immer macht der Probleme, wer weiß, vielleicht hätten wir nicht den ganzen Ärger, wenn dein Herr Sohn nicht ständig querschießen würde."
Nun wurde ich aber sauer. Und zwar total. Was hatte Antons Vorpubertät, denn eine solche war sein letztmonatiges Verhalten, damit zu tun, dass Claus fremdgehen musste? Wo ich es doch war, die die meiste von der wenigen Zeit, die Anton in heimischen Gefilden wandelte, mit ihm verbrachte.
„Was bildest du dir eigentlich ein", schrie ich nun zurück. Mein Unmut tanzte begeistert auf und ab. „Gibst dem armen Kind die Schuld für dein schäbiges Verhalten!"
Das arme Kind heulte zum Steinerweichen, und auch Pauline heulte mit. Na, bravo, wirklich ein suuuper Urlaub.

Drei strunzten in den Ort.
Mutter, Sohn und Töchterlein-im-Bollerwagen. Der Vater hatte es vorgezogen, mit beleidigter Miene an den Strand zu wandern. War mir auch echt egal.
Ich hatte meinen verheulten Kindern das Gesicht gewaschen, Paulinchen unter den Arm geklemmt und war mit ihr die Treppen hinabgestiefelt, da ich zu wütend war, um auf den Lift zu warten. Anton hatte schweigend der Schwester Krücken genommen und war mir still gefolgt.
Der schäumende Gatte war an uns vorbeigezogen und wortlos in Richtung Strand gestapft. Sollte er doch. Sollte er doch einsam und verlassen am Strand einem Herzinfarkt erliegen. Und kein einer sprang hilfreich hinzu.
Ich sah ihn schon japsend im Sande liegen, während ich den Bollerwagen durch Langeoogs Gassen zog. Es war mir nun gleichgültig, ob ich wusste, wo der Wagen geparkt war, ich würde ihn schon finden. Schließlich kannte ich unsere Automarke, die Farbe und das Kennzeichen. Und den Sarg würden sie mir sicher nachschicken, den brauchte ich bestimmt nicht gleich mitzunehmen.

„Mama, bin ich wirklich immer an eurem Streit schuld?“, plötzlich war der vorpubertierende Anton wieder ein kleines, zartes, verletzliches Kind. Pauline spielte indes mit ihrem Gameboy im Bollerwagen.
Er schniefte. „Nein, mein Schatz“, beruhigte ich ihn, strich ihm mit der freien Hand über die kurzen, dunkelblonden Haare mit dem von der Sonne erblondeten Pony. Ich neigte mich zu ihm und gab ihm einen Kuss. Das durfte ich, hier auf Langeoog, denn schließlich konnte es keiner seiner Freunde sehen, und endlich war er gerade mal wieder mein kleiner Sohn.
„Nein, Papa und ich streiten uns nicht immer nur deinetwegen. Schau mal, Erwachsene können genauso wie ihr Kinder mal Streit haben. Und ihr vertragt euch doch auch wieder.“
Anton blickte mich mit großen, unschuldigen Augen an. „Vertragt ihr euch auch wieder?“ Ein weiterer Schniefer folgte.
„Ich hoffe es, mein Schatz“, seufzte ich, „obwohl ich mir da zur Zeit nicht so ganz sicher bin.“
Warum sollte ich meinen fast elfjährigen Sohn belügen? Wo die ganze Situation doch zur Zeit wirklich mehr als verfahren war, wie sich eben noch gezeigt hatte.
„Und wenn ihr euch nicht mehr vertragt?“
„Dann werden wir schon irgendwie weitersehen“, antwortete ich.

Claus war keinem Herzinfarkt erlegen.
Er kehrte genauso lebendig zurück, wie er gegangen war.
Ich hatte mit den Kindern ein paar Lebensmittel und Getränke in einem kleinen Supermarkt eingekauft und Pauline hatte mit ihren Krücken für echtes Aufsehen gesorgt. Anschließend hatten wir in unseren warmen Jacken draußen vor einem Café einen Cappuccino und eine Cola getrunken – natürlich pro Kind eine – und waren dann zum Appartement zurückgekehrt, wobei ich diesmal für den Aufstieg den Lift benutzte. Die Kinder lagen artig auf ihren Betten, Anton oben, Pauline unten, und lasen in ihren neuen Micky-Maus- und Bibi-Blocksberg-Heften. Das hieß, Pauline guckte natürlich nur, denn lesen konnte sie ja noch nicht.
Ich hatte inzwischen die Einkäufe verstaut und mir den Rest aus der Sektflasche eingeschenkt, als die Tür aufging und Claus die kleine Wohnung betrat.
‚Tja, schade, nun musst du ihn doch auf seinen eigenen Beinen stehend wieder mit nach Hause nehmen‘, trauerte mein Unmut.
‚Charlotte, nun reiß dich aber zusammen‘, befahl der Mutter-

instinkt. Schöner Versöhnungsurlaub, dachte ich.
Claus setzte sich hin, hatte seine Jacke aber noch an.
„Hab gerade wohl etwas überreagiert“, sagte er bloß.
„Ja“, mehr wusste ich auch nicht zu sagen.
„Woll'n wir essen gehen?“
„Können wir machen.“
Ich hatte irgendwie absolut keine Lust, mich mit meinem Mann über seinen Wutanfall von vorhin zu unterhalten. Was ja auch zwangsläufig zu einer anschließenden Großdiskussion über unsere Ehe ausarten würde. In Anbetracht der Ereignisse der letzten Zeit.
„Was wollen wir denn essen?“
Mir war das völlig wurscht. Hatte er sich doch noch nicht einmal für sein Geschrei entschuldigt und ich sowieso keinen Hunger. Eben wegen dieses Geschreis.
„Was willst du denn?“ Sicherheitshalber wollte ich ihm die Wahl des Restaurants überlassen, damit er wenigstens für den Rest des Abends einigermaßen bei Laune war. Der Kinder wegen. Obwohl ...
„Also, ich hätte ja schon ganz gerne Fisch.“ Das war mir klar.
„Wir können doch in dies kleine, gemütliche Ding an der Ecke gehen, in dem wir schon öfter waren. Leckere Kinderteller haben die da auch.“
„Ist gut“, stimmte ich ihm zu.
„Anton, Pauline, kommt ihr bitte, wir wollen essen gehen.“ Es war immerhin schon achtzehn Uhr und Zeit, den Kindern das Abendbrot zu reichen. In welcher Form auch immer.

Pauline ließ sich natürlich von mir aus dem Bett hieven: „Mama, ich komm hier einfach nicht raus“, Anton hatte vom nachmittäglichen Gemotze seines Vaters die Nase noch so voll oder so viel Respekt, dass kein „Och, Scheiße ey, können wir nich 'ne Pizza kriegen“ erneuten Zorn seines Erzeugers aufkommen lassen konnte. Ich klemmte mir also Pauline wieder unter den Arm, Anton griff zum zweiten Mal freiwillig nach den Krücken und Claus schloss die Türe ab.
Das kleine Lokal war gegenüber der Post, der Fußweg dahin belief sich auf geniale fünf Minuten. Ein Tisch war noch frei, und endlich, endlich saßen wir alle friedlich vereint und machten nach außen hin den Eindruck einer völlig normalen Familie.
Die Kellnerin brachte uns die Speisekarten, nahm unsere Getränkewünsche auf, entzündete die Kerze und schwirrte wieder ab.

„Mama, lies mal vor." Schon manchmal nervig, wenn die Kinder nicht lesen konnten. Aber egal, nächstes Jahr kam Pauline in die Schule, die Zeit des Speisekarten-Vorlesens war abzusehen, und ich brauchte wenigstens nicht mit Claus zu reden.
„Muss ich...", ein strafender Blick meinerseits traf Anton, der, wie mir klar war, nicht zwingend ein Gericht von der Kinderkarte zu sich nehmen wollte.
„Schon gut", er vertiefte sich in die Auswahl zwischen „Micky-Maus"-Bockwürstchen mit Kartoffelsalat, „Benjamin-Blümchen" – drei Reibekuchen mit Apfelmus –, „Arielle" – drei Fischstäbchen mit Pommes – und „Dagobert Duck" – Spaghetti Bolognese. Ich las Pauline die Gerichte vor, entschied mich insgeheim für sie für Fischstäbchen und beobachtete sie bei der Qual der Wahl. Auch Anton hatte zu kämpfen, merkte ich ihm an, war doch irgendwie nichts dabei, was seinen Mengenbedürfnissen entsprach.
„Ich nehm die ‚Arielle'!" Pauline hatte ihre Wahl getroffen. Es hätten auch Kuhfladen mit Kotze sein können, Hauptsache „Arielle". War nämlich zur Zeit auch mega-in. Anton hatte sich für die Spaghetti entschieden, Claus zog die Seezunge vor und ich wählte die Kutterscholle. Gerade noch rechtzeitig, denn schon erschien das Inselfrollein mit unseren Getränken und gierte nach der Essenbestellung.
„Schreibst du diesmal keine Karten?", wollte Pauline wissen, als sie kurz von ihrem Gameboy aufblickte. Sonst nutzte ich immer den ersten Urlaubsabend, um die lieben Daheimgebliebenen mit geistvollen Grußkarten zu erfreuen.
So nach dem Motto: „Hallo, Ihr Lieben, wir haben ein tolles Appartement erwischt, Wetter und Laune sind bestens, uns geht's einfach gold." Doch diesmal hatte ich vorsorglich erst gar keine Karten gekauft. Schließlich konnte ich schlecht schreiben: „Hallo, Ihr Lieben, Wetter und Appartement okay, Claus schreit nur rum, alle sind mit den Nerven fertig, alles Liebe, Eure Charlotte." Kam irgendwie nicht so gut. Darum ließ ich es auch bleiben.
„Nö, noch nicht", antwortete ich daher, was aber auch keinen zu interessieren schien.
Die Kinder waren mit ihren Gameboys beschäftigt, Claus stierte in sein Bierglas, er hatte das erste schon fast geschafft, ich hielt mich an Zigarette und Alster fest und kein einer sagte einen Ton. Einzig das Piepen der Gameboys brachte etwas Stimmung an unseren Tisch.

Die ersten zwei Tage waren geschafft.
Claus hatte wirklich versucht, sich Mühe zu geben, behauptete er wenigstens. Das war ihm nur leider nicht so ganz geglückt. Ständig hatte er die Kinder angemotzt oder angeschrien, ich selbst war auch des öfteren als „blöde Kuh“ und Ähnliches tituliert worden. Anton, Pauline und ich waren jedes Mal heilfroh, wenn ihr Vater einsam Richtung Strand abdüste. Jedes Mal meldete sich dann mein Unmut und hoffte: ‚Vielleicht kriegt er jetzt ‘nen Herzinfarkt!?!’
Kriegte er aber nicht. Leider. Denn inzwischen war mir die Vorstellung, mit zwei Kindern, zwei Koffern, Bollerwagen, Krücken und ‘nem Sarg zurückzufahren, fast ans Herz gewachsen.
Zur Not hätte ich den Sarg auch aufs Dach geschnallt.
Seltsamerweise begann ich nämlich in diesen Tagen, mehr als durch die Geschichte mit der Britta, zu ahnen, dass die beste Zeit unserer Ehe hinter uns lag und wir dem Abgrund entgegensteuerten. Vielleicht kam mir ja auch hier, auf Langeoog, in unserem vermasselten Versöhnungsurlaub die Idee, meinen Gatten um sein jämmerliches Leben zu bringen. Kann durchaus sein.
Wer weiß das schon so genau?
Ich versuchte zumindest, die verbleibenden drei Tage so harmonisch wie irgend möglich zu gestalten. Hatte die Kinder dahingehend geimpft, dass Anton sein „Mann-ey-Gemeckere“ weitgehend einstellte und auch Pauline ob ihrer Unbeweglichkeit nicht ständig herumquakte. Was mittels in Aussicht gestellter neuer Gameboy-Spiele durchaus seinen Anreiz hatte. Fanden die beiden. Doch ich schämte mich etwas, zu solchen Mitteln meinte greifen zu müssen.
Wir zogen einträchtig mit Anton, seinem auf der Insel gekauften Lenkdrachen und Paulinchen-im-Bollerwagen los, kämpften uns den gepflasterten Weg der Düne am Wasserturm hoch und schlugen den rechten Weg zum Strand ein, der zwangsläufig zu einer kleinen Fressmeile direkt oberhalb des Strandes führte. Hier machten wir, erschöpft, wie wir alle von dieser Viertelstunde Fußmarsch und Bollerwagenziehen waren, ein kleines Päuschen. Die Kinder bekamen ein „Spezi“ genanntes Cola-Fanta-Gemisch, Claus ein Bierchen und ich ein Alster. Um uns wenigstens etwas bei Laune zu halten. Ich befürchtete schon, wir würden als wahre Cola- und Alkoholabhängige nach Hause zurückkehren, doch schien es leichter, den Kindern den einen Wunsch mehr und uns ein Zwischendurch-Gläschen zu gestatten, als uns mit der Situation auseinander zu setzen.

„Durchhalten und abwarten“, hieß die unausgesprochene Devise. Claus meckerte zwar weiterhin, jedoch weniger, und auch die Kinder befanden sich verhaltensmäßig durchaus im grünen Bereich.

„Au ja, Mama, eine Kutschfahrt!“
Anton und Pauline waren hellauf begeistert. Hatten sie doch bisher die Meierei am Ostende der Insel nur mit dem Fahrrad erreichen können. Die Meierei war ein kleines Gasthaus, zu dem wahre Völker-Touristenstämme fast jeden Tag per Rad oder per pedes aufbrachen. Fast jeden Tag, weil dort dienstags Ruhetag war. Schade immer für die, die das Schild am Ortsausgang nicht gelesen hatten. Die mussten nämlich hungrig und dem Verdursten nahe die bestimmt fünfzehn Kilometer unverrichteter Dinge wieder gen Ort stiefeln. Auf dem Weg zur Meierei konnte man seine sportlichen Triebe ausleben und sich dann mittels eines Kännchen Tees, eines Bierchens, einer Cola, eines Sanddorngrogs und diverser Kleinigkeiten zu essen von der bisher geleisteten Anstrengung erholen. Auch wir hatten dieses Lokal schon oft mit dem Drahtesel besucht. Und besonders die Kinder waren bei diesen Touren wegen des ständig gehenden Windes oft an ihre Grenzen gestoßen. Behaupteten sie zumindest, obwohl man von Anton solche Strecken durchaus schon hatte erwarten können. Aber Jungen in der Vorpubertät waren eben nicht mit normalen Maßstäben zu messen, hatte ich unlängst auch in einem Artikel gelesen: „Mein unbekanntes Kind: mein Sohn“.
Paulinchen jedenfalls hüpfte mit ihren Krücken, mit denen sie von Tag zu Tag besser klarkam, durch unser Appartement.
„Nun hör auf zu hüpfen, zieh dich an“, die Kutsche wartete schließlich nicht auf uns, es war wohl auch eher ein Planwagen, und wir mussten die kleine Maus auch noch zum Abfahrtpunkt befördern. Denn den Bollerwagen mitnehmen war nicht drin, wie uns Frau Rezeptionistin erklärt hatte.
„Wie soll dat denn angehn? Wo soll der dat Ding denn hintun? Nee, in den Kuddel sein Pferdewagen kann kein so'n Bollerwagen rein.“ Sie hatte ganz entschieden den Kopf geschüttelt.
Halb trug ich also, halb krückte mein Töchterlein vor sich hin, als wir uns auf dem Weg zur Pferdekutsche befanden. Claus war wieder einmal nicht ganz mit meiner Planung einverstanden, wollte sich aber um des lieben Familienfriedens willen auch kein Fahrrad mieten, um uns zu zeigen, dass er tausendmal schneller am Ziel wäre als wir.

Am Rathaus standen wartend schon einige andere Touris, die kein eingegipstes Bein oder sonst welche Behinderungen aufzuweisen hatten, die die Missachtung der Fahrradnutzung hätte rechtfertigen können. Die Leute waren schlicht und ergreifend zu faul. Zu alt war nämlich keiner von denen, befand Claus.
Obwohl, eine Oma von knapp sechzig und der dazugehörige Opa von, na, bestimmt schon fünfundsechzig hatten in meinen Augen durchaus eine Berechtigung, mit ihren Enkelinnen, zwei acht- bis zehnjährigen Mädels, die Fahrt zur Meierei im Planwagen zurückzulegen.
Aber das junge, verliebte, sich ständig küssende Pärchen hätte durchaus zum Fahrrad greifen können. Aber, wer wusste, wofür die sich ihre Kräfte noch aufhoben.
Dunkel, sehr dunkel konnte ich es erahnen. Da war doch mal was in grauer Vorzeit …
Kuddel kam.
„Nu mal rin mit die jungen Gäule“, erscholl sein Ruf. Er hatte sich gerade wohl noch einen Kleinen zu Gemüte geführt, kam mir der Verdacht. War ja auch einerlei, die Pferde sahen aus, als ob sie ihren Weg schon seit Jahr und Tag hin und her trabten, so dass in meinen Augen ein Kutscher fast überflüssig war.
War er aber mitnichten! Erklärte Kuddel.
„Nöhö“, antwortete er auf meine Frage, ob es denn für die armen Gäule nicht wahnsinnig öde sei, immer und immer wieder den gleichen Weg zurückzulegen, ständig ein lästiges Etwas in Form eines mit Touristen beladenen Planwagens hinter sich herziehend.
„Dat siehst du völlich falsch.“ Kuddel duzte einfach vor sich hin. „Nöhö“, er wiederholte sich anscheinend äußerst gern, „die Klara und die Elfriede, dat sin’ schon völlich temperamentvolle Weibsbilder. Die müssteste mal sehen, wenn der Hinnerk mit sein’ zwei Hengsten denen entgegenkommt. Da rasten die völlich aus.“ „Völlich“ war offensichtlich neben „nöhö“ eines seiner Lieblingswörter.
Na ja denn, wollten wir mal hoffen, dass der Hinnerk mit sein’ zwei Hengsten uns heute nicht über den Weg lief. Obwohl, mal zu sehen, wie die beiden alten Mähren ausrasteten, hatte in der Vorstellung durchaus seinen Reiz. Vielleicht musste Claus dann ja als Retter herhalten, dem Kutscher die Zügel entreißen und sie selber in die Hand nehmen. Das Pferdefuhrwerk im letzten Moment vor einem Abgrund bewahren. Das Leben seiner Familie und auch noch das der anderen retten. Wo er doch den hip-

pokratischen Eid geleistet hatte. Egal, noch war von Hinnerk und sein' Hengsten nichts zu sehen, wir hatten alle im Planwagen Platz genommen und es ging los. Pauline, Anton und eine Enkelin saßen vorn neben Kuddel, mein Töchterlein hatte wegen ihres Gipsbeines bei Kuddel sowieso einen Stein im Brett, „ich hatte im letzten Jahr nämmich auch mal so'n Gipsbein", und durfte logischerweise Hin- und Rücktour vorn auf dem Kutschbock sitzen. Anton und die andere Enkelin mussten sich abwechseln, was meinem Sohn mal gar nicht passte. Doch er hielt eisern den Mund, kein „Mann, ey" kam über seine Lippen, hatte er doch erstens das neue Gameboy-Spiel vor Augen und zweitens den Aufruf zum Plätzetauschen noch einige Zeit vor sich.

Wir saßen also gemütlich im Planwagen, Claus hatte die Augen geschlossen, sein Gesicht der Sonne zugewandt und sich so jeglicher Möglichkeit eines Gespräches mit mir zu entziehen gewusst. Oma und Opa waren da weitaus mitteilsamer.
Sie seien das erste Mal auf Langeoog, erfuhr ich, ihre Tochter sei mit dem Schwiegersohn auf Gran Canaria, so „mal 'ne Woche Urlaub, det brauchen die ooch mal." Na, wenn det so war.
Und da „se nu beede" aus Berlin kommen, die Tochter aber mit'm Schwiegersohn im Norden wohnt, hätte sich eine ostfriesische Insel als Kurzurlaubsziel angeboten. „Nich, Opa?"
Opa nickte und genoss den Blick aus der fahrenden Kutsche.
Wir hatten nun den Ort verlassen und strebten dem Ostende entgegen. Natürlich auf der Pferdebahn, einem Sandweg. Der gepflasterte, schmale Weg blieb den Fußgängern und Radfahrern vorbehalten. Wäre für die Tiere auch nicht so angenehm, erklärte Kuddel so zwischendrin. Langsam und gemächlich trotteten die Gäule dahin und mir kam der Verdacht, dass wir zu Fuß, wäre denn nicht Paulines Gipsbein gewesen, fast genauso schnell gewesen wären. Obwohl, vielleicht hätte ein Wettrennen zwischen Gäulen und Gipsbein durchaus zu Paulines Gunsten ausgehen können …?
„Wir ham' die beeden ja ooch imma nur so kurz", Oma schien wild entschlossen, das eben angeknüpfte Gespräch nicht so einfach versiegen zu lassen. Wo doch Opa und mein Mann inzwischen zu schlafen schienen. Und das verliebte Paar mit sich selbst beschäftigt war. Ein Blick auf die beiden konnte selbst an mein so verkümmertes Herz rühren.
„Un' da woll'n wer den beeden ja ooch mal wat bieten." Ich nickte und suchte nach einer Möglichkeit, mich meinem Mann

gesprächsmäßig zuzuwenden. Nur mal so ein bisschen Small-Talk zu machen, hätte mir ja schon gereicht. Womöglich hatte mich das verliebte Paar auch dazu animiert. Vielleicht musste ich Claus gar nicht umbringen, vielleicht konnte ich meinen Kindern einen liebend Vater und mir selbst den liebend Gatten erhalten?! Vielleicht wurde doch noch alles gut. Doch der liebende Gatte hielt weiterhin die Augen geschlossen und sein Gesicht war weiterhin der Sonne ausgesetzt.

Selbst auf ein vorsichtiges „Claus“ reagierte er nicht. Denn eben nicht! Sollte er doch einen deftigen Sonnenbrand bekommen, wo er schon keinem Herzinfarkt erliegen wollte und dies eigentlich ein Versöhnungsurlaub werden sollte. Versöhnen stellte ich mir schließlich beidseitig vor.

Der Oma Redelust war ungebrochen, binnen kurzem war ich über sämtliche Kinderkrankheiten der „beeden“ informiert, auch dass Opa mit der Prostata Beschwerden hatte, verheimlichte sie mir nicht. „Ick versteh dat nich“, murmelte sie von Zeit zu Zeit, „nu hockt der hier und hat die Oogen jeschlossen, wo er doch sonst alle fünf Minuten pinkeln muss.“ Das verstand ich nun allerdings sehr wohl. Zu dumm, dass ich nicht mit einem adäquaten Leiden aufwarten konnte, sonst hätte mich ein dezentes „Ich muss mal wohin“ vielleicht ihrem Redefluss entziehen können.

Die Kinder waren jedenfalls begeistert, selbst die andere Enkelin, die nur aus der zweiten Reihe am Geschehen teilnehmen konnte. Das verliebte Paar knutschte inzwischen ungeniert, und mir schossen vor Neid die Tränen in die Augen, was ich aber als „da hab ich wohl ‘ne Fliege reingekriegt“ abtat.

Opa und Claus schliefen friedlich.

Als Oma mal kurz mit ihren „beeden“ beschäftigt war, nutzte ich die Zeit, um meinen schlafenden Gatten ausgiebig zu betrachten. Zugenommen hatte er in den letzten elf Jahren. Während ich mittels Trennkost versuchte, mein Gewicht zu halten, hatte mein Mann immer weiter zugelegt. Nein, diesen Trennkostscheiß wollte er partout nicht fressen, der Mann an sich brauchte deutsche Hausmannskost. Koste es, was es wolle, auch diverse Kilo mehr. Mindestens fünf verschiedene Anzuggrößen hingen bei uns im Schrank. Mittlerweile war er bei Größe 56 bis 58 angekommen. Der Smoking, den er sich für den diesjährigen Ärzteball gekauft hatte, befand sich größenmäßig in der letzten Kategorie. Und immer, immer war ich diejenige, die Schuld an seiner wachsenden Leibesfülle hatte.

„Du kochst ja auch völlig falsch", hielt er mir jedes Mal vor. Klar, Mann ey, ich war sowieso schuld. Ich, die ich mich konstant bei Kleidergröße 38 hielt. Und das seit Jahrenden. Weil ich eine Disziplin an den Tag legte, die er nun mal nicht einhalten konnte. Oder besser wollte.
Mein Blick wanderte von seinem Bauch zu seinem Gesicht. Auch an ihm waren die letzten Jahre nicht spurlos vorbeigezogen. Die Haare waren deutlich weniger geworden, wo einstmals dichtes Haupthaar irgendwelche Unregelmäßigkeiten verdeckte, prangten nun Geheimratsecken allererster Güte. Zwei, drei Jahre noch, und er konnte entweder eine Halbglatze sein eigen nennen oder auf die so vielseits beliebte Ich-fön-die-langen-Haare-der-rechten-Seite-rüber-auf-die-linke-Seite-Frisur zurückgreifen. Die Falten im Gesicht wurden auch immer ausgeprägter, schließlich war er inzwischen fünfundvierzig, und bestimmt, ganz bestimmt war ich an allem schuld.

Bei der Meierei angekommen, kletterten alle aus dem Planwagen. Opa und Claus auch, die günstigerweise gerade erwacht waren. Ich hievte meine kleine Tochter vom Kutschbock, gab ihr die Krücken und schickte Anton schon mal los, damit er einen „Draußentisch" für uns reservieren konnte. Es gab nämlich drinnen und draußen Tische, aber draußen war es doch schöner. Leicht geschützt zwischen Meiereiwand und Büschen sitzend, sich die Sonne bei einem Sanddorngrog und 'ner Dickmilch ins Gesicht scheinen zu lassen, hatte schon was für sich.
Oma und Opa waren sich über die Beliebtheit des Gasthauses anscheinend noch nicht im Klaren, sie erkundeten erst mal mit den Mädels die Umgebung. Dabei hatten wir doch nur eine dreiviertel Stunde Zeit, bis unser Planwagen sich wieder in Bewegung setzte. Aber vielleicht hatte Oma ja auch Stullen und „wat zum Trinken" eingepackt. Omas sind nämlich so.
Wir jedenfalls saßen gemütlich auf unseren Plastikstühlen vor der Meierei, alle Tische waren voll, was angesichts der am meiereilichen Zaun lehnenden oder davor stehenden Fahrräder auch kein Wunder war. Unsere Bestellung wurde prompt geliefert, die Kinder schluckten halb verdurstet, wie Kinder nach einem zweistündigen Getränkeentzug nun mal sind, ihre Fanta. Claus und ich nippten schweigend an einer Tasse Kaffee und aßen ein Matjesbrot, während Anton und Pauline sich über ihre Bockwurst hermachten. „Aber mit viiieel Ketchup, Mama, dann sieht das aus, wie 'n abgeschnittener Finger in 'ner Blutlache."

Pauline schien doch die chirurgischen Talente ihres Vaters geerbt zu haben. Claus hatte nämlich während seiner Facharztzeit auch einige Erfahrungen im OP sammeln können.
Anton hielt sich da lieber an Senf. Und Kartoffelsalat. Wo er sich doch zu Hause meist so ungesund gesund ernähren musste.
„Wir gehen mal zu den Wollschweinen.“ Mein Filius hatte in Rekordzeit seinen Teller leergefegt und schob den Stuhl zurück. „Kommste mit, Pauline?“ Klar kam Pauline mit. Sie humpelte auf ihren Krücken hinter ihm her. Die Wollschweine waren eine besondere Art Schwein. Von Ferne betrachtet sahen sie aus wie zu klein geratene Schafe und aus der Nähe entpuppten sie sich als Schweine. Eine interessante Mischung, die schon manchen Gast beim ersten Betrachten fast das Gruseln gelehrt hatte.
„Is hier noch frei?“ Oma stand vor mir, die beiden Enkelinnen an ihrem Jackenzipfel. Ich nickte und schon hatte Oma Platz genommen. „Opa is auf'm Klo“, erklärte sie die Abwesenheit ihres Mannes. „Die Prostata.“ Sie tat vertraulich. „Wat wollt ihr beeden denn trinken?“ Das ging in Richtung Mädels.
„Cola“, kam es wie aus der Pistole geschossen von „beeden“.
„Na jut, is ja ooch nur eenmal im Jahr, dat wer zusamm' Urlaub machen.“ Na, der Mädel Mutter täte sich freuen, wenn sie wüsste, dass ihren Töchtern bei Omma und Oppa alles erlaubt wurde. Wo sie wahrscheinlich das ganze Jahr über streng auf gesunde Ernährung achtete. Mit Öko-Schuhen und Klamotten angetan, die stark nach Waldorfschule aussahen, die etwas bleiche, naturgesund-ökohafte Gesichtsfarbe, ja selbst die Art und Farbe der Haarspangen ließen nicht auf eine Fastfood verzehrende oder gar im Supermarkt einkaufende Familie schließen.
„Wo doch meene Tochter nur im Reformhaus eenkooft, so'n verschrumpeltes Jemüse und so'n Zeuch.“ Omma tat wieder flüstern. „Sogar 'ne Tofu-Bulette musste ich bei ihr schon mal essen.“
Siehste, schon wieder hundert Punkte, schon wieder mal Recht gehabt. Ich blickte heimlich zu Claus, von dem ich annahm, dass er das Gespräch mitbekommen und sich genau wie ich seine Gedanken gemacht hatte. Doch Claus weilte wieder einmal nicht in unserer Welt. Er schaute durch die Gegend, leicht genervt war noch untertrieben, und nicht zum ersten Mal in diesem Urlaub zeigte mein Unmut ihm die rosafarbene Zunge.

Kuddel kam heraus.
Planwagenführer setzten sich nämlich grundsätzlich nie zu den

anderen Touris nach draußen, sie hatten ihren festen Stammplatz drinnen bei den Wirtsleuten und anderen Planwagenführern. Konnten sie doch da besser über ihre Fahrgäste herziehen, vermutete ich. Doch sollten sie ruhig, wäre ich Planwagenführer gewesen, ich hätte es genauso gemacht.
„Wo is' denn die Deern?", fragte er, als er an unserem Tisch vorbeikam.
„Die ist mit ihrem Bruder bei den Wollschweinen", gab ich zurück, „aber ich laufe sofort hin und hole die beiden."
„Jau, jau", gab er schlicht als Antwort, und er ginge dann schon mal vor zum Wagen. Ich bat Claus, zu zahlen und erhob mich. Meine beiden Kinder standen friedlich vereint am Gatter der Wollschweine und erzählten sich gerade wahre Schauergeschichten. „Wollschweine sind die Reittiere von Dämonen", wollte Anton wissen. „Nachts, wenn kleine Mädchen nicht richtig schlafen und immer ihre Brüder ärgern, kommen die kleinen, fiesen, grünen Dämonen mit den schwarzen, dicken Warzen im Gesicht hierher, holen sich ihr Wollschwein und reiten damit zu dem unartigen Mädchen."
Doch so leicht war Pauline keine Angst einzujagen: „Und oft vertun die sich dann und piesacken die Brüder, die nämlich auch immer ihre Schwestern ärgern." Sie nickte bestätigend mit ihrem Köpflein. „Und die Mädchen kriegen von denen dann Lutscher oder Kaugummi oder Pommes oder …"
„Halt den Mund, du Furz", unterbrach Anton seine Schwester, „oder …"
„Oder gleich kommt der Mutterdämon und schimpft euch beide aus", beeilte ich mich, dazwischenzugehen. „Los, kommt, ihr zwei, der Kuddel will weiter."
„Au ja", Pauline humpelte mit ihren Krücken los. „Ich darf wieder vorne sitzen, hähähä."
„Interessiert mich ja gar nicht", Anton schlenderte gemächlich hinterdrein. „Das ist sowieso nur was für Kleinkinder, das Vornesitzen." Er war schließlich obercool und gab sich ganz gelassen. Aber ich sah ihm an, dass er leicht neidisch war.

Nachdem wir wieder im Wagen saßen – das verliebte Pärchen kam gerade noch rechtzeitig aus den Dünen angerannt und sah ziemlich derangiert aus –, konnte es weitergehen.
„Ist sie nicht wundervoll, diese Insel?", schwärmte die junge Frau, die mir im gleichen Atemzug das Du und „ich bin die Anke" anbot. Ich nickte. Die Insel war ja tatsächlich toll.

Obwohl Anke Langeoog wahrscheinlich mit ganz anderen Augen betrachtete als ich derzeit. Eher so durch eine rosarote Liebesbrille. Die meine dagegen war eher schwarz umrandet, und die von Omma machte einen ziemlich grauen Eindruck. Von außen gesehen.
„Wir fahren schon zum dritten Mal hierher", informierte uns Anke. Sie blühte richtig auf.
„Ja", schwärmte auch die zweite Hälfte des verliebten Paares, Volker genannt. „Hier auf Langeoog haben wir nämlich unseren ersten Urlaub zu zweit verbracht. Im letzten Frühjahr."
„Ostern war's", ergänzte Anke. Ein erneuter verliebter Blick folgte.
Nein, wie herzig. Das hatten Claus und ich auch alles hinter uns. Und guckt mal, was aus dem verliebten Gehampel geworden ist, war ich versucht, den beiden entgegenzuschleudern. Heute hat mein Mann während der ganzen Fahrt hierher und auch in der Meierei kaum zehn Worte mit mir gewechselt! Anke, sei schlau, genieß die schönen Stunden, fahr zurück nach Haus, such dir 'nen anderen und erlebe die gleichen Gefühle noch mal. Irgendwann.
„Wir wollen im nächsten Frühling heiraten", Volker platzte fast vor Stolz und Freude. Anke lächelte ihn madonnengleich an. „Das haben wir gerade beschlossen." Sie strahlten beide wie Honigkuchenpferde und fassten sich an den Händen.
„Ich gratuliere", meine Glückwünsche kamen etwas verhalten. Konnte ich mir schließlich lebhaft die Situation zehn Jahre danach vorstellen. Volker inzwischen businessmäßig voll eingespannt, Anke mit zwei bis vier Kindern total im Stress, keine Zeit mehr für sich, der Gatte hatte nur sein Ego im Kopf – nein, was war die Menschheit blind. Männer und Frauen, die waren eben nicht füreinander geschaffen. Das ging doch grundsätzlich schief. Frauen wollten Gefühle und Männer zu Hause nur einen reibungslosen Ablauf. Gefühle holten die sich woanders. Dafür war 'ne Frau nicht da. Zumindest nach ein paar Ehejahren.
Und zumindest nicht die eigene Ehefrau!
Da kam es drauf an, dass die Wohnung und die Kinder in einem sauberen Zustand waren, man unangemeldet irgendwelche Gäste zwecks Bewirtung mit nach Hause bringen konnte, der Biervorrat aufgefüllt und die Schweinshaxe zum Mittag nicht angekohlt war. Ich sah es ja überall. Bei meinen Freundinnen und auch bei den Frauen, die nur in leicht angeheitertem Zustand mal die Wahrheit sagten. „Män-ner sind Schwei-ne! Trau-e ihnen nie,

mein Kind. Sie wollen alle nur das ei-ne... Män-ner sind Schweine...!“ Besagte schließlich auch ein bekannter Hit.
Da musste doch irgendwas dran sein!
Mein „Schwein“ hatte es wieder vorgezogen, sich den Anschein des Schlafenden zu geben. Oppa tüdelte mit Enkelin zwei herum, die auf der Hinfahrt auf dem Kutschbock gesessen hatte, und Anton hatte es geschafft, mit seiner Schwester und Enkelin eins wieder vorn bei Kuddel zu sitzen. Er konnte ja auch so intelligente Fragen stellen. Da fühlte Kuddel sich echt gefordert und erklärte ihm alles, was man über die Haltung und Pflege von Kutschgäulen wissen musste.
Na, wenigstens hatte ich meine Ruhe und ärgerte mich insgeheim, dass ich kein Buch und keine Micky-Maus dabei hatte, um mich offiziell aus dem Gerede zurückziehen zu können. Denn so einfach die scheinheilig Schlafende zu spielen, konnte ich nicht.

Wieder daheim.
Endlich daheim.
Nach fünf vollen Tagen Abwesenheit.
Die ganze Bude roch muffig, so dass ich gleich Türen und Fenster aufriss, um frische Luft hereinzulassen. Claus fragte nur: „Haben wir Säcke vor den Türen, oder was?“ Schließlich hatte er gleich, nachdem wir die Haustür aufgeschlossen hatten, die Heizung angestellt, der Frostbeutel, der elende.
Pauline rannte durchs Haus, begrüßte jeden Stuhl, jedes kleinste Bisschen aufs Liebevollste, während sich Anton mit der Bemerkung „Ich brauch mal etwas Ruhe“ in sein Zimmer zurückzog. Und die Türe abschloss!
Tja, diese Vorpubertierenden! Sie auch einfach für so eine lange Zeit mit ihrer kleinen Schwester des Nachts in ein Zimmer zu pferchen. Tat man als treusorgende Eltern auch nicht. Da musste es mindestens ein Appartement mit drei Schlafzimmern sein. Gut, oder auch mit zweien, wenn denn der Vorpubertierende wenigstens sein eigenes Reich hatte. Sollten sich doch die Eltern mit dem nervtötenden kleinen Geschwisterchen rumplagen und es auch nachts an ihr wärmend Herz drücken. Hauptsache, so ein knapp Elfjähriger hatte nächtens seine Ruhe und konnte sich unbelauscht seinen Träumen hingeben.
Claus schien das gleiche Ruhebedürfnis wie sein Sohn zu haben und verzog sich erst mal in seine Praxis. Um die Post zu sichten, wie er sagte. War mir eh egal, denn die Koffer hätte er sowieso nicht mit ausgepackt. Das war nämlich Frauensache. Meinte er.

Artig ergab ich mich also in mein Schicksal, mein Mutterinstinkt jubilierte, fand er mich doch auf der richtigen, weil weiblich untertänigen Seite wieder. Doch mein Unmut kochte. ‚Bravo', gratulierte er mir, ‚nun hast du dich also vollends zur Putz- und Waschfrau degradieren lassen. Ich sprech hinfort kein einzig Wort mehr mit dir.'
‚Dann lass es doch sein', entgegnete ich, ‚und überhaupt: lasst mich doch einfach beide in Ruhe.' Mutterinstinkt und Unmut sahen sich unschlüssig an. Wie, in Ruhe lassen? Kein stilles, vertrautes Gezanke mehr? In der Versenkung verschwinden? Nöhö, wie Kuddel sagen würde, das kam ja nun mal überhaupt gar nicht in Frage. Wo sich die beiden doch so aneinander gewöhnt hatten. Nein, sie nickten sich gegenseitig zu, mit ihnen musste ich leben, verlassen würden sie mich nicht.
‚Denn nich!', murrte ich, ‚macht die Sache doch unter euch aus, ich habe wichtigere Dinge zu erledigen', packte einen Stapel schmutziger Wäsche, trug ihn in die Waschküche hinunter und schmiss die Waschmaschine an. ‚Nu mach mal hinne', spornte ich diese an, ‚es erwarten dich nach fünf Tagen der Untätigkeit noch eine Menge anderer Ladungen.'
Meine Waschmaschine stöhnte und fing an zu arbeiten.

„Mama, hast du mein Mathebuch irgendwo gesehen?"
Anton kam in die Küche gestürzt. Die Ferien waren längst vorbei, es war Mitte November. Das Wetter draußen war genauso trist und grau wie drinnen meine Ehe. Zwischen Claus und mir wurde eher noch mehr geschwiegen als vorher.
„Nein, Anton, dein Mathebuch kam hier nicht gerade vorbeigeflogen. Du hast es bestimmt schon in deinen Ranzen gesteckt." Ich schmierte wieder mal die Frühstücks- und Schulbrote. „Guck doch mal nach."
„Nein, da ist es auch nicht", jaulte mein Großer auf. „Nun krieg ich wieder so 'nen Scheiß-Strafpunkt."
„Dann geh bitte noch einmal in dein Zimmer, vielleicht liegt es ja ganz unschuldig auf deinem Schreibtisch." Mütter waren schließlich immer für einen Rat gut.
Anton stürmte nach oben, kurz darauf ertönte ein Jubelschrei. „Ich hab's! Es lag unter der Micky-Maus."
Siehste.
Die Frühstücksbrote waren inzwischen auf kleinen Holzbrettchen an die jeweiligen Sitzplätze gewandert, der Früchtetee hatte auch die richtige Trinktemperatur, einem vernünftigen Start in

den Tag stand nun dank des gefundenen Buches nichts mehr im Wege.
„Ach, Mama“, Anton sprach mal wieder mit vollem Mund, „heute schreiben wir ein Probediktat und morgen die Mathearbeit.“
Mist, dachte ich, und für das Diktat haben wir gar nicht geübt.
„Warum hast du mir denn nichts davon gesagt?“, tadelte ich meinen Sohn und schrie gleichzeitig nach oben: „Pauline, kommst du jetzt endlich runter, mir müssen gleich los.“
„Hab ich vergessen.“ Besagter Sohn zog die Schultern hoch.
„Also heute Nachmittag wird für Mathe gepaukt“, stellte ich voll des schlechten Gewissens fest. Hoffentlich erzählte Anton nicht in der Schule, dass wir nicht geübt hatten. Sonst bekam ich noch einen Strafpunkt für schlechte Kinderbetreuung in Sachen Schule. Wäre schließlich schon mein zweiter gewesen. Wo ich doch Anfang des Schuljahres einmal sein WUK-Buch vergessen hatte. Nicht, dass uns noch ein blauer Brief ins Haus flatterte.
Mit: ‚Sehr geehrter Herr Dr. Koch, leider müssen wir feststellen, dass Ihre Frau den Anforderungen, die unsere OS hinsichtlich der Schulbetreuung Ihres Sohnes an sie stellt, nicht gerecht wird. Sollte noch einmal ein solches Fehlverhalten auftreten, sähen wir uns gezwungen, eine Klassenkonferenz einzuberufen.’
Und Claus würde Zeter und Mordio schreien.
Und ich würde vor Scham im Erdboden versinken. Und als arme, kleine, es immer doch nur gut meinende Charlotte vor dem großen, alles besser machenden Miteltern- und Lehrergericht stehen. Und mich rügen lassen. Und Claus wäre der Oberrüger.
„Nicht nur, dass du im Haushalt etwas luschig bist“, würde er, mit schwarzer Robe bekleidet, mir vorwerfen und mit dem Finger auf mich zeigen, „nicht nur, dass du nicht so viel Sex haben willst wie ich“, und alle würden entrüstet aufstöhnen, „nein, du versäumst es auch, in der Schule anzurufen und dich nach dem Klassenarbeitsplan deines Sohnes zu erkundigen. Du übst nicht genug!“
„Genau“, würden die anderen Eltern und Lehrer ihm beipflichten, „weiter so, gib’s ihr, sie hat es verdient.“ Und sich innerlich freuen, dass sie selbst nicht von ihren Kindern verpetzt worden waren.
„Da hab ich aber keine Zeit zu“, riss Anton mich aus meinem Tagtraum.
„Wozu?“, fragte ich irritiert, denn irgendwie fehlte mir der Anfang unseres Gesprächs.

„Na, zum Matheüben.“
„Pauline, wenn du nicht sofort unten bist, musst du ohne Frühstück in den Kindergarten“, rief ich übergangslos nach oben und versuchte etwas ruhiger meinem Sohn die Wichtigkeit des Matheübens speziell vor Klassenarbeiten zu verdeutlichen. Gelang mir aber nicht so ganz.
Meine Tochter war immer noch nicht aufgetaucht.
Da ich keine Lust hatte, mit beiden Kindern zu schreien, ermahnte ich die Kleine ein letztes Mal und erklärte meinem Großen: „Wir reden nachher noch mal drüber.“
„So ‘ne Kacke“, verkündete Anton, schob seinen Stuhl zurück und stapfte in den Flur. „Wenn du meinst, dass ich heute Nachmittag noch groß Mathe übe, haste dich getäuscht.“ Zu wem er wohl sprach? Ich saß ja schließlich noch in der Küche.
„Heute Nachmittag geh ich zu Kathy.“ Er zog inzwischen seine Jacke an und sprach weiterhin mit irgendwem. „Ich bin doch nich blöd und mach so’n unnützen Kram.“ Nun war er im Vorflur bei den Schuhen. „Ich kann das schließlich alles.“ Die Schuhe waren angezogen. Ich hörte ein Ächzen, er hievte sich gerade den Ranzen auf die Schultern.
Vielleicht sollte ich doch mal aufstehen, um ihm wenigstens eine gute Fahrt, einen interessanten Schultag und viel Glück beim Diktat zu wünschen?! Gerade, als Anton die Haustür aufmachte, stand ich hinter ihm und gab meine Wünsche zum Besten.
„Kannste dir spar’n.“ Mein vorpubertierender Sohn war sauer auf seine Mutter.
‚Denn nich’, dachte mein Unmut, doch der Mutterinstinkt ließ mich aussprechen: „Trotzdem – ich wünsch dir viel Erfolg.“ Ein Grunzen, dem seines Vaters nicht unähnlich, folgte. ‚Leck mich’, dachten der Unmut und ich. ‚Dann eben nicht.’

Pauline war doch noch rechtzeitig und mit Frühstück in den Kindergarten gekommen. War auch nicht ganz so schwer, da die Bringzeit sich bis neun Uhr hinzog und mein Töchterlein des Uhr-Lesens noch nicht mächtig war. Schade nur, dass einige beliebte Spielkameradinnen bereits vergeben waren. Spielmäßig, versteht sich.
Ich kehrte leicht abgespannt nach Hause zurück und machte mich daran, die notwendigsten hausfraulichen Pflichten zu erfüllen, als da wären: Betten machen – alle vier, denn die Kinder hatten so was ja nicht nötig –, mit ‘nem Lederlappen durchs Bad gehen – die Armaturen, die Duschtrennwand und das Klo muss-

ten schließlich blinken –, die Küche aufräumen und das mittägliche Essen vorbereiten.
Heute war allerdings nicht viel vorzubereiten: der Eintopf für Claus war schnell aus der Tiefkühltruhe geholt und taute von selbst auf, nur erwärmen musste ich ihn später noch, die Kinder kriegten Pizza, denn heute war wieder Frühstückstime. Und wieder bei Karin.
Ob Dodo und Gabriele wohl auch da waren?
Sie waren. Juchhe!!! Diesmal konnte ich ihnen berichten, dass der damische Fremdgeher sein Fremdgehen beendet hatte. Dass er dasselbe auch mit den zwischenehelichen Dialogen getan hatte, ging ja keinen was an.
Wie immer kam ich zu spät, und irritiert registrierte ich, dass bei meinem Eintreten das Gespräch verstummte. Hatte ich nun 'nen Pickel auf der Nase, der vorhin noch nicht da war? Hatte ich mich unpassend oder unkorrekt angezogen? Einen dicken Nutella-Fleck auf meinem Blazer?
Kein einer sagte etwas. Alle guckten mich bloß an.
‚Ey, ihr', war ich versucht zu rufen, ‚ich bin's, eure Charlotte! Die mit dem damischen Fremdgeher als Mann.' Doch ich räusperte mich und fragte artig: „Was ist denn los? Ihr seid ja plötzlich alle so still."
Nun wanderten sämtliche Blicke zu Gabriele.
Die schluckte verlegen.
So ein Mist, dass ich aber auch nie und nie pünktlich sein konnte. Bestimmt hatte das Ganze was mit mir zu tun, so betreten, wie die jetzt taten. Und sich nachher die Mäuler zerreißen würden. Ich beschloss, die Sache frontal anzugehen.
„Na, gibt's was Neues von meinem Mann?" Forsch blickte ich in die Runde. Aller Augen sahen zu Boden oder suchten nach einem eventuell vorhandenen Krümel auf Bluse und Pulli. Gabrieles Blick war sogar schon bis in den Keller vorgedrungen.
„Ey, Gabriele", munterte ich sie auf, „nu sag schon. Weißte was Neues von der Tochter der Freundin deiner Mutter?" Ich zeigte mich betont lässig.
Gabriele gab sich einen Ruck. Ich sah direkt, wie sie sich innerlich aufzurichten versuchte.
„Tja, Charlotte, die Britta ist total verliebt." Mehr hatte sie mir zu diesem Zeitpunkt nicht zu sagen. Ich freute mich. Für mich und die Britta.
„Na, das ist aber schön", ich fühlte mich echt brillant und als wahre Gewinnerin. „Hat sie so schnell einen Neuen gefunden?"

Wieder mal Schweigen. Nein, zu einem Frühstück bei Karin kam ich nicht mehr, beschloss ich auf der Stelle. Alle schwiegen mich immer an und kein einer redete mit mir.
Ich schaute, genau wie der Rest der Frauen, Gabriele an. Hatte sie doch anscheinend das Kommando. Karin hüstelte verlegen und reichte erst einmal den Brötchenkorb herum. Erleichtert griffen alle zu, hatten sie nun wenigstens etwas zu tun und konnten sich brötchenschmierenderweise aus dem Geschehen zurückziehen.
„Kann ich mal die Butter haben?" und „Reichst du mir bitte die Marmelade?" Der Ablenkung schienen keine Grenzen gesetzt zu sein. Doch es war etwas im Busch. Das spürte ich ganz genau. Fast hätte ich mit der flachen Hand auf den Tisch geschlagen.
„Nu sach doch endlich was", fuhr ich Gabriele an. Die Arme aber auch. Sie konnte ja schließlich nichts dafür! Oder doch???
„Tja ..., also ..., wenn du es genau wissen willst ..., es tut mir ja furchtbar Leid ..., aber die Britta ist nach wie vor wild in Dr. Koch verliebt." Nun war es heraus. Dennoch ... das konnte ja wohl nicht alles sein, wo die so betroffen guckte.
„Und weiter?" Mein Hals fing an, sich zuzuschnüren.
‚Kind, halt den Mund', versuchte mein Mutterinstinkt mich zu stoppen. ‚Du weißt ja gar nicht, auf was du dich einlässt ...'
‚Du machst das schon richtig', quakte mein Unmut gegenan, ‚nur wer seinen Feind kennt, kann gegen ihn ankämpfen.'
Wo für den Unmut der Feind an sich sowieso Claus war.
„Tja, also", Gabriele beschäftigte sich nun auch mit einem Brötchen und brauchte mich deshalb nicht direkt anzusehen, „von meiner Mutter habe ich erfahren, dass auch der Dr. Koch", die Worte „Claus" oder „dein Mann" kamen für sie anscheinend nicht in Frage, „wohl noch ziemlich verliebt in Britta ist."
Nun war der Hals ganz dicht. Hatte ich da etwas missverstanden? Entweder Gabriele oder meinen Mann? Hatte der mir nicht vor gar nicht so langer Zeit mitgeteilt, dass er die Sache mit der Britta der Familie zuliebe beendet hatte? Und dass die Britta die Dinge auch vollkommen verstanden hatte? Hatte die Britta mir nicht sogar fast ein wenig Leid getan?
Nöhö, hätte Kuddel jetzt gesagt, so geiht dat nich!
Ich beugte mich vor.
„Gabriele", sprach ich sie bitterernst und mit vorletzter Kraft an, „ich muss das jetzt wirklich genau wissen."
Gabriele blickte flehentlich, doch ich kannte kein Pardon.
Nein, nein und nochmals nein!!!

Ich war zwar ein gutmütiger Mensch, aber auch meine Gutmütigkeit hatte ihre Grenzen. Wo doch das Seelenheil meiner Kinder davon abhing. Na ja, das meine natürlich irgendwie auch. Gabriele gab sich geschlagen. Weil ich noch flehentlicher gucken konnte als sie.
„Ja, also“, sie räusperte sich und man hätte am Tisch eine Stecknadel fallen hören können, so still war es auf einmal, „meine Mutter erzählte mir erst gestern, sie wüsste von ihrer Freundin, dass die Britta den ganzen Sonntag mit dem Doktor verbracht hat. In Bad Zwischenahn.“ Schweigen.
Nein, o nein auch!
Dieser alte Sausack! Mir erzählte er, er habe den ganzen Tag in der Praxis zu tun, weil „so viel liegen geblieben ist“ – und amüsierte sich in Wirklichkeit mit seiner Freundin in Bad Zwischenahn. Fünfzig Kilometer entfernt. Hurenbock, damischer! Komm du mir nach Hause!!!
Und ich dumme Kuh hab ihm auch noch geglaubt!!
Ich dumme, naive, immer noch blonde Kuh!
Hätte ich doch die Zeichen erkennen müssen, die der Herr – ich meinte den damischen Claus – mir gesandt hatte.
‚Mutterinstinkt, auf dich höre ich nie wieder!‘ Der Mutterinstinkt verkroch sich zutiefst beleidigt in eine Ecke. ‚Unmut, wo bist du? Her mit dem ganzen Scheiß, den du sonst immer erzählst! Wo steckst du denn? Wo dein bissiger Kommentar?‘ ‚Bis jetzt war doch alles noch gar nicht so schlimm‘, wimmerte mein Unmut, ‚da hab ich einfach nur mal so auf den Putz gehauen, damit du dich nicht so unterbuttern lässt.‘ ‚Jetzt reicht's mir aber mit euch beiden‘, bellte ich – gedanklich. ‚Pfui, schämt euch und ab in die Ecke. Von euch will ich jetzt erst mal nichts mehr hören. Ihr seid ja zu nichts zu gebrauchen.‘
Voll konzentriert wandte ich mich wieder Gabriele zu. Die hatte inzwischen ihr Brötchen fertig geschmiert und biss verlegen ab. „Möchtest du nicht auch ein Brötchen?“, fragte sie mich. Ich schüttelte den Kopf. Nein, nach so etwas Profanem wie einem Brötchen stand mir nun gar nicht der Sinn. Außerdem war mir wieder speiübel.
„Ga-bri-ele!“, ich betonte jede Silbe, „stimmt das wirklich mit der Britta?“ Ich sah sie so strengen Blickes an, wie den sonst nur meine Kinder in Extremfällen kannten.
„Ja“, antwortete sie fast heulend, „zumindest hat meine Mutter es mir so erzählt.“
Na, die Mutter wollte ich mir mal vorknöpfen!

Aber erst, nachdem ich mit Claus gesprochen hatte.
Was veranlasste eine alte Frau denn dazu, so ‘ne gequirlte Kacke, wie Anton sagen würde, zu verbreiten? Hatte die nichts Besseres zu tun? Hatte die keinen eigenen Mist, den sie vor ihrer Türe wegkehren konnte? Musste sie arme, unschuldige Ehen durch ihr elendes Getratsche zerstören? Kinder um ihren Vater bringen, dem liebend Weib den Gatten entziehen?
Doch halt, da war mir wohl ein kleiner Fehler unterlaufen. Was, wenn Muttern Recht hatte? Sich den ganzen Zinnober nicht zur Erbauung ihrer Tochter aus den Fingern gesogen hatte. Der erste Teil stimmte ja schließlich auch. Hatte Claus zumindest zugegeben. Vielleicht sollte ich ihr Blumen darreichen? Sie für das Bundesverdienstkreuz vorschlagen? Dafür, dass sie mir via Tochter die Augen geöffnet hatte und ich nicht für den Rest meines Lebens als betrogene, von anderen heimlich belächelte Ehefrau durch die Welt laufen musste? Nee, ich glaube, nur für die „Errettung“ einer einzigen Person kriegte man noch kein Bundesverdienstkreuz.
Mein Unmut hatte sich inzwischen gefasst, klopfte mir innerlich auf die Schulter und versuchte mich mit einem ‚Kopf hoch, Mädchen, ich steh das zusammen mit dir durch’ aufzumuntern. Nur mein Mutterinstinkt saß schluchzend in seiner Ecke.

Nachmittags schluchzte ich auch. Diesmal nahm Gudrun mich in den Arm. Wo ich doch so am Boden war. Wir saßen einträchtig nebeneinander auf der Couch in ihrem Wohnzimmer, Anton und Matthes waren wieder einmal mit den Rollerblades Richtung Schulhof abgedüst, und Svenja spielte mit Pauline in ihrem Zimmer.
„Nun versuch dich doch zu beruhigen.“ Gudrun streichelte sanft meinen Rücken, wusste sie mir doch anders zur Zeit nicht beizustehen. „Trink erst mal deinen Tee.“ Diesen Satz nahmen wir Friesenkinder schon mit der Muttermilch auf. ‚Trink erst mal ‘ne schöne Tasse Tee, dann sieht die Welt schon ganz anders aus.’
„Ist gut“, ich schniefte und zog die Nase laut und vernehmlich hoch. Heute durfte ich das. Obwohl, eigentlich durfte ich das natürlich nicht. Eine anständige Mutter verhält sich nämlich auch in Krisenzeiten immer vorbildhaft. Zieht nicht einfach die Rotznase hoch, nur weil ihr Mann sie belügt und betrügt. Doch mein Mutterinstinkt, der für solche Ermahnungen zuständig gewesen wäre, saß immer noch heulend in seiner Ecke. Genau wie ich jetzt auf Gudruns Sofa.

Dabei war ich erstaunlich ruhig geblieben, nachdem ich dank Gabrieles Informationen die bittere Wahrheit erfahren hatte. Kein Blitz hatte meinen Körper getroffen. Ich war nicht zusammengebrochen und hilflos auf dem Boden liegen geblieben. Ich hatte mich einfach wie tot gefühlt.
Und kalt. Und unheimlich leer.
War mir in den letzten Wochen doch mehr und mehr bewusst geworden, dass die guten Zeiten meiner Ehe vorbei waren. Egal, ob Claus nun weiter mit der Britta oder nicht …
Ich hatte mechanisch wie ein Roboter Pauline aus dem Kindergarten abgeholt, die Pizzen in den Ofen gepackt und für Claus den Eintopf erwärmt. Selbst einen Salat hatte ich gezaubert und ihm ein leckeres Zitronen-Sahne-Dressing verpasst. Alles war wie gewohnt. Selbst die Kinder hatten nichts bemerkt.
Und Claus merkte sowieso überhaupt gar nie nichts. Er hatte wie stets sein Essen in sich reingeschaufelt, sich wie immer wortkarg gegeben und war gleich nach dem Essen verschwunden, auch wie immer.
Nein, bis vorhin, als ich auf Gudruns Sofa Platz genommen hatte, war ich zu keiner Gefühlsregung fähig gewesen.
Dafür heulte ich jetzt, was das Zeug hielt. Da half auch kein Tee.
„Hier haste ‘n Tempo“, meine Freundin reichte mir eine Packung von den Einmaltaschentüchern. Ich zog eines heraus und putzte mir die Nase.
„Sollen die Kinder heute Abend hier schlafen, damit du in Ruhe mit Claus reden kannst?“, bot sie mir an. Ich bekam eine neuerliche Heulattacke.
„Nein“, schluchzte ich, „meine Kinder nehm ich mit.“ Waren sie doch jetzt mein einziger Halt. Auch wenn sie das nicht wussten.
„Außerdem wird Claus ja sowieso erst wieder mitten in der Nacht nach Hause kommen“, vermutete ich. Meine Nase lief und lief. Ich hätte bestens Werbung für so’n Taschentuch machen können, verquollen und verschnupft wie ich momentan aussah. So nach dem Motto: „Da können Sie mal sehen, auch bei extremen Heulattacken nimmt unser Taschentuch die ganzen Tränen und den ganzen Schnodder auf, den Sie produzieren. Da wird eine Trennung reinweg zum Vergnügen.“ Hätte der Sprecher im Hintergrund gesagt. Und ich hätte heulend-lächelnd in die Kamera geblinzelt.
Zufällig war aber kein Kameramann im Wohnzimmer meiner Freundin, um so einen Werbespot zu drehen. Da hatte ich noch mal Glück gehabt.

Ich schlürfte meinen Tee, hielt die Tasse mit beiden Händen umfasst und fragte zaghaft: „Was würdest du denn jetzt tun?"
Gudrun griff zur Zigarettenschachtel, bot mir auch eine an und gab uns beiden Feuer.
„Ich würde mit Claus reden", sagte sie, „und ich würde meine ganze Situation sicher überdenken."
Nein, zur Scheidung riet sie mir natürlich nicht. Nicht, dass ich mich nachher bei ihr beschwerte: ‚Du warst es doch, die mir die Scheidung praktisch aufgedrängt hat, und nun steh ich da mit dem ganzen Schlamassel.' Nöhö, dafür war Gudrun zu schlau. Außerdem konnte selbst eine beste Freundin in einer solchen Situation nur hilfreich, aber niemals objektiv beratend fungieren.
„Meinst du denn, ich hätte nicht darüber nachgedacht?", jaulte ich auf. „Seit heute Morgen geht mir nichts anderes mehr durch den Kopf. Ich versuche ganz ruhig und sachlich zu bleiben, aber immer wieder schwirrt das Wort ‚Claus', ‚Claus' und noch mal ‚Claus' und ‚warum, warum, warum' durch meinen Kopf. Ich bin schon ganz rammdösig geworden."
Gudrun stand auf und kehrte mit zwei Gläsern Sherry zurück.
„Prost, der wärmt von innen", hielt sie mir ein Glas entgegen.
„Prost", schniefte ich zurück.

„Ich glaube, ich bring Claus wirklich um", formulierte ich meine Gedanken.
„Charlotte, jetzt hör aber auf damit", Gudrun warf mir einen irritierten Blick zu.
„Denk an deine Kinder", ermahnte sie mich, „was soll denn nun dieser Quatsch?"
Sie schaute mich eindringlich an: „Komm erst mal wieder richtig zu dir. Lass dir Zeit, um über alles in Ruhe nachzudenken."
Mein Mutterinstinkt regte sich in seiner Ecke und lächelte schwach. ‚Danke, Gudrun', flüsterte er, ‚besser hätte ich es auch nicht sagen können.'
Doch der Gedanke an einen toten Claus hatte sich eindeutig in meinem Hinterkopf festgesetzt. Im letzten kleinen Eckchen. Und wollte nicht weichen.

An diesem Abend kam Claus ziemlich pünktlich.
Ich deckte gerade den Abendbrottisch.
„Hallo, Muckel", Claus hauchte einen Kuss in Richtung meiner Wange, „heute konnte ich mich früher loseisen." Er ließ sich auf die Eckbank plumpsen. „War das wieder ein Stress heute." Hm,

komisch, so viel hatte der ja seit Tagen nicht mehr mit mir geredet. Wollte wohl gut Wetter machen oder so.
Ich stellte noch ein Brettchen mehr und auch seinen mit „Claus" beschrifteten Teebecher hin.
„Du bist ja so still", Claus hatte meine Einsilbigkeit bemerkt.
„Ich hab meine Regel", antwortete ich nur.
„Ach so", das erklärte schließlich alles. „Schade, und ich hatte gedacht, wir könnten heute Abend mal wieder ..."
Ich war gerade dabei, ein Aufschluchzen zu unterdrücken, als mein Unmut wie vom Affen gebissen aus seiner Ecke kam. ‚Charlotte', blaffte er mich an, ‚sofort knallst du ihm eine.' Er bellte wie verrückt und bleckte die Zähne. ‚Dieser alte Sausack! Belügt und betrügt dich und will dann noch mit dir ins Bett. Hat die Britta heute keine Zeit oder was?'
Ich beförderte inzwischen Butter, Tomaten- und Gurkenscheiben auf den Tisch, stellte Salz und Pfeffer dazu, schenkte Claus, den Kindern und mir Tee ein und brachte auch die Aufschnittplatte an ihren Platz.
„Mmh, Zwiebelmett", Claus leckte sich die verlogenen Lippen, „ist heute ein besonderer Tag?" Zwiebelmett gab's bei uns sonst nämlich immer nur am Wochenende.
Ja, du Arschloch, dachte ich, heute ist der Tag der wahren Erkenntnis. Heute ist der Tag, an dem ich erfahren hab, wie viel ich dir tatsächlich bedeute. Nämlich nichts!!!! Wäre ich in deinen Augen ein wertvoller Mensch, würdest du mich nicht so behandeln. Würdest mir reinen Wein einschenken, versuchen, vernünftig mit mir zu reden. Und mich nicht wie einen Haussklaven behandeln! Einen Sklaven, der dein Haus sauber hält, sich um deine Kinder kümmert, dir dein Essen kocht, deine Wäsche macht, hinter dir her räumt und ab und zu auch mal mit dir ins Bett geht.
Doch da ich mich entschlossen hatte, n i c h t mit ihm zu reden, schüttelte ich einfach nur den Kopf und sagte schlicht: „Nö, mir war nur irgendwie danach, den Kindern heute eine Freude zu machen." Das akzeptierte Claus auch ohne weiteres.

„Anton, Pauline, Abendbrot ist fertig!" Da musste ich nicht zweimal rufen. Sofort kamen beide angestürmt.
„Mama, wann gehst du denn mal wegen deiner Allergie zum Arzt?", fragte Anton, nachdem er sich eines von den frisch aufgebackenen Brötchen geschnappt und mit Zwiebelmett beschmiert hatte. Er machte ein besorgtes Gesicht.

„Wieso Allergie?“, fragte Claus kauenderweise. Auch sein Brötchen war dick mit dem Mett beschmiert und die erste Hälfte schon fast verspeist.
„Siehst du das denn nicht, Mama hat ein total verquollenes Gesicht“, wies mein Sohn seinen Vater auf mein Aussehen hin, „das ist klar 'ne Allergie, Mann.“ Anton kannte sich aus, guckte er doch mit Begeisterung sämtliche Medizinmagazine.
Wusch, kaum hatte er das „Mann“ ausgesprochen, hatte er schon eine hängen. Vom kauenden Claus. „So spricht man nicht mit seinem Vater“, entrüstete sich der Erzeuger, und Anton fing an zu heulen.
„Und man scheuert seinem Kind nicht so einfach eine“, gab ich empört zurück. Sicher, Anton hätte das „Mann“ natürlich besser weglassen sollen, aber zumindest war ihm aufgefallen, dass mein Gesicht heute anders aussah als sonst. Und Mathe hatte er schließlich auch freiwillig geübt. Trotz der morgendlichen Quengelei. Was wollte man mehr von einem Sohn?
„Und du sollst dich nicht ständig vor deinen Sohn stellen“, schrie jetzt Claus, „aber ich hab hier ja sowieso nichts zu melden.“
„Genau“, ich hoffte nur, dass wenigstens die Nachbarn ihre Fenster geschlossen hatten, waren die meinen doch offen. Bei dieser Lautstärke. Musste ja nicht jeder mitkriegen, dass bei Kochs mal wieder Familienzoff herrschte.
„Da kommt man einen Abend mal pünktlich nach Hause“, Claus tobte immer noch, „hat einen anstrengenden Arbeitstag hinter sich und gleich hat man nur Ärger. Ihr hängt mir zum Hals raus, alle!“ Er schmiss die andere Hälfte seines Brötchens über den Tisch. Gut, dass ich mich rechtzeitig zur Seite gedreht hatte, sonst hätte ich das Mett im Gesicht gehabt. Im verquollenen.
„Dass du aber auch immer nur Unruhe in unsere Familie bringen kannst“, fuhr ich ihn an. „Kaum betrittst du das Haus, fängst du an zu nörgeln und zu meckern.“ Ich versuchte meine Stimme zu senken. „Anton macht in deinen Augen sowieso alles falsch, ich natürlich auch, mit dir ist ja nicht mehr vernünftig umzugehen.“ Ich redete mich in Rage. Beide Kinder heulten. „Wir sollen dich behandeln wie ein rohes Ei, und du benimmst dich wie ein Elefant im Porzellanladen. Kannst immer nur alles kaputtmachen.“ Nun heulte ich auch. Aber eher vor Wut.
„Mir reicht's“, brüllte Claus und stand auf. „Ich hab die Schnauze bis oben hin voll. Ihr geht mir so was von auf den Sack, ihr ekelt mich an.“ Er stürmte aus der Küche.
„Ich hau ab“, hörten wir sein Gekeife aus dem Flur.

„Bitte, bitte, mach das“, ich lief ihm hinterher. „Hau bloß ab und lass dich so schnell nicht wieder blicken.“ Ich packte ihn am Kragen seiner braunen Lederjacke. Vor Wut war ich ziemlich außer mir. „Wir kommen hier prima ohne dich und dein Gemotze zurecht!!“ Ich stellte mich auf die Zehenspitzen und sah ihm direkt in die Augen: „Hau endlich ab!“

Das tat er dann auch. Knallte die Haustür hinter sich zu und war verschwunden.
Ich holte erst mal tief Luft. Gaaanz tief in den Bauch atmen. Ich versuchte mich an Relikte aus der Schwangerschaftsgymnastik zu erinnern. Half tatsächlich.
Etwas ruhiger kehrte ich in die Küche zurück. Anton und Pauline lagen sich in den Armen und heulten zum Steinerweichen. Ich setzte mich daneben und heulte mal wieder mit.
„Lasst ihr euch jetzt scheiden?“, fragte Anton schluchzend, „und bin ich dann schuld?“ Mein armes Hascherl. Ich strich ihm über den Kopf. „Nein, mein Schatz, du bist nicht schuld, du nicht.“ Ich schnappte meine Kinder und schleppte sie ins Wohnzimmer. Gemeinsam hockten wir uns auf die Couch und weinten. Die Kinder wegen des elterlichen Streits vorhin, ich wegen der Kinder und meiner vergangenen Ehe. Denn als solche musste ich diese wohl betrachten.
Vorbei das schöne, bequeme, harmonisch und sicher geglaubte Familienleben, das Chaos regierte.
Und der Gedanke im Hinterstübchen wurde größer.
Claus musste weg. Ganz klar.

Als allererstes rief ich in der Praxis von Sebastian, dem Schwulen, an, ließ mir einen Termin geben und meldete schon mal an, dass es sich um eine ganz gründliche Generaluntersuchung handelte. Mit allem, was so ‘ne Arztpraxis zu bieten hatte. War ich doch Gott sei Dank bei einem richtigen Fachmann in Behandlung. Einem, der per Ultraschall sämtliche Organe und wichtige Adern kontrollieren konnte.
Langzeit-EKG, Belastungs-EKG und Langzeit-Blutdruckmesser müssen auch sein, informierte ich die Sprechstundenhilfe vorab. Damit sie Sebastian schon mal vorwarnte. Schließlich kannte ich mich etwas aus.
Auch einen Termin beim Frauenarzt organisierte ich.
Und einen beim HNO-Arzt.
Und einen beim Gastroenterologen.

Und einen beim Hautarzt.
Auch den beim Zahnarzt vergaß ich nicht.
Genauso wenig wie den beim Orthopäden.
Na, meine Krankenkasse würde sich freuen.
Ich, die ich sie in den letzten Jahren eigentlich nur mit den routinemäßig einzuhaltenden Kontrolluntersuchungen zahlungsmäßig in Anspruch genommen hatte, ließ nun ein wahres Bombardement an Rechnungen auf sie niederprasseln.
Doch egal. Was sein musste, musste sein.
Denn wenn ich tatsächlich meinen Mann hinmeucheln würde, musste ich mir zumindest vorher die Gewissheit verschaffen, dass ich völlig gesund war.
Da ließ ich doch eher Tausende von Untersuchungen über mich ergehen, als kurz nach dem von mir herbeigeführten Ableben meines Mannes feststellen zu müssen, ich sei unheilbar krank.
Und meine Kinder über kurz oder lang nicht nur Halb-, sondern Vollwaisen.
Nöhö, dat geiht nicht.
Ich musste da schon ziemlich sicher sein, genauso wie mir bewusst war, dass der Tod meines Gatten wie ein natürlicher aussehen musste.
Schließlich wollte ich nicht im Gefängnis landen. Wäre für die Kinder einem Vollwaisentum ja ziemlich nahe gekommen.

Gekonnt musste es sein, einfühlsam und gerissen zugleich.
Ein Auftragsmord vielleicht?
Nein, da war ich hinterher erpressbar. Und schließlich konnte ich schlecht in der Wilhelmshavener Zeitung inserieren: „Mörder gesucht! Wer bringt für tausend Mark – mehr gibt die Haushaltskasse nicht her – meinen Mann um?" Da könnte ich mich ja gleich der Polizei ausliefern. Nein, das war eindeutig der falsche Weg.
Vielleicht sollte ich ein Verhältnis mit einem Zahnarzt anfangen, der dann im Zuge von sexueller Abhängigkeit meinem – halt, falsch –, dem Claus unter eine Plombe irgendein Gift setzte. Hatte ich in dem Film „Die Apothekerin" gesehen. Nur dass sie das Gift da in ein Gebiss gemogelt hatten. Vielleicht sollte ich mich mit Ingrid Noll, der Autorin des Buches „Die Apothekerin" in Verbindung setzen. Wer weiß, womöglich hatte die noch andere geniale Ideen!
Aber nein, das wäre wieder eine Mitwisserin gewesen. Gift in Kapern kam eigentlich auch ganz gut. Kapern gehörten ja zu

Königsberger Klopsen. Sollte ich Claus öfter mal ein solches Gericht vorsetzen? Den Tipp hatte ich auch von Ingrid Noll. Beziehungsweise aus ihrem Buch. Doch stellte sich natürlich das Problem, woher ich das Gift nehmen sollte.

Ich konnte genauso wenig in die Apotheke gehen und sagen: „Ich hätte gern irgendein Gift."

Obwohl, die Apothekerin könnte ja selbst grad in einer Ehekrise stecken und fragen: „Was für ein Gifterl hätten S' denn gern? Ein schnell wirkendes oder ein schleichendes? Eines, das fürchterliche Krämpfe verursacht, oder eines, das den zu Vergiftenden einfach einschlafen lässt? Eines, das sich nachweisen lässt, oder eins, das man hinterher unmöglich nachweisen kann?"

Und ich würde antworten: „Ein schnelles Gift, das den zu Vergiftenden unsäglich leiden lässt, hinterher aber nicht nachzuweisen ist."

Aber nein. Das ging leider auch nicht. Schiete.

Na, irgendetwas würde ich mir schon einfallen lassen. Es hetzte mich schließlich keiner.

Und außerdem musste ich ja auch noch die Ergebnisse meiner ganzen Untersuchungen abwarten. Obwohl ich natürlich davon ausging, dass ich kerngesund war.

Wieder einmal war ein Elternabend angesagt.

Es ging um die demnächst anstehende Klassenfahrt nach Holland. Der vorbereitende, aus- und durchführende Lehrer war, o Zufall, Holländer und informierte uns vorab mit Diaaufnahmen, die er während der vergangenen Fahrten gemacht hatte. Es war durchaus interessant.

Nur konnte ich mir doch nicht so ganz vorstellen, dass mein großer Sohn mit dem kleinen Herzen, der schon beim Schulfreund um die Ecke des Nachts Heimweh bekam, dieses Heimweh in Holland einfach vergessen sollte. Vielleicht müsste ich provisorisch schon mal eine Familienpackung Baldrian für ihn besorgen. Herr von der Graft, so der Name des Lehrers, versuchte uns mit seinem Enthusiasmus anzustecken.

„Also, die Kinder sind auf Hausbooten untergebracht, die in einzelne Appartements aufgeteilt sind." Es sollte nämlich ans IJsselmeer gehen. Dort würden sie sich zu viert ein solches Appartement teilen und auch für ihre Verpflegung zuständig sein. „Die Schüler bekommen von uns, den aufsichtsführenden Lehrkräften, pro Person ein bestimmtes Tagesbudget. Von diesem Geld müssen sie dann ihre Einkäufe bestreiten." Alle Eltern nickten begeistert zustimmend. Na, das war doch mal eine tolle Idee. „Mein Maik kauft sich bestimmt nur Süßichkeiten“, tuschelte eine Mutter, die neben mir saß. Sie war, so rein äußerlich betrachtet, nicht übermäßig ansprechend. Doch da ich schon Platz genommen hatte, als sie sich setzte, war mir jegliche Möglichkeit genommen, mich vor Beginn des Elternabends ihrem – im wahrsten Sinne des Wortes – Dunstkreis zu entziehen. Nicht nur, dass sie ungepflegt und fett war. Nein, sie stank außerdem nach Zwiebeln, Knoblauch, Alkohol und Schweiß. Ihre Haare waren fettig, sie trug ein ursprünglich wohl mal grünes Sweatshirt, das nun eher grau gefleckt war, rosafarbene Jogginghosen (igitt) und schmuddelfarbene Turnschuhe mit dezentem Loch in der Kappe.

Maiks Mutter grinste mich an: „Die isst der Maik nämmich für sein Leben gern.“ Grins. „Oder der verhungert. Weil er nämmich nich kochen kann.“

Ich zwang mich zurückzulächeln und unterdrückte einen Würgereiz. Wandte aber sofort wieder meinen Kopf nach vorn. Dort hatte Herr von der Graft gerade berichtet, dass den Schülern elterlicherseits bitte keine Lebensmittel mitgegeben werden sollten. Schade, hatte ich doch gedanklich schon einen Großeinkauf bei Aldi für Antons Klassenausflug eingeplant.

Da standen Nudeln ganz oben auf der Liste. Nudeln in jeglicher Form. Die wusste mein Sohn nämlich mit Bravour zuzubereiten. Egal, ob mit Tomaten-, Bolognese- oder Käsesauce. Im Nudelnkochen war Anton perfekt!

„Weil Kinder von Natur aus einen Kaufzwang haben“, erklärte Herr von der Graft, „können sie diesen schon durch das Kaufen der Grundnahrungsmittel befriedigen. Dadurch wird viel weniger an Süßigkeiten gekauft. Denn schließlich haben die Kinder den Ehrgeiz, so wenig wie möglich auszugeben, um zum Schluss eine richtige Party zu veranstalten.“

Leuchtete mir ein. Fand ich auch echt gut. Davon mal ab, würde Anton sowieso versuchen, seine Mitbewohner durch seine Kochkünste und nicht durch seine Knabbergelüste zu beeindrucken. Maiks Mutter sah hingegen schon schwarz, was die gesunde Ernährung ihres Sprösslings betraf. „O nee, o nee“, stammelte sie immer wieder, „der Maik, der kauft bestimmt nur Chips.“ Spontan erhob sie sich, was bei ihren Ausmaßen durchaus nicht so einfach war.

„‘tschuldigung, dass ich so einfach unterbreche“, störte sie Herrn von der Graft, „aber ich muss da mal was fragen.“ Der Herr Ober-

lehrer gab ihr durch gnädiges Handzeichen zu verstehen, dass berechtigte Fragen immer willkommen seien. „Also, ich bin die Mutter von Maik“, begann die Mutter von Maik, „und heiße Gesine von Laufen.“ Alle nickten.
Nur ich – und ständig bin es immer und immer nur ich, die den nötigen Ernst der Situation nicht erkennt – musste schnell meine Hand vor den Mund nehmen und hineinbeißen, um nicht vor Lachen loszubrüllen. Gudrun, die neben mir saß, schaute mich fragend an. „Zumda“, war mir nämlich spontan eingefallen, wäre ein viel passenderer Vorname für die Gesine gewesen. Zumda von Laufen. Genial. So zutreffend. Noch mal getrennt: Zum-da-von-Laufen. Zumda hatte ihre Frage inzwischen fertig formuliert. Ob denn die aufsichtsführenden Lehrer auch darauf achten täten, dass der Maik sich nicht ausschließlich mit Chips un so’n Zeuch vollfräße. Sie kippte zurück auf ihren Stuhl. Ich war inzwischen ein kleines Stück näher an Gudrun gerutscht. „Nein“, antwortete Herr von der Graft, dafür seien die Kinder selbst verantwortlich. Zumda schüttelte entrüstet den Kopf.
„O nee, o nee, wie soll der arme Maik das nur ‘ne Woche aushalten?“, flüsterte sie vor sich hin. Der wird wahrscheinlich drei Tage durchfressen und den Rest der Zeit kotzenderweise über der Kloschüssel hängen, vermutete ich. Und grinste in mich hinein.
Gudrun lauschte inzwischen wieder voll konzentriert dem netten Herrn Holländer. Der es ja wirklich nur gut mit den Kindern meinte. Und schon ganz tolle Erfahrungen gesammelt hatte.
Und die Schüler waren stets zwar kaputt und müde, aber durchweg begeistert von ihrer Reise zurückgekehrt. Das sprach ja nun ehrlich für ihn.
Zumda war jedenfalls noch lange nicht fertig.
Klassenlehrer Stürmlich hatte inzwischen das Zepter übernommen und wollte eigentlich auf die Klasse als solche und deren bisher erbrachte beziehungsweise nicht erbrachte Leistungen zu sprechen kommen. Doch Zumda sorgte sich immer noch um das zukünftige Wohlbefinden ihres Sohnemanns. Erneut quälte sie sich aus ihrem Stuhl. „Herr Stürmlich“, begann sie, „Herr Stürmlich, ich hätte da noch ein paar Fragen.“
Theo Stürmlich nickte leicht genervt. Er hatte es wohl schon des Öfteren mit solchen Zumdas zu tun gehabt.
„Liebe Frau von Laufen“, ich biss erneut in meine Faust, „die Einzelheiten werden wir klären, sobald die Reise ansteht. Bis dahin ist es ja noch ein halbes Jahr.“ Und dann begann er mit dem, was er uns Eltern eigentlich zu sagen hatte.

Ich guckte mich derweil um.
Wie ich auf dem ersten Elternabend bereits erfahren hatte, waren durchaus einige allein erziehende Mütter beziehungsweise Väter anwesend. Alle durch die Bank geschieden. Bei zweien der „geschiedenen" Kinder waren auch beide Elternteile anwesend. Doch kein einziges Kind hatte ein dahingemordetes Elternteil. Sollte Anton wirklich der erste und einzige dieser Spezies werden?

Es ging in medias res.
Der erste ärztliche Termin.
Bei Sebastian, dem Schwulen.
Was ich bitte, bitte, nicht negativ besetzt sehen möchte. Im Gegenteil. Von unseren Bekannten war mir Sebastian nämlich immer noch der Liebste. Er war einer, auf den man sich immer und zu jeder Zeit verlassen konnte.
Einer, der einen in den Arm zu nehmen und zu trösten wusste.
Einer, der nicht an meine Wäsche wollte, nur weil ich weiblich, wohlgerundet – an bestimmten Stellen – und blond war.
Einer, mit dem man über alles und jedes reden konnte. Wenn man denn wollte. Der einem zuhörte, einen ausreden ließ, auch eine Blondine als Persönlichkeit für wichtig erachtete. Ganz ohne Hintergedanken.
Kurz – der perfekte Mann, wäre er nicht schwul gewesen.
Ich hätte sicher, so ich denn willens gewesen wäre, mit ihm über meine persönliche Situation reden können. Natürlich nicht in seiner Praxis, sondern in seiner gemütlichen Altbauwohnung. Und sein Freund Markus hätte uns bestimmt einen phantastischen chinesischen Tee zubereitet.
Sebastian war nämlich seit sieben Jahren fest liiert.
Markus, sein Freund und seines Zeichens Graphiker, ging selbstverständlich genau wie Sebastian bei uns ein und aus. Und es war durchaus schon mal vorgekommen, dass einer von beiden bei uns auf dem Sofa übernachtet hatte, weil es zu Hause Zoff gab. Den gab's eben nicht nur in heterosexuellen Beziehungen.
Aber da Sebastian doch eher Claus' Freund denn meiner war und ich ihn nicht in einen Gewissenskonflikt stürzen wollte, hielt ich es für angebracht, mein sonst so vorlautes Mündchen zu halten. Und mich artig zu ihm in die Sprechstunde zu begeben.
„Guten Morgen, Charlotte", begrüßte er mich, als ich an besagtem Termin schon um viertel vor acht in seinem Labor auf einer Pritsche lag.

Anton war, wie üblich, mit seinem Rad zur Schule gefahren, und Paulinchen hatte ich gleich um halb acht, als der Kindergarten seine Pforten öffnete, dort abgegeben. Was meine Tochter zu wahren Begeisterungsstürmen hingerissen hatte. War sie doch an diesem Tag das erste Kind im Kindergarten.
Sebastian setzte sich zu mir, band mir einen Gummischlauch um den rechten Oberarm und zurrte ihn fest.
„Diesmal das volle Programm?“, fragte er, während er vorsichtig nach meinen Adern in der Armbeuge tastete.
„Ja“, antwortete ich zaudernd, denn erstens konnte ich so nüchtern am frühen Morgen die Laborluft nicht ertragen und zweitens wollte ich – um Gottes willen – dem guten Sebastian durch nichts zu verstehen geben, dass ich im Begriff war, etwas Kriminelles zu begehen.
„Weißt du“, sagte ich beiläufig, „wenn man so in die Jahre kommt, ist es durchaus mal angebracht, sich gründlichst untersuchen zu lassen. Habe ich Claus auch schon gesagt.“ Nun log ich aber. „So eine Untersuchung ist man seinen Kindern doch schuldig. Nicht dass irgendwo versteckt ein Herzfehler oder sonst was hockt. Und man plötzlich umfällt und tot ist.“ Ein solches Schicksal hatte ich schließlich für meinen Gatten vorgesehen.
Sebastian nickte. „Ja, Charlotte, da hast du absolut Recht.“ Er griff nach einem Desinfektionsspray und sprühte die Armbeuge ein. „Aber du weißt ja, wie das ist.“ Es erfolgte ein Piks. Ich hatte rechtzeitig meine Augen in die andere Richtung gedreht. „Wir Ärzte sind nun mal ein dummes Volk.“ Er wechselte anscheinend gerade die Kanüle, die Nadel als solche blieb im Arm.
„Wir gehen selbst erst dann zu einem Kollegen, wenn wir so gut wie gar nicht mehr können.“
Sebastian war fertig, drückte mir ein Zellstofftüchlein auf die Einstichstelle und bat mich, den Unterarm an den Oberarm zu drücken. Damit es nicht weiterblutete.
Klar, Sebastian, darauf baue ich mein Konzept schließlich auf, dachte ich, während ich seinen Anweisungen folgte. Doch ich nickte bescheiden.
Sebastian stand auf. „Aber wie ich deinen Claus kenne, ist der voll auf der Höhe und sich seiner Verantwortung dir und den Kindern gegenüber mehr als bewusst.“
Na, da täuschte er sich aber gewaltig!
Mit der Britta fremdzugehen und seine Ehefrau permanent zu belügen, empfand ich nicht gerade als verantwortungsbewusst.

Auch das Herumschmeißen von mettbeschmierten Brötchenhälften fiel meines Erachtens nicht zwingend in diesen Bereich. Genauso wenig wie das unbegründete Hauen von Kindern.
Aber da zeigte es sich mal wieder, in eine Ehe hineingucken konnte eben keiner. Auch gute Freunde nicht.
„So“, Sebastian hatte sich seine Latex-Handschuhe ausgezogen, „dann gehen wir mal rüber und machen die Bauch-Sono.“
Sonographie – sprich Ultraschall – der inneren Organe.
Ich legte mich auf die nächste Pritsche, nachdem ich mich vorher sämtlicher den Oberkörper verhüllender Klamotten entledigt hatte.
Sebastian löschte das Licht, und nur der schwarz-weiße Bildschirm seiner hypermodernen und „arschteuren“ – wie er mir berichtet hatte – Ultraschallstation verhinderte, dass wir völlig im Dustern tappten. „Achtung“, Sebastian hielt mir eine Flasche über den Leib, „zuerst das Gel.“ Es quietschte, ich zuckte vorsorglich schon mal zusammen, doch das Ultraschallgel war nicht eiskalt, wie ich es von meinem Frauenarzt kannte, sondern von angenehmer Temperatur.
„Ich stelle es zuvor in einen Fläschchenwärmer“, Sebastian verstand mich auch ohne Worte. „Dann ist es für die Patienten nicht so kalt.“ War er nicht wirklich einfühlsam?
Er drückte mir sein Ultraschallgerät auf den Bauch.
„Zunächst die Bauchspeicheldrüse.“ Pause. Sebastian guckte und sagte nichts. War da etwa was?
„Alles bestens“, signalisierte mein Arzt. „Nun die Nieren.“ Auch hier war nichts Außergewöhnliches festzustellen. „Alles wunderbar unauffällig und deinem Alter angemessen“, bescheinigte mir Sebastian mündlich und schrieb hinterher auf jedes der von ihm ausgedruckten Ultraschallbilder „O.B.“ – „ohne Befund“ – sprich: alles okay.
Ich hatte mir mit weichen Tüchern den Ultraschallglibber wieder von Bauch und Busen abgewischt und wollte mich anziehen, als er mich aufhielt.
„Halt, Charlotte“, ich war gerade dabei, meinen BH zuzuhaken, „wo du nun schon so frei bist, können wir auch gleich das Langzeit-EKG anlegen.“
Ach so! Ich atmete tief durch. Was für Gedanken mir aber auch wieder durch den Kopf schossen. Pfui, Charlotte, schäm dich.
Sebastian verabschiedete sich mit „Grüß Claus schön“, eine Arzthelferin kehrte mit den Elektroden und einem kleinen Computerchen zurück, verkabelte mich, band mir einen Gurt um den

Hals, an dessen Ende ich das Computerchen einklinken konnte, und bat mich, mit der ganzen Takelage am nächsten Morgen wiederzukommen. „Damit wir das EKG auswerten können." Kein Problem, was sein musste, musste sein.

„Wie, du warst bei Sebastian?", fragte Claus mittags ungläubig, als er sein Leibgericht, Kohlrouladen mit Kartoffeln, in sich hineinschaufelte. Für mich gab's trennkostmäßig Kohlrouladen ohne Kartoffeln.
„Du bist doch gar nicht krank!" Er klang ziemlich vorwurfsvoll. Nach dem Motto: „Wie kannst du es wagen, so einfach zum Arzt zu gehen – auf Krankenschein! – und gar nicht krank zu sein. Du weißt doch, was für'n Theater wir mit den Kassen hinsichtlich der Budgets haben!"
„Na, ich will mich mal gründlich durchchecken lassen", versuchte ich ihm den Wind aus den Segeln zu nehmen, „sollte man schließlich so ab und zu mal machen."
„Wir auch, Mama?", fragte Anton und schnitt sich ein großes Stück Roulade ab.
„Kannst du nicht einmal deinen vorlauten Mund halten, wenn ich mich mit deiner Mutter unterhalten möchte?", blaffte mein Mann sogleich. Er hatte wieder ausgesprochen „gute" Laune. Verstand ich irgendwie gar nicht. Wo er doch jetzt die Britta nebenbei hatte. Ey, Alter, dachte ich bei mir, sei fröhlich und genieß dein Leben, solange ich mich noch nicht dazu entschlossen habe, wie und wann ich dich darum bringe.
Mein Unmut hechelte erfreut.
Aber vielleicht schlauchte ihn die Britta ja auch ziemlich. Körperlich, meine ich. Er war schließlich nicht mehr der Jüngste und etwas aus der Übung, was derartige Turnübungen betraf. Ging wohl anstrengungsmäßig über seine Coronargymnastik hinaus.
„Da hätteste mir auch mal Bescheid sagen können", rügte mich Claus.
„Na, ich bin ja wohl kein kleines Kind mehr, das erst seinen Vater fragen muss, ob es irgendetwas machen darf", ich wurde wütend, „ich kann immer noch selbst entscheiden, ob ich zum Arzt gehe oder nicht!" Energisch biss ich in ein Stück Kohlroulade. „Geht dich überhaupt nichts an." Nun sprach ich mit vollem Mund.
„Müsst ihr euch denn immer streiten?" Anton gefiel die derzeitige häusliche Stimmung genauso wenig wie Pauline. Die hatte inzwischen auch mit dem Essen aufgehört und guckte uns mit ängstlichen Augen an.

„Schnauze!“, mehr hatte der Vater seinem Sohn nicht zu sagen.
„Weißt du was“, ich hatte zu derlei unharmonischen Mittagsstunden absolut keinen Nerv mehr, „ich glaube, es ist das Beste, wenn du mittags zukünftig nicht mehr nach Hause kommst, Claus.“ Ich guckte meinen Noch-Gatten ernst an. „Es ist ja inzwischen das absolute Chaos.“ Claus stopfte derweil die zweite Kohlroulade in sich hinein. „Ich meine, so kann es doch nicht weitergehen!“
„Ja, das würde euch so passen!“ Der Mund war leer, der Ton wurde laut. „Was glaubt ihr eigentlich, wer ihr seid, ihr drei? Wer bezahlt denn den ganzen Rotz hier?“
Es flog eine Gabel quer durch die Küche. Gut, dass wir uns rechtzeitig geduckt hatten.
„Wer schuftet sich denn für euch krumm? Wer muss denn den alten Omas und Opas zuhören, die außer Stuhlproblemen keine anderen Sorgen haben? Wer sitzt denn bis spät in die Nacht in der Praxis? Hä? Wer denn? Ich doch und nicht ihr!!“ Mein Gott, was konnte der Mann schreien. „Ihr lasst es euch auf meine Kosten gut gehen, verfuttert mein Geld, gebt es für irgendwelche blödsinnigen und überteuerten Klamotten aus. Ich hab von euch allen die Schnauze gestrichen voll, bis hierher!“ Er griff sich an die Nase, stürmte aus der Küche, schlug die Tür zu und war verschwunden.

Die Kinder hatten schon wieder zu Messer und Gabel gegriffen und verputzten den Rest ihres Mittagessens. Trotz anfänglicher, typisch kindlicher Ängste war ihnen in der letzten Zeit ein solches Auftreten ihres Vaters leider nicht fremd.
Ich erhob mich, stellte Claus’ Teller in die Geschirrspülmaschine, goss mir einen Becher Kaffee ein und setzte mich wieder. So also sah Claus die ganze Sache. Wir waren in seinen Augen Schmarotzer. Seine Frau und seine Kinder, die er eigentlich über alles lieben sollte. Wer hatte denn gesagt, ich solle zu Hause bleiben, um mich um die Aufzucht unserer Ableger zu kümmern? Er!!
Na ja, ich wollte auch gar nicht arbeiten. Hatte ich doch mit den Kindern und ihm genug zu tun. Und überhaupt – mein Unmut trat wieder aus seiner Ecke – von wegen bis spät in die Nacht arbeiten. Ha, dass ich nicht lachte! Wo er doch von sieben Tagen der Woche mindestens an vieren bei Britta war. Das wusste ich schließlich aus erster Hand. Meiner!
Hatte ich nicht letzte Woche meine Mutter beschwindelt, es sei Elternabend und sie gebeten, sich zwei Stündchen um das Ins-

Bett-bringen der Kinder zu kümmern?
Und hatte ich mich da nicht in mein Auto gesetzt und war nach Oldenburg gefahren?
Und hatte ich nicht, als ich endlich die Straße und das Haus fand, in dem Britta wohnte, eine halbe Stunde heulend in einer Nebenstraße im Auto gesessen, weil Claus' Wagen vor Brittas Haustür stand?
Und hatte ich nicht in eben dieser halben Stunde den endgültigen Beschluss gefasst, dass mein Mann ein viel zu großes Schwein sei, um ihn mit einer Scheidung davonkommen zu lassen? Dass wir alle gänzlich ohne ihn besser dran wären?
O doch, ich hatte!!
Nur wusste ich noch nicht so genau, wie ich ein solches Unterfangen realisieren sollte.
Vielleicht sollte ich doch mal einen Blick in mein Kochbuch werfen und nach einem Rezept für Königsberger Klopse fahnden?!
Denn wie auch immer ich es anstellte, es musste nach einem Unfall, einem plötzlichen Herztod, Gehirnschlag oder Ähnlichem aussehen. Nichts, rein gar nichts sollte mich mit dem Dahinscheiden meines Mannes in Verbindung bringen können.
Das war ich meinen Kindern schließlich schuldig!

Die Weihnachtszeit hatte uns wieder.
Wie immer hatte sie mich voll erwischt.
Geduldig hatte ich mit den Kindern jeden Winkel des Hauses nach dort untergebrachten Weihnachts-Deko-Artikeln durchstöbert. Die blaue Tischdecke auf dem Küchentisch war einer roten mit grünen Tannenbäumchen gewichen, den Türrahmen der Wohnzimmertür zierte eine künstliche Tannengirlande mit Lichterkette und goldenen Sternen, auch das Treppengeländer war um eine solche Girlande, die sich gewunden hochschwang, nicht herumgekommen. Allerdings hatte die keine Lichter dran.
„Oh, fein, Mama“, freute sich Pauline, als sie den Karton mit den roten Christbaumkugeln entdeckte, „die kann ich prima als Ohrringe benutzen.“ Schon hatte sie sich mit zweien der Kugeln verschönert.
„Pass auf, Pauline“, warnte ich, „die sind aus Glas und sündhaft teuer.“
„Ich bin ganz vorsichtig“, sagte meine Tochter gerade in dem Moment, als eine der roten Kugeln, an ihrem kleinen Öhrchen keinen Halt findend, auf den Küchenboden fiel und dort zerbrach.

„Scheiße“, brummte ich und versuchte mich aus einer weiteren Tannengirlande zu befreien, um die Scherben aufzufegen. Überall herrschte das reinste Chaos. Kartons über Kartons standen in Küche und Flur herum, Weihnachtsmänner aller Größen und Formen hatten sich auf meinem Küchentisch breit gemacht und warteten darauf, an ihren endgültigen Platz gebracht zu werden. Anton hatte passenderweise eine Rock-Christmas-CD aus unserer Sammlung gesucht und ließ nun in voller Lautstärke Weihnachtsmusik auf uns einprasseln.
„Da kommt richtig Stimmung auf“, schrie er gegen die Musik an und versuchte, zwei Stühle übereinander stellend, ein Schneemann-Mobile an der Decke zu befestigen.
„Halt, Anton, so geht das nicht“, rief ich ihm zu. „Komm sofort da runter.“
Ich hatte mich endlich aus der Girlande gewickelt und eilte zu dem gefährlichen Turmbau, um zu verhindern, dass wieder eines meiner Kinder mit einem Gipsarm oder sonstigem eingegipsten Körperteil durch die Gegend lief. Gerade noch rechtzeitig, denn die Stuhlgeschichte fing schon an zu kippeln.
Mein nächster Gang führte mich schleunigst an den CD-Player in der Ecke der Küchenzeile, wo ich die Phon-Stärke wieder auf ein erträgliches Maß reduzierte.
„Puhh“, atmete ich auf, „warum kann aber auch gar nichts bei uns ruhig und gemütlich abgehen?“ Meine Kinder schauten mich verständnislos an.
„Wieso, Mama, das ist doch voll cool“, Anton hatte noch immer das Mobile in der Hand, „wär doch sonst ätzend langweilig.“
Ich kramte inzwischen Handfeger und Schippe aus ihrem Versteck hinter dem Mülleimer und begann, die Überbleibsel der Weihnachtskugel aufzufegen.

Zwei Stunden später erstrahlte unser Haus in weihnachtlichem Glanz. Vor der Tür stand ein riesiger Pappmaché-Weihnachtsmann, durch den vorstehenden Balkon vor Regen und Schnee geschützt, außen an der Haustür hing ein nett geschmückter Kranz aus echter Tanne, die Fenster wurden durch Tonkarton-Weihnachtsmänner, Engel und Sterne bereichert, im Wohnzimmer stand ein – auch echter – Tannen-Adventskranz mit silbernen Schleifen und goldenen Kerzen, ein Papprentier mit rotem Schal begrüßte die Ankommenden im Flur, kurz, es gab kein Zimmer, das nicht auf die Weihnachtszeit vorbereitet war. Selbst Anton hatte sich den Zeichen der Zeit gebeugt und einen selbst

gebastelten Totenkopf mit Weihnachtsmütze in sein Fenster gehängt. Sah echt stark aus. Fand er.
Bei Paulinchen hatte ich noch etwas mehr Einfluss üben können und eine Winterlandschaft mit Tusche an ihr Fenster gemalt. Einen schönen Rodelberg, eine Tanne und einen Schlitten mit zwei Mädchen drauf.
Ich war wirklich stolz auf mich.
Die Kartons waren für die nächste Zeit wieder halb entleert in ihre Ecken gewandert, ich hatte mir einen Tee gekocht, richtig ostfriesisch mit Stövchen, mein schönstes Ostfriesen-Teegeschirr aus dem Schrank geholt und mich bei einer Tasse dampfenden Tees und Kerzenschein an den Küchentisch gesetzt.
Plötzlich ging die Haustür auf.
Ich zuckte zusammen. Was wollte Claus denn hier? Es war gerade mal achtzehn Uhr. Gut, heute war auch Mittwoch, wo er früher öfter mal etwas zeitiger aus der Praxis gekommen war, denn offiziell war nachmittags keine Sprechstunde. Aber seit Beginn der Britta-Ära waren die Mittwochnachmittage entweder mit kurzfristig anberaumten Fortbildungen oder dringend zu erledigenden Arbeiten angefüllt. Behauptete mein Mann wenigstens. Aber ich hatte durchaus den einen oder anderen solcher Nachmittage damit verbracht zu prüfen, ob der Wagen unseres Familienoberhauptes vor seiner Praxis oder vor Brittas Tür stand. Meistens stand er vor besagter Tür.
„Wie sieht es hier denn aus?“, Claus kam, wieder einmal, missgelaunt herein. „Hast du denn gar nichts anderes zu tun, als die Wohnung derart zu verschandeln?“, kommentierte er mein weihnachtliches Schaffen. Er stellte vorsichtig seinen Aktenkoffer in die Ecke, zog seine braune Lederjacke aus und hängte diese im Flur an die Garderobe.
„Hallihallo, die Weihnachtszeit beginnt“, entgegnete ich munter, „und wir haben zwei Kinderlein.“ Ich sprach in einer Art Singsang. „Die haben es gern gemütlich und gerade in dieser trostlosen Zeit hübsch geschmückt.“
„Man kann es aber auch übertreiben.“ Brummel, brummel. Er hockte sich auf seinen Platz in der Eckbank. „Ist da noch ‘n Tee drin?“, Claus blickte auf die Kanne.
„Klar“, antwortete ich.
„Ja, nu, was ist?“ Diese vier Worte sollten wohl übersetzt heißen: ‚Mein lieber Schatz, könntest du bitte so freundlich sein und mir eine Tasse, Zucker, Sahne und einen Löffel bringen?’ Doch ich hatte heute keine Lust, Brummel-Auswärts zu verstehen, blieb

sitzen und schenkte mir selbst noch eine Tasse ein. Claus hatte meine unausgesprochenen Worte durchaus verstanden, erhob sich und kam mit den von ihm gewünschten Utensilien zurück. „Ja, sicher“, brummelte er wieder, „hab schon verstanden. Du hast dich heute derart mit diesem unnützen Scheiß verausgabt, dass du nicht mehr in der Lage bist, deinen Mann mit Tee zu versorgen.“

Er goss sich eine Tasse Tee ein. „Aber du bist in der letzten Zeit sowieso zu nichts mehr in der Lage.“ Sein Tonfall wurde lauter. „Der Haushalt verkommt, weil du nur rumbastelst oder irgendwo zum Frühstück hockst, die Kinder verlottern, weil du keine Zeit findest, dich um sie zu kümmern, und bei meiner Mutter“, empörte er sich, „bist du seit anderthalb Wochen nicht mehr mit Pauline und Anton gewesen!“

Aha, daher wehte der Wind.

Seine Mutter. Das heilige Schwiegermuttertier.

Hatte ihn wohl heute in der Praxis angerufen und sich über die treulose Schwiegertochter beschwert. Die ihr so lange die Enkelkinder vorenthalten hatte. Nein, wie konnte ich auch.

Meine Schwiegermutter war übrigens stets Frau Doktor. Obwohl sie eine Universität in ihrem ganzen Leben nie von innen gesehen, geschweige denn an einer studiert hatte. Ließ sich dennoch immer so ansprechen. Wo doch ihr verstorbener Mann, mein Schwiegervater, vor Claus die Praxis geführt hatte. Und nun verlangte sie von ihrem Sohn, dass er sie auf Brustwarzen hofierte. Und war der Ansicht, ich müsste jeden Tag dem lieben Herrgott danken, dass ich einen so tollen Mann wie ihren Sohn überhaupt abgekriegt hatte. Und ihr natürlich im Besonderen.

Wenn ich nicht mindestens einmal pro Woche mit meinen beiden zu diesem Zweck entsprechend gekleideten, ordentlich gewaschenen und gekämmten Kindern bei ihr auftauchte, schlug sie gleich in der Praxis Alarm. Meist so laut, dass die Sprechstundenhilfen und eventuelle Patienten auch genau mitbekamen, welch hochherrschaftlichen Gesprächspartner mein Mann am anderen Ende der Leitung hatte. War irgendwie schon zu bedauern, der arme Kerl. Doch das durfte ich natürlich nie, gar nie nicht offen sagen.

In Anbetracht meiner nicht gerade liebevollen und tragweiten Pläne der letzten Zeit, blieb mir momentan nichts anderes übrig, als brav mit dem Kopfe zu nicken und mich bei diesem meinem Mann verlogen zu entschuldigen. Ich würde in den nächsten Tagen bestimmt bei seiner Mutter vorbeifahren, beteuerte ich.

„Nicht in den nächsten Tagen", blaffte Claus, „morgen!!!"
Arschloch, dachte ich, sagte aber laut: „Natürlich, morgen."

„Kinder, seid mal ein bisschen leiser", ermahnte ich meine beiden, „ich muss mit Oma telefonieren."
„Ja, hier bei Doktor Koch", meldete sie sich, obwohl der „Doktor" nun schon seit zehn Jahren unter der Erde war. Und dort seine wohlverdiente Ruhe genoss.
„Ich bin's, Mutter, Charlotte", antwortete ich fröhlich.
„Ach, Charlotte", kam spitz zurück, „ich habe bereits gestern Claus-Wilhelm", so hieß mein Mann mit vollem Namen, „gesagt, du hättest dich ja schon Ewigkeiten nicht mehr sehen lassen."
„Es war erst vorletzten Freitag, als wir bei dir waren", gab ich zurück. „Außerdem lag ziemlich viel an."
„Nichts kann so wichtig sein, dass man darüber die Familie vernachlässigt." Sie klang immer noch spitz. „Was gibt es denn?"
„Ich hatte gedacht, wir könnten heute Nachmittag vielleicht eben auf einen Sprung bei dir vorbeischauen."
„Ja, das passt", meine Schwiegermutter war gnädig gestimmt, „gerade erst habe ich mit Frau von Elmskorn telefoniert, die die heutige Bridgepartie abgesagt hat. Also um fünfzehn Uhr dreißig, Charlotte." Wumms, hatte sie aufgelegt. Was soll's, dachte ich, legte auch auf und beschloss, nach dem baldigen Ableben meines Gatten keine solchen Spielchen mehr mitzuspielen.

Auch am Haus meiner Schwiegermutter war die Vorweihnachtszeit nicht spurlos vorübergegangen. Nur war hier alles wesentlich dezenter. Ein einsamer weißer Engel hing in ihrem Küchenfenster. Darunter stand ein Weihnachtslichterstimmungsbogen mit sieben unechten, leuchtenden Kerzen. Natürlich aus dem Erzgebirge. Die Eingangstür war unverziert, im Esszimmerfenster leuchtete ein ebensolcher Stimmungsbogen den Vorbeifahrenden entgegen. Ich parkte und ließ die Kinder aussteigen. „Benehmt euch bitte", flüsterte ich ihnen zu, denn Claus-Wilhelms Mutter hatte uns schon gesichtet und bereits die Haustür geöffnet.
„Kinder", sie breitete die Arme aus, „dass ich euch wiedersehe!" Die Theatralik war kaum zu überbieten. „In diesem Leben" hätte eigentlich nur noch gefehlt.
Pauline rannte in die großmütterlichen Arme, gab ihrer Oma einen dicken Kuss und ließ sich drücken. Anton hielt sich da eher zurück, quetschte sich mit einem „Tach, Oma" an ihr vorbei und pflanzte sich im Wohnzimmer auf die Couch. Ich übergab

den hübsch gebundenen Blumenstrauß – Weihnachtsstern rot mit ganz viel Grün drumrum –, ließ mir einen unechten Kuss auf die Wange hauchen und durfte meinen Kindern ins Wohnzimmer folgen. Dort brannte schon ein nettes Feuerchen im Kamin, es war bullig heiß.

„Ey, Oma, frierste oder warum haste den Kamin an?"

„Anton", zischte ich.

„Lass nur, Charlotte", meine Schwiegermutter füllte würdevoll die Tassen hanseatisch halb mit Tee, „Kinder sind nun einmal wissbegierig." Sie warf mir einen scharfen Blick zu. „Obwohl du doch erheblich mehr Wert auf die Ausdrucksweise deines Sohnes legen solltest." Anton verdrehte die Augen. Genau wie zu Hause war er hier immer nur mein Sohn. Pauline hingegen sah ihrem Vater, wenigstens wenn man seiner Mutter Glauben schenkte und alte Familienfotos mit sehr viel Wohlwollen betrachtete, „ungeheuer" ähnlich.

Dabei war es doch allgemein bekannt, dass Mädchen ihre Väter und auch die Omas grundsätzlich um den kleinen Finger zu wickeln pflegten. Anton und ich bildeten spätestens seit Paulines Geburt eine starke Einheit und ließen uns von solch schwachsinnigen Äußerungen gar nicht beeindrucken. Hatte die alte Dame doch eh keine Ahnung von der heutigen Jugend. Wie sollte sie auch, wo selbst ich mich schon ab und zu damit schwer tat.

„Bedient euch, den Klaben habe ich heute extra noch für euch gebacken", forderte Oma ihre Enkel auf. Klaben war so etwas wie Weihnachtsstollen, nur ohne Marzipan. Aber sehr lecker.

Wurde mit Butter beschmiert und zum Tee oder Kaffee gereicht. Bei uns gab's den auch schon mal zum Frühstück. Wenn kein Brot mehr im Haus war. Oder jede Oma es gut mit uns meinte und uns jede Woche einen backte. Bis wir irgendwann keinen Klaben mehr sehen konnten.

„Du hältst doch weiterhin Diät, Charlotte?" Meine Schwiegermutter hatte nur drei Scheiben ihres edlen Stollens abgeschnitten und geschmiert. Auch hatte sie für mich keinen Kuchenteller hingestellt, denn „was soll ich für dich immer einen Teller hinstellen, wenn du sowieso nichts isst". Obwohl, gemütlicher war es schon, wenn man so einen Teller vor sich stehen hatte. Und vielleicht hätte ich ja doch ein Stückchen gegessen.

„Mama, du kannst meinen Teller haben, ich mag nur eine Hälfte", erklärte sich Anton mit mir solidarisch und widmete sich hingebungsvoll seinem Gameboy. Pauline hockte verräterisch auf dem großmütterlichen Schoß.

Nachdem ich mir nun hatte anhören müssen, dass der „arme Junge“ halb verhungert aussähe und ob ich ihm denn auch genügend zu essen gäbe oder ihn mit meinem „Diätwahn“ schon angesteckt hätte, waren die üblichen anderthalb Stunden Bleibepflicht vorbei und ich konnte meine Kinder wieder ins Auto verfrachten.

„Mama, Mama, der Nikolaus war da!“ Pauline stand flüsternd an meinem Bett und rüttelte mich. „Ich war schon im Wohnzimmer und hab's genau gesehen.“ Sie war ganz aufgeregt und hatte Schwierigkeiten, leise zu bleiben. Ich knurrte etwas und warf einen Blick auf meinen Nachttisch. Der Wecker zeigte, auch nach zweimaligem Blinzeln, vier Uhr siebenundzwanzig.
„Paulinchen“, flüsterte ich, „geh wieder ins Bett, es ist mitten in der Nacht.“
„Nein, Mama“, sie blieb hartnäckig, „ich hab ganz genau gesehen, dass der Nikolaus schon da war.“ Bestätigend nickte sie mit ihrem Köpfchen. „Die Teller mit dem Schwarzbrot und dem Zucker sind weg, stattdessen liegen da kleine Geschenke und zwei Schlickerteller.“
„Pauline, geh bitte wieder ins Bett, die Sachen liegen nachher auch noch da, wenn wir aufstehen.“ Ein weiterer Versuch meinerseits, meine Tochter zur Einsicht zu bekehren.
Doch was zählte schon Vernunft, wenn der Nikolaus dagewesen war? Ich stöhnte innerlich, als sie mir die Bettdecke stückchenweise wegzog, und stand leise auf. Schließlich wollte ich nicht schon morgens um halb fünf in der Früh Ärger mit meinem Mann haben.
Der hatte nämlich nach dem Langeoog-Urlaub sein nächtliches Lager wieder im Schlafzimmer aufgeschlagen. Und da ich zu dem Zeitpunkt noch nichts von seinem immer noch bestehenden Verhältnis wusste, hatte ich – zwar zögernd, doch immerhin – zugestimmt. Aaber nicht wieder mit ihm geschlafen. Sonst hätte ich mir wahrscheinlich in den Hintern gebissen, als ich es denn erfuhr!
Und da ich Claus nicht mitgeteilt hatte, dass ich inzwischen Bescheid wusste, hatte ich offiziell auch keinen Grund, ihn ein zweites Mal aus dem Schlafzimmer zu verbannen.
Ging aber auch so. Jeder drehte sich auf seine Seite, ein unsichtbares Holzbrett war zwischen den Betten aufgetaucht, nur sein gelegentliches Schnarchen empfand ich zunehmend als Störung.
Na, es sollte ja nicht ewig dauern. Schließlich verging kein Tag,

an dem ich nicht damit beschäftigt war, nach der perfekten Mordmethode zu suchen.
Ich schlich mich also leise mit Pauline die Treppe hinunter. Kaum waren wir an der Wohnzimmertür, als ich ein leises Taps-taps hinter mir hörte.
„War der Nikolaus schon da?“ Anton kam uns nachgeschlichen. Halleluja!
„Ich hab Pauline gehört“, flüsterte mein Großer, „und da dachte ich, es könnte schon so weit sein.“
Wieder einmal beschloss ich, dass im nächsten Jahr der Nikolaus unserem Haus erst morgens um frühestens sechs Uhr einen Besuch abstatten würde.
Jedes Jahr der gleiche Mist. Und nur, weil ich es genauso wenig abwarten konnte wie die Kinder und bereits vor dem Zu-Bett-Gehen die Teller vertauschte. Bei uns werden nämlich am Vorabend des Nikolaustages Teller mit Schwarzbrot für den Nikolaus und Zucker für den Schimmel aufgestellt. Selbst Anton, der eigentlich schon ziemlich genau wusste, dass es den Nikolaus nicht gibt, glaubte am Abend des 5. Dezember mit absoluter Sicherheit an dessen Existenz!
Würde ich auch gerne. Aber zu mir kam der Nikolaus schon seit den ersten Jahren meiner Ehe nicht mehr. Auch kein Niko-Claus. „Ist doch albern“, pflegte er immer zu sagen. Ich hätt's aber trotzdem schön gefunden.
Fanden die Kinder auch, als sie ehrfürchtig vor ihre Tellerchen traten.
„Oh, ein Stutenkerl“, Pauline war hin und weg, „und Nüsse und Mandarinen und Süßigkeiten.“ Sie klatschte in die Hände. „Und ein Geschenk!“
Auch Antons Begeisterung kannte keine Grenzen. Hatte er doch schon eine Rute befürchtet. Die gab es nämlich für unartige Kinder. Ich war ziemlich gerührt. Ach, meine beiden kleinen, süßen Kinder! In solchen Momenten liebte ich sie besonders!
Artig setzten sie sich hin und – zerrissen das Papier. „Hier, Mama“, beide schmissen es hinter sich. Hurra, der Alltag hatte mich wieder.
„Mama, guck mal, was der Nikolaus mir gebracht hat“, Pauline zeigte stolz das neue Barbie-Kleid, und Anton äußerte sich begeistert mit „Boh, die neue ‚Bravo-CD‘. Mann, Mama, da sind affengeile Songs drauf. Richtig zum Abfeten.“
„Jetzt wird hier aber nicht abgefetet, ihr geht erst mal wieder in eure Zimmer.“ Ich schob beide aus dem Wohnzimmer. „Und

jeder in seines, wenn ich bitten darf. Und leise. Versucht noch etwas zu schlafen.“ Wir schlichen die Treppe wieder hoch. „Ich leg mich auch wieder hin“, inzwischen flüsterte ich, „also bitte absolute Ruhe.“

„Ist gut, Mama“, flüsterten meine beiden zurück, gingen auf Zehenspitzen in ihre Zimmer und machten die Türen leise hinter sich zu.

Sagenhaft, es ging tatsächlich. Das mit dem Leisesein.

Ich legte mich in mein Bett, zog mir fröstelnd die Bettdecke bis an die Ohren und war im Nu eingeschlafen.

Als ich erwachte, lag ein kleines, eingepacktes Präsent vor meinem Bett. Und ein Stutenkerl. Anton, dachte ich gerührt. Der liebe Junge. Hatte er seiner Mutter eine Freude machen wollen und war mit seinem Taschengeld losgezogen, um ihr in dieser bei uns streitgeladenen Zeit ein Nikolausgeschenk zu kaufen. Fast hätte ich geheult. Ich setzte mich auf und öffnete das Päckchen. Ein dünnes, güldenes Armband kam zum Vorschein, ordentlich in ein Juwelierkästchen gesteckt. Das konnte unmöglich von Anton sein. So viel Taschengeld besaß der gar nicht.

Ah, da hing noch ein winzig kleiner Anhänger am Geschenkband. „Einen frohen Nikolaus“, stand da eindeutig in Claus' Handschrift. Ich schwankte zwischen Unglauben und Freude.

‚Glaub's nicht', kläffte mein Unmut. ‚Der will dich nur einlullen und zur Weihnachtszeit gut Wetter machen.'

‚Vielleicht hat Claus letztens, als du seinen Wagen vor Brittas Tür gesehen hast, mit ihr Schluss gemacht und möchte sich wieder mit dir versöhnen.' Das war mein Mutterinstinkt. ‚Hey, Mutterinstinkt, du hast ja schon lange nichts von dir hören lassen.' ‚Guck genau nach', forderte mich mein Unmut auf. ‚Wer weiß, wo er das Scheißding gekauft hat.' ‚Charlotte ...', bat mich der Mutterinstinkt. Doch da ich schon zu viel auf ihn gehört und der ständig schlecht gelaunte Claus meine Lust auf vorweihnachtliche Familienzusammenführung nicht gerade durch liebevolle Gesten unterstützt hatte, folgte ich dem Unmut und betrachtete die Verpackung genauer.

Du Sausack, dachte ich, als ich die Oldenburger Anschrift des Juweliers las. Und schmiss das güldene Armband nebst Schachtel in die Ecke.

Du elender Sausack! Meine Wut begann zu brodeln und mein Unmut hüpfte vor Freude auf und ab. Von meinem Mutterinstinkt war weit und breit keine Spur mehr.

Doch Tränen kamen diesmal nicht. Nicht mehr, ich hatte in der letzten Zeit schon genug geheult.
Nur sauer war ich. Maßlos sauer.
So eine Unverschämtheit!
Für wie blöd hielt der mich eigentlich?
Wie wollte er mir denn erklären, warum er extra nach Oldenburg fahren musste, um so ein dämliches und auch noch so dünnes Armbändchen für mich zu kaufen? Selbst wenn's aus Gold war. Da hätte es aber als Wiedergutmachung mindestens drei-, ach was, fünfmal so dick sein müssen. Und Brillis hätten drin sein müssen. Mehrere!
Vielleicht hatte er der Britta ein Brilli-Armband geschenkt. Oder einen Brilli-Ring. Als kleines Versprechen, sozusagen. Heimliche Verlobung am Nikolaustag.
Wie war das noch? Er hatte mir doch gestern zu verstehen gegeben, dass er heute direkt aus der Praxis noch zu einer spontanen, aber wichtigen Fortbildung müsste!
Bildete er sich vielleicht mit Brittas Hilfe in puncto Sex weiter? Und erklärte es mir später so, dass er das ganze Verhältnis als Fortbildung verstanden hätte. Von der Steuer absetzbar. Damit er unser Eheleben auf Trab bringen konnte.
Dabei hatten wir doch das Kamasutra.
Das indische Buch mit den gezeichneten Sexpraktiken.
Bei denen Mann sich die Ohren bricht. Und Frau natürlich auch.
Das Anton und Matthes letztens durch Zufall entdeckt und mit Begeisterung angeschaut hatten. Und Gudrun und ich rote Ohren bekommen hatten.
Gudrun, weil sie nicht wusste, dass sich ein solches Buch in meinem Bücherregal befand, und ich, weil es mir so peinlich war. Denn bei zwei fast elfjährigen Jungen ging das Durchblättern eines solchen Buches schließlich nicht kommentarlos vonstatten. Erst recht nicht, wenn sie vorpubertieren. Da mussten wir uns schon ordentlich anstrengen, um die Dinge wieder in geregelte Bahnen zu kriegen.
Nein, nein, als „Fortbildung" ließ ich das Ganze mit der Britta nun wahrlich nicht durchgehen.
Doch offiziell, wie gesagt, wusste ich ja nichts davon.
Aber eine kleine Frage nach dem Juwelier aus Oldenburg durfte doch wohl drin sein.
Nur eine ganz kleine!
Claus kam abends um halb elf.
Völlig abgeschlafft. Dennoch riss er sich zusammen.

Ich hatte mich bei meiner schauspielerischen Ehre gepackt gefühlt und wollte eine wahrhaft bühnenreife Szene hinlegen. Was er konnte, konnte ich nämlich schon lange.
Während ich den Abend über, in ein champagnerfarbenes hauchdünnes Etwas von Nachtgewand gehüllt, mit einer Wärmflasche auf dem Bauch und einer Decke um die Schultern auf den Niko-Claus wartete, hatte ich mir eben jenes Kamasutra aus der jetzt hintersten Ecke unseres Bücherregals geschnappt und nach einer todbringenden Art des Liebesspiels gesucht. Wenn Claus dabei draufginge, wäre ich sogar bereit, ein letztes – für ihn allerletztes – Mal mit ihm zu schlafen. Aber leider schienen sämtliche Praktiken letztlich doch nicht das Leben zu kosten.
Schade. Ich hatte auch schon mit dem Gedanken gespielt, ihn zum Liebesspiel in die Badewanne zu locken. In ein duftendes Schaumbad mit gaaanz viel Schaum. Wo der Fön, den ich ihm hineinschmeißen wollte, wenn ich raus war, nicht so auffiel. Aber dann hätte ich erstens der Polizei erklären müssen, wie ein Fön in die Badewanne kam, und zweitens die Leiche direkt im Haus gehabt.
Und das wollte ich denn doch nicht. Schließlich sollten die Kinder nicht unbedingt mit einer Leiche konfrontiert werden. Dazu waren sie eindeutig noch zu jung!
Und den ganzen Hampelkram mit Bahre rauf und runter, überall die Wassertropfen, nein, das war nicht so ganz nach meinem Geschmack. Schließlich trockneten die Sanitäter so 'nen Leichnam sicher nicht ab, wenn sie ihn aus der Wanne hievten. Und wo ich schließlich heute Morgen erst alles saubergemacht hatte. Nein, es musste eine andere Art von Tod sein.
Aber in Sicherheit wiegen, so halb zumindest, wollte ich ihn schon.
Schließlich schaut die kluge Frau voraus. Er sollte keine Möglichkeit haben, seinen besten Freunden zu erklären, ich würde von der Britta wissen, und mein Verhalten in der letzten Zeit wäre etwas merkwürdig.
Nicht, dass die nach seinem Ableben zur Polizei gingen und nachfragten, ob Clausens Tod denn wirklich ein natürlicher gewesen sei. O nein!
„Oh, Muckel, du hast es dir aber gemütlich gemacht", bemerkte mein noch lebendiger Gatte, als er mit Schlafanzug bekleidet, diesmal einem grau-blau gestreiften, in seinem Sessel Platz nahm. Wohlwollend fiel sein Auge auf mein Seiden-Etwas. Decke und Wärmflasche hatte ich schnellstens bei seinem Erscheinen hinter

der Couch verschwinden lassen. Die überall brennenden Kerzen tauchten den Raum in ein romantisches Licht, selbst sein Lieblingsnaschwerk stand auf dem Tisch. Auch die sündhaft teuren Sektgläser, Hochzeitsgeschenke, die ich nur äußerst selten aus dem Schrank holte, und den Champagner hatte er gesehen.
„Aber“, er hauchte einen Kuss auf meine frisch geschminkten Wangen, „ob ich heute noch kann ...“, fragend zog er die Schultern hoch. Männer konnten eben tatsächlich immer nur an „das eine“ denken.
Du sollst und wirst ja auch gar nicht, dachte ich.
„Schade“, gab ich laut zurück, „aber wenn die Fortbildung denn sooo anstrengend war?!“ Ich schenkte uns beiden ein Glas Champagner ein und strahlte ihn scheinheilig an.
Mein Mordopfer in spe lächelte halb verlegen zurück.
Kerl, wenn du wüsstest!
„War denn Sebastian heute Abend auch da?“
„Nein, du, den hab ich nicht gesehen.“ Claus war es sichtlich unangenehm, dass ich nun begann, Fragen bezüglich der Fortbildung zu stellen.
„Aber ich hab auch ganz hinten gesessen, weil ich erst so spät aus der Praxis kam. Und gleich nach Beendigung des Vortrages bin ich auch wieder losgebraust.“ Nun lächelte Claus, hatte er doch die gefährliche Klippe umschifft und griff zu seinem Glas.
„Schließlich wollte ich doch schnellstens nach Hause. Wo doch Nikolaus ist.“ Er prostete mir zu.
Ich prostete zurück und trank auch, obwohl mir eher nach Speien war.
Nun denn, auf in den zweiten Teil, dachte ich und säuselte: „Ach, Claus, viiieeelen Dank für das süße kleine Armbändchen.“
Des Fremdgehers breite, kaum behaarte Brust schwoll unter dem Schlafanzug voll des Stolzes an.
„Schön, dass es dir gefällt, Muckel“, er bot mir eine Zigarette an und lehnte sich entspannt zurück. So ein Schweinehund. Der fühlte sich wohl tatsächlich absolut sicher. Und kam sich dabei auch noch großzügig vor. Doch ich widerstand meinem Wunsch, ihm das Kettchen vor die Füße zu schmeißen und hielt stattdessen den rechten Arm in die Höhe.
„Ja, es ist schon sehr zierlich“, betrachtete ich das schmale Band. Hätte eigentlich eher um Paulines Arm gepasst. So von der Stärke her.
„Du hast ja auch so kleine und zierliche Handgelenke“, ich merkte Claus’ Tonfall an, dass er wohl langsam fast schon wieder

konnte. Er beugte sich vor und wollte nach eben diesem zarten Handgelenkchen greifen. Aber nicht mit mir. Nie nich. Schnell nahm ich einen Zug von meiner Zigarette und Claus musste, da er nun schon nach etwas greifen wollte, sein Sektglas nehmen.
„Und dass du dafür extra nach Oldenburg gefahren bist …“
„Tja …“, er wurde leicht verlegen, „weißt du …“ Er trank erst einmal. Gab ihm das doch etwas Zeit, sich eine Erklärung auszudenken. „Das Armband hab ich schon vor ein paar Wochen für dich gekauft, als ich das letzte Mal auf ‘ner Fortbildung war.“ Plötzlich lächelte er. „Du weißt doch, an dem Mittwochnachmittag, als ich mit Sebastian gefahren bin.“
Hach, was war er stolz auf sich. Hatte er schon wieder eine Hürde gemeistert. Ich sah ihm an, wie er sich selbst innerlich auf die Schulter klopfte. Denn Sebastian würde ich schon nicht fragen.
Claus schenkte uns ein weiteres Glas Champagner ein. „Was hältst du denn davon, wenn wir die Gläser mit ans Bett nehmen?“ Er konnte anscheinend tatsächlich schon wieder. Hatte der sich heimlich Viagra besorgt oder was? Was, wenn er sich im Bette verspräche? Mich mit Britta-Maus oder so titulierte? Wäre schon ziemlich peinlich für ihn. Oder nannte er die Britta der Einfachheit halber auch Muckel? Damit es zu keinen Peinlichkeiten kommen konnte?
Na, egal, ich wollte es ja gar nicht ausprobieren. Wo doch im Kamasutra kein tödlicher Sexualakt beschrieben wurde. Vielleicht sollte ich versuchen, meinen Gatten vorsichtig in die Sado-Maso-Richtung zu bringen. Da würden sich bestimmt irgendwelche Möglichkeiten ergeben. Im Moment jedoch stand mir nach keiner Art des Liebesspieles der Sinn.
„Ach weißt du“, ich trank mein Glas in einem Zug leer, holte die Wärmflasche aus ihrer Ecke und erhob mich, „ich glaub, ich geh lieber allein ins Bett. Und Champagner brauche ich zum Einschlafen auch nicht.“ Ich nahm mein Glas und trug es an ihm vorbei in die Küche.
Auf dem Weg ins Schlafzimmer hörte ich den verdutzten Claus aus dem Wohnzimmer rufen: „Aber Charlotte, warum hast du denn überhaupt dein Seidennachthemd angezogen?“
Tja, mein Lieber, darüber kannst du dir ja mal den Kopf zerbrechen, dachte ich, stiefelte aber wortlos ins Bett.

Zwei Tage später.
„Sag mal, Charlotte, hast du denn noch immer nicht mit Claus gesprochen?“

Gudrun und ich saßen in meinem kleinen Auto und fuhren auf der Landstraße Richtung Varel. Wir gönnten uns heute einen Tag auf einer Schönheitsfarm. Mit allem Pipapo. Die Kinder waren nach Schule und Kindergarten bei den entsprechenden Omas untergebracht, ein ganzer Tag völliger Freiheit erwartete uns. Die Sonne schien, die Temperaturen waren herrlich kalt, im Radio beschwerte sich gerade Sasha, er sei so lonely, kurz, unser beider Stimmung war bestens.
„Nö", erwiderte ich schlicht, „und ich tu's auch nicht."
„Aber Charlotte, du musst doch mit ihm sprechen." Meine Freundin schüttelte ihren kurzgeschnittenen, mittelbraunen Lockenkopf. „Da müssen wir jetzt rum", wies sie mich an. „Du kannst doch die ganze Sache nicht so weiterlaufen lassen."
„Ich lasse gar nichts so weiterlaufen", korrigierte ich sie.
„Aber dann musst du mit deinem Mann reden."
Mein Mutterinstinkt nickte bestätigend. Hatte er doch in Gudrun einen Fürsprecher gefunden.
„Ach, Gudrun", seufzte ich und schaute sie an.
„Vorsicht, guck nach vorn." Fast hätten wir einen Kleinlaster gerammt. „Was hast du denn nun vor?"
„Ich regel das schon", gab ich bestimmt zurück, „keine Angst."
Denn natürlich war Gudrun nicht in meine Überlegungen eingeweiht. Das hätte sie womöglich in Schwierigkeiten gebracht. Was sollte sie sich auch mit dem ganzen Kram beschäftigen. Und mit den ganzen Konsequenzen. Sie hätte sich ja nur Sorgen gemacht.
„Ich mach mir aber Sorgen."
Nee, wie schön. Eben noch gedacht, schon ausgesprochen. Sie war doch wirklich Gold wert. Meine Gudrun.
„Wir sind daha", sang ich, dankbar für die Ablenkung.
„Ich lass nicht locker, Charlotte!" Gudrun schnappte sich ihre Tasche und stieg aus dem Wagen. „Wir haben den ganzen Tag Zeit, du wirst mir heute noch Rede und Antwort stehen."
Ich hatte inzwischen auch meine Tasche in der Hand, schloss den Twingo ab und nickte: „Klar, kein Problem." Doch ich würde sie schon davon abzuhalten wissen.

Gudrun kannte sich aus.
Behauptete sie wenigstens.
Die Schönheitsfarm war an ein Hotel angeschlossen und lag direkt an einem Wald. Es war himmlisch ruhig, nur das Zwitschern der wenigen winterresistenten Vögelein war zu hören. Ein leichter Frühnebel hing noch in den Tannen und zarte Spinnen-

netze waren durch den Raureif in kunstvolle Gebilde verwandelt worden.
„Einfach idyllisch“, kam spontan über meine Lippen.
„Siehste, das wollte ich ja schon öfter mal mit dir machen.“ Gudrun stapfte los. „Nun komm schon, Whirlpool, Sauna und Schwimmbad warten.“
Ich trottete hinterher.
Fachmännisch übernahm meine Freundin die Führung, als wir die Hotelhalle betraten.
„Hier müssen wir lang.“ Sie schleuste mich durch lange Gänge. Den Weg hätte ich allein nie gefunden. Ich hätte mich wahrscheinlich wie blöd an die Rezeption gestellt und gesagt: „Guten Tag, ich bin Charlotte Koch und habe einen Tag in Ihrer Schönheitsfarm gebucht.“
Und der Herr Rezeptionist, hier saß nämlich ein Mann, hätte in sich hineingelächelt und geantwortet: „Das ist aber schön, Frau Koch. Da machen Sie jetzt erst mal eine halbe Drehung nach rechts, gehen bis zum Ende der Halle, wenden sich dann bitte nach links, laufen bis zur ersten Abzweigung, halten sich dort wieder links, gehen die Treppen hoch, laufen ganz geradeaus und dann sind Sie schon an der Tür der Schönheitsfarm.“
Und ich wäre losgelaufen und bestimmt im Schmutzige-Wäsche-Raum gelandet. Und hätte mich aus lauter Verzweiflung über mein Versagen klammheimlich aus dem Hotel geschlichen.
Doch ich hatte ja Gudrun. Die war nämlich schon zweimal hier. Wenn Peter anlässlich Geburtstag oder Weihnachten nichts Besseres einfiel, schenkte er seiner Frau Gutscheine für die Schönheitsfarm. Na ja, besser als ständig ein Parfüm. Beziehungsweise Eau de Toilette.
Wir hatten es geschafft und standen endlich an der verheißungsvollen Tür. Nur ging die nicht auf. „Ach ja, wir müssen klingeln“, erinnerte sich die Schönheitsexpertin und drückte flugs den messingfarbenen Knopf. Ein melodisches Geräusch erklang. Doch kein einer kam.
Nun drückte ich. Gleich zweimal.
Zum Donnerwetter, wir hatten doch gebucht, und Whirlpool, Sauna und Schwimmbad harrten unser. Außerdem wollten die ja auch ‘ne Menge Geld von uns!
Gerade hielt Gudrun mich davon ab, ein drittes Mal auf den Messingknopf zu drücken, als eine schwarzhaarige Elfe in weißem Kittel – mit garantiert nix drunter, so wie das aussah – auf die Glastür zugeeilt kam. „Ich komme schon“, flötete sie.

„Na, wird aber auch Zeit“, flüsterte ich und erntete einen unsanften Stoß von Gudruns Ellbogen in meine Hüfte. Empört guckte ich sie an. Doch Gudrun hatte sich schon der Elfe zugewandt und begrüßte sie formvollendet. „Guten Tag, wir waren angemeldet. Vollstedt und Koch.“ Die Elfe ließ uns ein.
„Moment, ich sehe eben im Terminbuch nach.“ Sie verschwand hinter einem kleinen Tresen. „Ah ja, da haben wir Sie.“ Sie nickte entzückend. Mir kam fast der Früchtetee wieder hoch. „Frau Koch und Frau Vollstedt.“ War die ‘n Papagei oder was? Hatte Gudrun doch schließlich vor nicht mal einer Minute gesagt.
„Tja“, Elflein blickte uns zartäugig an, „wann hätten Sie denn gern die Massage?“
Gudrun kannte sich ja bestens aus, und so überließ ich ihr die Terminabstimmung. „So gegen sechzehn Uhr“, kam auch prompt.
„Da muss ich erst mal schaun.“ Ihr langhaariger Kopf verschwand diesmal in einem anderen Büchlein. Ob man sich hier auch für die Sauna und den Whirlpool Termine holen musste? Ich fühlte mich etwas unbehaglich.
„Doch ja, das passt. Soll ich denn beide Damen für sechzehn Uhr eintragen?“ Wir nickten ergeben, uns des Ernstes der Situation völlig bewusst. Sprachen wir doch hier mit der Herrscherin über Massage und Fango. Mit der musste man sich eindeutig gut stellen, wer wusste schließlich, wen die nachher auf uns losließ.
„Haben Sie bestimmte Wünsche, von wem Sie massiert werden möchten? Wegen der Terminabstimmung halt.“
Klar. Also, ich hätte gern Sean Connery. Falls der hier massiert. Oder so’n taffen, supergebauten Mittzwanziger. Mit langen Haaren, ‘nem Pferdeschwanz und gaaaanz tollen Muskeln. Und ‘ner absolut sexy Stimme.
„Also, um sechzehn Uhr wären die Regina und die Anke frei. Wenn’s Ihnen recht ist.“
Gudrun warf mir einen Blick zu, erkannte sofort, dass mir mehr nach einem männlichen Masseur war und antwortete schnell, bevor ich sie blamieren konnte: „Ja ja, ist schon recht. Wir nehmen die Regina und die Anke.“
Och, ich hätte eigentlich lieber einen Kerl gehabt.
Die Elfe händigte uns je zwei schneeweiße Handtücher und einen ebensolchen Bademantel aus und fragte: „Kennen Sie sich hier aus oder soll ich Ihnen alles zeigen?“
„Nein, das ist nicht nötig“, Gudrun fühlte sich als Stammgast. „Ich war schließlich schon des Öfteren hier.“

„Dann ist es ja gut“, die Elfe freute sich. Konnte sie wahrscheinlich gleich wieder zu ihrer Kaffeetasse gehen. Sicher lag noch ein Herz-Schmerz-Roman daneben.
„Falls Sie aber dennoch Hilfe benötigen, rufen Sie einfach nach mir.“ Sie nickte aufmunternd. „Mein Name ist übrigens Elvira.“ Schon zockelte sie ab.

„Männer güb's hür nüch“, erklärte mir Gudrun, sprachlich an einen Breitmaulfrosch-Witz angelehnt, auf dem Weg zu den Umkleidekabinen. „Heute nicht.“ Sie sprach wieder normal. „Heute ist reiner Frauen-Verwöhntag.“ Sie fing an, sich ganz ungeniert auszuziehen, als wir im Umkleideraum angekommen waren. „Und bei der Massage gibt's sowieso nur Frauen.“
„Sauerei“, ich entledigte mich auch meiner Klamotten, „wenn's doch ein Verwöhntag sein soll. Da könnten die ruhig ein paar knackige junge Männer parat haben.“
„Kannste ja mal beantragen“, schlug Gudrun vor. Sie hatte sich einen Spind geschnappt, der denen im Aqua-Toll verblüffend glich, und beförderte ihre Sachen hinein. Ich tat es ihr nach. Wir waren die beiden einzigen Menschen in diesem Raum. „Sind denn keine anderen Frauen hier?“ Meine Freundin zuckte mit ihren inzwischen nackten Schultern. „Kann sein, dass die schon drin sind“, vermutete sie.
Ich griff gerade nach meinem schwarzen Badeanzug, als Gudrun zu mir schaute. „Charlotte“, rügte sie mich belustigt, „Frauen-Verwöhn-Tag! Da zieht man keinen Badeanzug an.“ Ich legte das schwarze Teil widerwillig zurück in meine Tasche und schämte mich etwas. So ganz nackig herumzustehen.
„Haste deine Regel?“ Gudruns Frage ließ mich gänzlich erröten. Nein, bloß weg hier, hat mal jemand ein Loch, in das ich verschwinden kann? Ich schnappte mir den einen Bademantel und zog ihn blitzschnell über.
„Wieso?“, stammelte ich. Nein, was war das alles hier peinlich. Ich geh wieder. Keine Sekunde länger halte ich das aus.
„Na, der blaue Faden guckt unten raus.“ Wo hatte Gudrun eigentlich hingeguckt? „Den musste da so'n bisschen reinfriemeln.“ Sie blickte mich aufmunternd an. „Sieht doch sonst leicht blöd aus.“ Ich erkannte meine Freundin nicht wieder. So vollkommen locker und cool. Ich war echt von den Socken.
„Ist ja der letzte Tag“, entschuldigte ich mich beschämt. „Ich dachte nur, mit so 'nem Tampon gehe ich einfach auf Nummer sicher.“

„Klar, Charlotte, das machen doch alle so." Sie entledigte sich nun ihres Schmuckes.
„Kannst das Bändchen ja gleich eben so'n bisschen verstecken. Von wegen der Optik." Ich zog meinen Bademantel ganz eng an mich. „Und deinen Schmuck sollteste auch ablegen. Der wird sonst in der Sauna so heiß." Sie hatte nun sämtliche Preziosen entfernt und sich auch in ihren Bademantel geschmissen. „Biste fertig?"
Ich schluckte und schwor mir, nie, aber auch nie wieder so einen Verwöhn-Tag mitzumachen. Doch nun musste ich da durch, nahm ebenfalls meinen Schmuck ab, verschloss meinen Spind und begab mich aufs Klo, wo ich den verräterischen Faden zu verstecken suchte. Klappte auch ganz gut.

„Und hier ist das Schwimmbad."
Gudrun wies mit ausgebreiteten Armen auf das Wasserbecken. Gut, dass sie mich darauf aufmerksam machte. Ich hätte es sonst für eine überdimensionale Pferdetränke gehalten. Hielten mich denn alle für blöd, oder was?
„Komisch, dass hier keiner schwimmt", wagte ich anzumerken, „ob wir wohl doch die Einzigen sind?" Ich blickte mich vorsichtig um. Meine Freundin war schon dabei, ihren Bademantel auszuziehen, als ich einen Schatten jenseits der von hier aus zu sehenden Glastür wahrnahm. „Nee, Gudrun, also hier geh ich nicht nackig rein." Ich deutete auf die Glastür. „Da kann doch jeder, der den Gang raufkommt, sehen, wie wir hier schwimmen." Und das musste nun ja wirklich nicht sein. So gut meine Figur schließlich noch war, aber öffentlich zur Schau stellen wollte ich mich nicht. Nie nich!
Außerdem war am Rande des Beckens ein Garderobenständer, an dem verschiedene Badeanzüge hingen. Irgendetwas stimmte hier nicht. Da war ich mir ganz sicher.
„Ist gut", willigte Gudrun ein, „gehen wir erst einmal in die oberen Etagen, dann zeig ich dir alles."
Wir stiegen die gemauerte Treppe hoch, deren Seiten mediterranen Putz zeigten. Erste Etage. Gelbe Sonnenschirme waren kopfüber unter die Decke gehängt und sollten angenehme Atmosphäre schaffen. Gedämpftes Licht ließ weiße Plastikstühle und Tische ohne jedwede Tischdekoration oder gar Tischdecke erkennen. Absolut anheimelnd. So echt zum Verwöhnen. Klasse. Wofür verwendeten die denn wohl das Geld, das ich heute hier zu lassen gewillt war? An einem Tisch saßen sechs ziemlich

beleibte, ebenfalls in Bademäntel gehüllte Frauen. Ob die wohl auch ihre Regel hatten? Oder waren die aus dem Alter schon raus?
„Und dann hab ich dem Jan gesacht ...“, die eine Frau sprach ziemlich laut, „... der kann sich seine Potenz sonst wo hinstecken. Ich hatte absolut keine Lust.“ Die anderen Frauen wieherten. Eine hatte doch tatsächlich ein wahres Pferdegebiss.
Gudrun stupste mich an. „Siehste“, grinste sie, „egal, wo du hinhörst, Frauengespräche ähneln sich doch überall.“ Fand ich auch und grinste zurück.
„Da vorn gibt's nachher das leckere Frühstück“, sie deutete auf eine noch unbestückte Kühltheke, die genau wie der übrige Raum in gedämpftes, gelbes Licht getaucht war.
„Und nun gehen wir noch eine Etage höher.“ Wir stapften die nächsten Treppen hoch. „Und hier“, die Kennerin breitete die Arme erneut aus, „ist der Sauna- und Kneipp-Bereich.“
Wir spazierten ein bisschen herum.
„Guck mal, Gudrun, da ist noch ein Schwimmbad.“
„O ja“, Gudrun lachte, „ich glaube, ich hab mich da eben vertan. Dies hier wird wohl das Schwimmbecken für die Nackedeis sein.“ Sie hatte ihren Bademantel schon ausgezogen und sprang in das Wasser. „Nun komm schon, Charlotte!“
Irgendwie erinnerte mich dieser Satz an meinen Mann.
Doch artig folgte ich meiner Freundin ins kühle Nass.
Womit hatte ich das nur verdient?! Da schwamm ich nun lustlos in kaltem Wasser, noch dazu nackt, neben mir meine nackige Freundin, und sollte das Ganze unter „Verwöhntag“ verbuchen. Wo nicht mal Sean Connery zum Massieren da war. Also nee, Verwöhnen hatte ich mir irgendwie anders vorgestellt. Da entsprach ja ein Sonntagvormittag mit dem genervten Claus im Heidmühler Schwimmbad noch eher einer „Verwöhntour“. Wo ich da doch gut anderthalb Stunden bei einem Cappuccino und einem Buch sitzen konnte.

Nach einer Viertelstunde hatte ich von der Schwimmerei die Nase voll. Trotz der Bewegung war mir kalt. „Ich geh raus.“ Schon stapfte ich fröstelnd aus dem Wasser.
Gudrun kam hinterher. Nach dem Abtrocknen in den wohlduftenden Bademantel gehüllt, wollte ich wissen: „Und nun?“
Meine Freundin guckte auch etwas unschlüssig. Vielleicht hätte uns Elfe Elvira doch eine Art Verwöhn-Programm aufstellen sollen. Ich musste grinsen. „Da kann man mal sehen. Kaum haben

wir einen Tag in so 'nem Luxusschwimmbad vor uns, wissen wir nicht, wie wir die Zeit herumbringen sollen."
„Ach, irgendetwas werden wir schon finden, das uns zusagt."
„Und in die Sauna wollen wir ja auch noch."
„Und uns massieren lassen."
Wir hakten uns ein und liefen die weiß geputzte Treppe wieder runter.
„Mal gucken, ob die das Frühstücksbüfett inzwischen aufgebaut haben." Gudrun war nach der Schwimmerei leicht hungrig. Ich aber auch. Und Kaffeedurst hatte ich.
„Na, so'n Verwöhn-Frühstück habe ich mir aber anders vorgestellt", monierte ich das bereitgestellte Essen. Gudrun sah es etwas anders und griff beherzt zu Joghurt und Löffel.
Ich hatte bereits zwei Tassen Kaffee organisiert und sie auf einen der Plastiktische gestellt.
„Brauchst du Zucker und Sahne?", rief Gudrun vom Büfett zu mir rüber.
„Bring mal beides mit." Ich wusste schließlich nicht, wie stark der Kaffee war. Wo es bei mir daheim doch nur Plörrkaffee gab. So eine Kaffeebohne pro Tasse. Und auch noch entkoffeiniert.
Ich schlenderte zum Kühltresen zurück.
Die anderen sechs Frauen hatten ihren Platz beibehalten und ergötzten sich weiterhin, nun bei Tee und Kaffee mit Joghurt und Müsli, über der Männer Lust. Ich war direkt versucht zu fragen, ob ich mich zu ihnen gesellen dürfte. Zwecks Zuhörens. Konnte ich Gudrun aber nicht antun.
Das Büfett konnte mich nun wahrhaft nicht entzücken.
Ich hatte von Spiegel- und Rühreiern geträumt. Mit Speck. Und ordentlichen Käse- oder Schinkenbrötchen. Und Geflügelsalat. Und gekochten Eiern. Und Fleischsalat. Auch Heringssalat hätte ich genommen.
Doch da standen schlicht und wenig ergreifend verschiedene Sorten naturbelassenen Joghurts – nicht mal ein Sahnejoghurt war dabei –, Milch und Müsli. Auch Trockenpflaumen und getrocknete Aprikosen hätte man unter sein Getreide mischen können. Wenn man denn wollte. Wollte ich aber nicht. Eigentlich wollte ich gar nichts von den angebotenen Dingen verspeisen. Doch da mein Magen knurrte, ich hatte ja in Erwartung eines opulenten Frühstücks nichts gegessen, griff ich nach einem Joghurt und setzte mich neben Gudrun. Ich entfernte die Metallfolie, fing an zu löffeln und betrachtete die Umgebung. Währenddessen hörte ich den Frauen am Nachbartisch zu.

„Und wie wir da auf der Kegeltour den Dieter …“, amüsierte sich gerade eine stattliche Mittfünfzigerin. „Der Dieter …“, kreischten mindestens zwei andere. „Ja, wenn man den gelassen hätte …“ Allgemeines Kichern war angesagt.
Nur eine kicherte nicht mit.
„Ey, Jutta, was is denn? Haste den etwa …?“ Jutta verzog beleidigt das Gesicht. Sie war eine recht gut aussehende, brünette Frau gleichen Alters. Drall, etwa Kleidergröße 44, doch durchaus apart.
„Nee“, Jutta war wirklich beleidigt, „ich weiß gar nicht, was ihr habt. Ihr seid doch nur neidisch.“ Die anderen schüttelten entrüstet ihre Köpfe. Nein, sie doch nicht. „Bloß weil die Kerle, die ihr aufgerissen habt, alle um halb zehn so besoffen waren, dass sie nicht mal mehr gerade stehen konnten.“ Jutta guckte alle der Reihe nach an. „Du, Helga, hättest mit dem Helmut doch sicher gern mal so'n nettes Stündchen verbracht.“
Helga war schier entsetzt. „Nein, Jutta, doch nicht mit dem Helmut …“
Der Rest der Truppe hatte eindeutig seinen Spaß. Ich auch.
Alle mischten nun kräftig mit. „Wenn die Jutta mit dem Dieter einmal ausgeht“, erscholl abgewandelt ein altes Liedchen. Ich hörte fasziniert zu.
„Komm, Charlotte, das wird hier langsam zu laut“, unterbrach mich Gudrun. Sie hatte ihr Müsli verputzt und schlug vor, in die Sauna zu gehen, bevor die anderen Damen diese mit Beschlag belegten.
Schade, wo es am Nebentisch gerade so interessant wurde.

Wir trugen unsere leeren Joghurtbecher zum Mülleimer, stellten die Tassen auf den dafür vorgesehenen Rolltisch und gingen die Treppen wieder hoch.
Linker Hand befand sich das kleine Schwimmbad, rechts war ein Gang mit diversen Holzkübeln kalten Wassers, ein kneippscher Wassertretergang war auch zu finden und geradeaus befanden sich die Saunen. Und ein Dampfbad. Das wäre etwas für Claus gewesen.
Doch Gudrun und ich zogen die Sauna vor.
Wir entledigten uns unserer Bademäntel und betraten die Schwitzhöhle. Ätherische Dämpfe stiegen uns in die Nase.
„Puhh, ist das warm hier.“ Ich nahm auf einer der unteren Bänke Platz, nachdem ich vorher das Handtuch auf das Holz gelegt hatte. Schließlich wollte ich mir nicht den Hintern verbrennen.

Gudrun stieg in die obere Etage und drehte die Sauna-Eieruhr um. „Wir machen erst mal fünfzehn Minuten.“ Sie richtete sich häuslich ein.
„So, nun schieß mal los!“ Gudrun hatte nicht vergessen, dass sie sich mit mir über meine Ehe beziehungsweise über das, was davon übrig geblieben war, zu unterhalten gedachte. Was genau ich denn nun vorhätte, fragte sie.
Mir lief der Schweiß aus allen Poren.
Durch die Hitze in der Sauna.
„Ach, Gudrun“, stöhnte ich und rieb mir mit der rechten Hand über den linken Arm.
„Ja, so kann es doch nicht weitergehen.“ Ihr schien die Hitze absolut nichts auszumachen.
„Du musst das Schwein zur Rede stellen.“
Ich tropfte schwitzend vor mich hin.
„Und, was soll das bringen?“, fragte ich. „Beim ersten Mal hat er mir doch auch versprochen, das Verhältnis zu beenden.“ Ich tupfte mir den Schweiß vom Gesicht. „Er hat’s aber trotzdem nicht gemacht.“
„Lässt du dich nun scheiden oder was?“
„Keine Ahnung.“
„Aber du weißt doch jetzt seit längerem, dass Claus immer noch fremdgeht. Das ist doch keine Basis für eine Ehe.“
Nein, das war absolut keine Basis. Fand ich auch. Und ich hatte meinen Entschluss ja schon längst gefasst. Gerade jetzt, in der Sauna, war mir ein neuer, interessanter und ausbaufähiger Gedanke gekommen.
Es gab auch „gemischte“ Verwöhntage in dieser Anlage.
Vielleicht sollte ich mit Claus an einem dieser Tage herkommen, ihn in die Sauna lotsen, die Tür von außen fest verschließen und meinen Gatten einen Hitzetod erleiden lassen. Hinterher den Riegel oder das entsprechende Verschlussteil entfernen und ganz fürchterlich betrübt tun, wenn irgendwer plötzlich aufschrie und den Sanitäter anforderte.
Aber das verlangte natürlich nach einer gründlichen Überwachung meinerseits. Erstens durfte keiner vor meines Gatten seligen Ende die Sauna betreten wollen, und zweitens hätte ich durch die Glastür sein Dahinscheiden mit angucken müssen.
Drittens, fiel mir spontan ein, würde Claus auch nicht sanft auf einer Holzbank einschlafen, sondern versuchen, sich aus seinem Gefängnis zu befreien, sprich so lange gegen die Tür hämmern, bis ihn entweder jemand hörte oder der Tod ihn erlöste. Und

dann gäbe es das Problem, der Polizei erklären zu müssen, wieso die Leiche direkt vor der Saunatür lag und nicht harmlos auf der Holzbank.
Nein, er müsste schon vollkommen betrunken sein, bevor er in der Lage war, auf saunatechnische Art und Weise zu sterben. Denn, im „dunen Kopp“ würde er sicher nicht mehr auf die Eieruhr achten und tatsächlich sanft entschlafen. Eigentlich doch ein schöner Tod.
Ich könnte ihm ja vorschlagen, bei uns zu Haus im Keller eine Sauna installieren zu lassen. Wäre mordtechnisch viel einfacher. Da könnte ich ihn erst betrunken machen und dann in die Schwitzhöhle verfrachten. So hätte ich nach seinem Tod auch noch was von der Investition.

„Gudrun“, nahm ich den Gesprächsfaden nun wieder auf und versuchte sie unter den Schweißbächlein, die von meinem Kopf rannen, anzugucken, „es fällt mir schon etwas ein.“ Ich zog die Beine an, achtete aber darauf, dass kein zufällig hereinkommendes Frauenzimmer einen Blick auf meine Schamhaarzone werfen konnte. Sooo locker war ich nämlich nicht. Leider.
Auch Gudrun wechselte von der Liege- in eine Sitzposition und fragte nur: „Was?“
„Meine Güte“, entfuhr es mir, „irgendetwas wird's schon sein.“
Plötzlich kam mir ein Gedanke. „Denn guck mal, so kurz vor Weihnachten möchte ich den Kindern wirklich jede zusätzliche Art von Familienzoff ersparen.“
Gudrun hatte jetzt den verständnisvollen Blick drauf. „Da hast du Recht.“
„Und wenn erst das neue Jahr angefangen hat, habe ich bestimmt eine Lösung parat.“
„Ja, vielleicht solltest du den Kindern tatsächlich noch eine kleine Schonfrist gönnen.“
„Siehste!“
„Aber im Januar musst du die Geschichte klären. So oder so. Du bist ja schon ganz vom Fleisch gefallen.“
Na, das war nun etwas übertrieben. Gut, ich hatte zwar fünf Kilo abgenommen und freute mich, dass meine Waage morgens nette einhundertsechzehn Pfund anzeigte, aber „vom Fleisch gefallen“ kam ich mir dennoch nicht vor.

„Mama, dass du wieder da bist“, meine Kinder freuten sich wie die Schneekönige. Dabei war ich nur einen Nachmittag fort

gewesen. Für sie jedenfalls. Da sie doch vormittags mit Schule und Kindergarten beschäftigt waren.
„Hast du uns was mitgebracht?", wollte Pauline wissen.
„Du siehst aber komisch aus", kam gleichzeitig von Anton.
„Na, Kind, hat es dir denn gut getan?" Das war meine Mutter. Denn wenn sie schon einen halben Tag auf ihre Enkel aufpasste, sollte ich doch meine freie Zeit auch genossen haben.
„Nun mal langsam und der Reihe nach." Endlich kam ich zu Wort. „Erstens, ich habe euch nichts mitgebracht, zweitens sehe ich gut aus und drittens war es sehr entspannend." Ich blickte in die Runde. „Gibt's jetzt für uns alle noch 'nen Tee?"
Oma und Kinder düsten ab. Schließlich war inzwischen Abendbrotzeit, und meine Mutter hatte den Tisch schon gedeckt. Ich zockelte hinterher. Nein, was war es schön, wieder im Alltagsstress zu sein. Hey, Elfe, haste nicht noch 'nen Termin für morgen frei?
Nein, aber im Ernst, es war schon schön, so liebevoll empfangen zu werden.
Wir saßen am Tisch. Mutter, Großmutter, Enkel und Enkelin. Einträchtig kauten meine Lieben, während ich genüsslich meinen Tee schlürfte.
„Nun erzähl mal, wie war's denn eigentlich?", wollte meine Mutter wissen. Endlich mal eine Person, die sich nach meinem Wohlbefinden erkundigte. Sonst war ich immer diejenige, die fragte und zuhörte. Weil mein Tagesablauf sowieso keine Sau interessierte.
„Also, den ersten Teil fand ich nicht ganz so gut", kommentierte ich, „das mit dem ..."
„Mama, morgen Nachmittag kommt Michelle", unterbrach mich meine Tochter.
„Wir haben uns verabredet." Sie biss in ihr Fleischsalatbrot.
„Und ich geh zu Dennis", konterte Anton. „Da hab ich wenigstens meine Ruhe vor den blöden Mädchen."
„Aber die Massage hinterher und die Kosmetikerin waren total gut." So einfach ließ ich mich von meinen Kindern nicht aus dem Konzept bringen.
„Ach deshalb siehste so anders aus", stellte Anton fest.
„Was is denn Massage? Wird man da so toll angemalt?" Pauline stand derzeit total auf Schminken. Erst vorgestern hatte ich meinen teuren Lippenstift aus ihrer verdreckten Hosentasche fischen müssen. Natürlich gänzlich abgenutzt. Und das, wo der gerade neu war. Aus 'ner Parfümerie. Dafür hatte Pauline sich aber rich-

tig Mühe gegeben, ihrer Mutter nachzueifern. Sie hatte sich den Lippenstift überall hingeschmiert. Nicht nur die Lippen, nein, auch die Augenbrauen und die Wangen hatte sie mit dem teuren Zeug beschmiert. Dabei malte ich mir die Augenbrauen gar nicht an! Und zudem war es ein kussechter Lippenstift, der sich extrem schwer entfernen ließ.
Wenigstens von Pauline.
Bei mir wechselte der Lippenstift schon nach dem ersten Schluck von Lippe zu Tasse. Aber wer weiß, vielleicht stimmte auch etwas mit meinen Lippen nicht.
„Also, Massage ist etwas, bei dem du dich auf den Bauch legst und jemand anderer dir den Rücken mit einem Öl einstreicht und dich durchknetet. So heißt das eigentlich."
„Wie wir den Kuchenteig?" Pauline und Anton hatten nämlich beim Keksebacken mitgeholfen und gesehen, wie ich sämtliche aufgestaute Wut auf Claus am armen Keksteig ausließ.
„Ach Quark, du Furz", Anton meinte, es besser erklären zu können, „Massage, das ist ähnlich wie Streicheln. Nur fester."
Ach Kind, wie Recht du hast. Warum war mir eine solche Erläuterung bloß nicht eingefallen?
„Genau." Ich wandte mich wieder meiner Mutter zu, die gerade dabei war, ihrem großen Enkelsohn hingebungsvoll ein zweites Brot mit Zwiebelmettwurst zu streichen.
Als ob der das nicht selber könnte!
Auch Pauline wollte so liebevoll umsorgt werden und hielt meiner Mutter ihr Brettchen hin. „Bitte eine Hälfte mit Fleischsalat und eine mit Mortadella, Omi."
Omi schmierte fröhlich vor sich hin und ich hielt den Schnabel. Wo mir wieder mal keiner zuhören wollte. Auch wenn es anfangs den Anschein gehabt hatte. Da schenkte ich uns lieber noch 'ne schöne Tasse Tee ein und behielt meine Gedanken für mich.

„Mama, hast du dran gedacht, dass heute Nachmittag Michelle kommt?", wollte Pauline wissen, als ich sie am nächsten Tag aus dem Kindergarten abholte.
Sie war noch im Vorraum gemeinsam mit ein paar anderen Kindern damit beschäftigt, in Jacke und Regenhose zu schlüpfen. Um sie herum herrschte das reinste Kinderjacken- und -hosen-Chaos. Überall lagen einzelne Hausschuhe, Gummistiefel, Mützen und sonstwelche Bekleidungsstücke. Auch auf Basteleien konnte man treten, wenn man denn nicht genau hinsah, wo so'n Erwachsenenfuß landete. Alles sah hübsch kindgerecht aus. Die

niedrigen Bänkchen, die kleinen darüberhängenden Kästchen, die zur Beherbergung der auf dem Boden verteilten Hausschuhe gedacht waren, selbst die von der Decke herunterhängende Dekoration vermittelte stets den Eindruck, man wäre Schneewittchen und befände sich im Zwergenhaus. Nur dass hier sechsunddreißig statt sieben Zwerge herumsprangen und ich ständig mit meinen Haaren in dem mittig im Vorraum herabbaumelnden Haselnusszweig hängen blieb.

„Klar, mein Schatz, wie könnte ich so eine wichtige Verabredung vergessen!“

Ich betrachtete meine Tochter. Sie kam mir leicht verändert vor. Nein, es lag nicht am Gesicht, in das sie mit Hilfe von Farbstiften wieder einmal die wildesten Kreationen gemalt hatte, etwas an ihren Klamotten kam mir unbekannt vor. So war sie doch heute Morgen nicht losgestiefelt? Ein solches Sweatshirt besaß sie gar nicht. Auch die Hose war mir unbekannt. Selbst die Socken hatte ich noch nie aus meiner Waschmaschine herausgeholt.

„Michelle und ich haben die Sachen getauscht“, klärte mich Pauline auf. „Die können wir ja heute Nachmittag zurücktauschen.“

Ach so. Na, denn. Aber leider war Michelle ein ganzes Stück größer als meine Tochter und ein Blick auf besagte Freundin zeigte mir, dass diese in Paulines Sachen aussah wie eine Wurst in einer zu engen Pelle. Somit hatte ich arge Befürchtungen, dass heute Nachmittag diverse Nähte von Paulines Hose und Pulli geplatzt sein könnten.

„Wir tauschen die Sachen jetzt schon“, bestimmte ich, „sonst ist Michelles Mutter am Ende noch ärgerlich und bringt sie heute Nachmittag nicht.“ Das zog ungemein. Sofort tauschten die beiden Mädchen ihre Kleidung zurück und ich konnte meine Tochter beruhigt mit nach Hause nehmen.

„Tschühüs, bis gleich“, rief Pauline ihrer Freundin noch zu, als wir schon aus dem Tor heraus waren.

„Jaha, bis gleich“, freute sich auch Michelle.

„Was gibt's denn heute zu essen?“, fragte Pauline, als wir im Auto saßen.

„Kartoffeln, Rotkohl und Frikadellen“, antwortete ich.

Eigentlich hatte ich ja Königsberger Klopse mit Kapern machen wollen. Als Probeessen sozusagen. Um zu gucken, ob es Claus ohne Gift schon mal schmeckte. Das mit dem Gift würde ich schon irgendwie hinkriegen. Und die Kinder würden sich sowieso nicht an ein solches Gericht wagen. Für sie gäbe es im Falle

des Falles Spaghetti. Aber leider hatte ich das entsprechende Kochbuch nicht gefunden. Ich hatte das ganze Bücherbord durchwühlt. Nirgends, aber auch nirgendwo war dieses dämliche Kochbuch aufzufinden gewesen.
Gut, verschiedene andere, trennkost- oder backtechnisch orientierte Werke waren mir dabei in die Hände gefallen, doch das EINE, in dem, wie ich wusste, das Klopsgericht beschrieben wurde, war nicht darunter. Sogar die Eckbank in der Küche hatte ich von ihrem Innenleben befreit, war dabei jedoch nicht auf das ersehnte Rezept gestoßen.
Dafür hatte ich ein altes Radio gefunden, das ich auch schon seit Ewigkeiten suchte. Und die Bücherwand im Wohnzimmer ordentlich nach Autoren sortiert!
So musste ich also für heute Mittag auf dieses vielversprechende Gericht verzichten und servierte meiner Familie stattdessen Rotkohl, Kartoffeln und Frikadellen. Mit Sauce.
„Uih, Rotkohl. Toll, Mama." Pauline war begeistert. Zählte es doch zu ihren Lieblingsessen.
Wir waren in unserer Straße angekommen und stiegen aus.
„Können wir jetzt schon essen?" Pauline konnte es gar nicht erwarten.
„Nein, mein Schatz, erst wenn Papa und Anton da sind." Ich griff zu meinem Schlüsselbund und schloss die Haustür auf. „Du kannst ja so lange noch draußen spielen."
„Och, kann ich nicht lieber fernsehen?" Unser wunderschöner Garten war meiner Tochter um diese Jahreszeit nicht genehm.
„Meinetwegen. Aber nur, bis das Essen fertig ist." Wie üblich, mittags der gleiche Zinnober.
Pauline zog Schuhe und Jacke aus, schmiss beides in eine Ecke und war verschwunden. Auch wie üblich. Ich nahm die inzwischen garen Kartoffeln vom Herd, goss das Wasser ab und ließ sie – ein sauberes Geschirrhandtuch zwischen Deckel und Topf – noch etwas vor sich hin „stoven". So machte meine Oma das immer, und die konnte wirklich prima kochen. Besonders Kohlrouladen und Schnippelbohnen.
Vielleicht sollte ich Oma mal nach einem Rezept für Königsberger Klopse fragen.
Das wusste die bestimmt.

Ich war in ein goldenes Licht gehüllt. Alles erschien warm, harmonisch, einfach herrlich.„Du hast eine Schönheitsoperation gar nicht nötig", wurde mir gerade von einer wundervollen, tiefen, männlichen Stimme bestätigt. „Für mich bist du vollkommen, so wie du bist." Ich schmolz dahin, sah mich im Bikini auf weißem Sand Volleyball spielen, die Kinder fröhlich dabei, die Sonne schien, der Himmel war azurblau, der Ball kam von oben und ich wollte ihn gerade auf meisterhafte Art über das Netz katapultieren, als es ... kling-klang, kling-klang ... an unserer Haustüre schellte.

Senkrecht saß ich im Bett.

O nein! Scheiße!

Ein schneller Blick auf meinen Wecker zeigte fünfzehn Uhr zwei an. Mist! Michelle stand mit ihrer Mutter vor der Tür. Und ich war im Schlafanzug. Und dazu noch ungeschminkt. Was ja viel schlimmer war!

Was tun?

Es gab kein Erbarmen, ich musste zur Tür. Pauline hätte mich ansonsten gelyncht. Ich hatte schlicht verschlafen. Mittags!

Warum hatte ich meine Kinder aber auch immer und immer wieder dazu angehalten, mich in meiner heiligen Mittagsruhe um Himmels willen nicht zu stören?! Es nützte nichts. Panikartig sprang ich aus dem Bett. Nur mit Schlafanzugoberteil bekleidet, huschte ich die Treppe herunter.

„Fernseher aus, Michelle ist da", brüllte ich ins Wohnzimmer, wo Pauline fröhlich saß und einen Zeichentrickfilm anguckte. Mit ihr würde ich später noch ein ernstes Wörtchen reden. So einfach ohne Erlaubnis fernzusehen!

Ich riss die Haustür auf.

„Kommt schon mal in die Küche, ich bin gleich wieder da", wies ich Michelle und ihre Mutter an, spurtete nach oben und schmiss mich in Jeans und Pulli. Zum Schminken war jetzt keine Zeit. Noch nicht einmal zum Zähneputzen. Folglich musste es auch ohne gehen. Ich sprintete wieder nach unten, entschuldigte mich für mein barsches Auftreten von vorhin und war wenigstens so wach, dass ich Michelles Mutter einen Cappuccino anbieten konnte.

Den sie auch dankend annahm.

Die Mädels waren inzwischen in Paulines Zimmer abgedampft. Auch von Anton war weit und breit keine Spur. Er war wohl schon bei Dennis, vermutete ich, während das Wasser für den Cappuccino kochte.

Michelles Mutter hatte sich indes zwischen Eckbank und Küchentisch gequetscht, holte eine Packung Reno aus ihrer Jackentasche und fragte: „Darf ich hier rauchen?"

„Klar“, ich stellte schnell einen Aschenbecher auf den Tisch. „Nimmst du Zucker oder Süßstoff in deinen Cappuccino?“
„Zucker, drei Löffel.“ Sie zündete sich eine Zigarette an und inhalierte tief.
Sicher, drei Löffel Zucker. Daher also die ausladende Figur. Doch Michelles Mutter, sie hieß Verena, war ein überaus gutmütiges Geschöpf. Bei der es auch nicht ganz so schlimm war, wenn man noch keine Farbe im Gesicht hatte. Denn für sie war der Begriff Schminke ein absolutes Fremdwort.
Weder Lippenstift noch Wimperntusche konnten sich rühmen, jemals Bekanntschaft mit ihrem Gesicht gemacht zu haben.
Obwohl sich das bestimmt ganz gut gemacht hätte.
Sie hielt es da wohl eher mit Antons machohafter Einstellung, dass Frauen sich nur deshalb schminkten, weil sie unter Minderwertigkeitskomplexen litten.
Und die hatte sie eindeutig nicht.
„Du, Charlotte, ich wollte sowieso mal mit dir reden.“ Verena rührte in ihrem Cappuccino.
„Ich hab da nämlich ein kleines Problem mit Michelle.“
„Klar, was ist denn los?“
Hoffentlich hatte Michelle keine Läuse. Die gingen zur Zeit in sämtlichen Kindergärten der Stadt um. Aber nee, davon hätte ich sicher schon eher gehört.
„Ja, also die Michelle lässt sich, glaube ich, im Augenblick ziemlich von Pauline beeinflussen. Und das gefällt mir nicht so ganz. Ich befürchte, sie leidet seelisch darunter.“
Verena war nämlich eine der treuesten Leserinnen von „Die Psyche meines Kindes“ und versuchte, sämtliche darin enthaltenen Tipps direkt an ihren Kindern auszuprobieren.
Da wurde sich gemeinsam hingesetzt und alles ausgelotet, was auch nur annähernd Auswirkungen auf das kindliche seelische Gleichgewicht haben könnte.
Erst letztes Jahr wäre sie fast für die „goldene Lupe“ vorgeschlagen worden, weil sie sich so intensiv mit den in der Zeitung enthaltenen Berichten befasste. Sie stand in regem Kontaktversuch zu den Redakteuren der Zeitschrift und schrieb, wie sie am letzten Elternabend gesagt hatte, jeden Monat mindestens einen Leserbrief dorthin. Die von der Zeitschrift hatten zu Verenas Bedauern aber noch auf keinen einzigen reagiert.
„Was?“, staunte ich. Sah man die beiden doch ständig einträchtig miteinander spielen, wenn ich zum Kindergarten kam. „Das verstehe ich nicht.“ Angeknackst schien mir Michelle eigentlich

nicht zu sein. Aber ich hatte, wie ich zu meiner Schande gestehen musste, auch noch nie in besagte Zeitschrift geblickt.
„Zu Hause veranstaltet Michelle in letzter Zeit jeden Tag ein Rollenspiel." Verena nippte an ihrem Getränk. „Da spielt sie, sie wäre Pauline und kommt auf die ausgefallensten Ideen. Außerdem soll ich sie nur noch mit Pauline anreden."
„Wie bitte?" Was sollte denn so'n Quatsch. Obwohl, wenn's weiter nichts war ...
Ich griff zu meinem Cappuccino-Becher.
„Ja", Verena zündete sich die zweite Zigarette an, „und das finde ich eben nicht so gut."
Sie zog derart an ihrer Zigarette, dass ich schon arge Befürchtungen hegte, das ganze Ding könnte in ihrem Mund verschwinden.
„Schon klar", das konnte ich verstehen. Ich hätte auch nicht gewollt, dass Pauline sich in Michelle verwandelte. Da weiß doch jede Mutter lieber die bekannte Seele im Körper ihres Kindes als die irgendeines anderen Mädchens oder Jungen.
„Und wie war das mit den ausgefallenen Ideen?", wollte ich wissen. Nicht, dass in meinem Töchterchen ungeahnte Streichqualitäten schlummerten und diese auf übersinnliche Weise auf Michelle übergegangen waren ... Ich sah sie in Gedanken schon den Kindergarten unter Wasser setzen, den Erzieherinnen heimlich ein paar Haare abschneiden oder eine Knetgummischlacht veranstalten.
„Na, zum Beispiel, dass wir uns jeden Nachmittag mindestens zwei Stunden hinsetzen und Spiele spielen."
„Spiele?", ich guckte verdutzt, „du meinst, Memory oder Barbie oder malen oder ... ganz normale Spiele?"
„Genau. Und dazu habe ich einfach nicht die Zeit." Sie trank von ihrem Cappuccino und sah mich mitleidheischend an. „Wo doch der Pascal, die Jacqueline und der Pierre auch noch da sind und ihre Ansprüche an mich stellen."
Verena war übrigens nicht mit einem Franzosen verheiratet, wie man angesichts der Namen ihrer Kinder hätte vermuten können. Ihr Mann hieß Thorsten und alle zusammen hießen sie mit Nachnamen Meier. Mit e i.
„Aber Pauline erzählt Michelle jeden Tag, ihr würdet zu Hause immer so viel spielen."
Ja, ja, meine Tochter hatte eine blühende Phantasie.
„Und was erwartest du jetzt von mir?" Die Frage sollte doch gestattet sein. Ich versuchte ernst zu gucken. Dieses „du, ich muss mal mit dir reden, ich hab da so'n Problem ...", in sanftem

Ton vorgetragen, war nun wirklich nicht so ganz mein Ding. „Vielleicht kannst du mit Pauline mal sprechen“, Verena war bei Zigarette Nummer drei angekommen, „damit sie Michelle dann erzählt, dass du in Wirklichkeit auch nicht so viel Zeit für Spiele überhast.“ Ein bittender Blick folgte. „Oder spielt ihr tatsächlich so viel?“
„Nein, nein“, beruhigte ich Verena, „ich werd mich mal mit Pauline unterhalten.“
Das reichte Michelles Mutter, sie gab ihrer Zigarette den Gnadenstoß, quälte sich aus der Eckbank und machte sich von dannen. „Bis später“, sagte sie und vergaß sogar, sich von ihrer Tochter zu verabschieden. Als ich die Tür geschlossen hatte, konnte ich ein breites Grinsen nicht länger unterdrücken. Na, wenn die keine anderen Probleme hatte!

„Guck mal, Mama, die Farbe hier sieht doch scharf aus.“ Anton wedelte mit einem „Weil-ich-es-mir-wert-bin“-Paket. Wir waren in die Nordsee-Passage, ein Einkaufszentrum Wilhelmshavens, gefahren und suchten in einem großen Supermarkt nach einer passenden Haartönung. Pauline spielte derweil an einem Lerncomputer, der dort fest installiert war.
Ich betrachtete die Packung. Mein Sohn hatte ein grelles Lila ausgesucht.
„Na, ich weiß nicht“, schüttelte ich unschlüssig meine noch blonden Haare, „ist das nicht vielleicht etwas krass?“
Ich hatte mich nämlich dazu durchgerungen, nicht mehr das blonde Naivchen sein zu wollen. Eine andere Haarfarbe musste her, und zwar schnell. Da konnte ich nicht lange auf einen Friseurtermin warten. Wenn Hunderttausende von Frauen das selbst machten, sollte doch auch ich dazu in der Lage sein, die in der Packungsbeilage beschriebenen Anweisungen korrekt auszuführen. Hoffte ich.
„Nein, Anton, ich glaube, ich fange etwas sanfter an.“ Ein nettes Mittelbraun mit leicht rötlichem Schimmer lockte mein Auge. Ich ging in die Hocke, um intensiven Blickkontakt zu der Packung aufzunehmen. Sollte ich oder sollte ich nicht?
„Hier, Mama, das ginge zur Not auch“, ein Blauschwarz wurde mir hingehalten. „Sieht natürlich nicht ganz so cool aus.“ Anton kannte sich aus. „Aber wenn du deine Haare noch raspelkurz schneiden lässt, fetzt das auch.“
„Och nee, Anton.“ Ich hatte immer noch das rötliche Mittelbraun im Visier.

„Mann, ey, das ist doch voll lahm", mein Sohn hatte bemerkt, was für mich in Betracht kam.
„Wenn du schon deine Haare nicht abschneiden willst, musst du wenigstens 'ne kräftige Farbe nehmen."
Wir einigten uns auf einen Mahagoniton.

„Nun fang endlich an", forderten meine Ableger, als wir wieder zu Hause und im Badezimmer waren.
Anton hockte fußwedelnd auf dem Klo und Pauline saß gespannt auf dem Badewannenrand.
Ich blickte erst unschlüssig auf die Packung und anschließend in den Spiegel. Hatte ich die richtige Entscheidung getroffen? Sollte ich mein Haar nicht doch so lassen, wie es war?
So schön blond? Na ja, sooo schön sah es vielleicht doch nicht aus. Außerdem tat Abwechslung gut. Auch wenn ich mich nur mit einer neuen Haarfarbe begnügte, wo Claus doch zu ganz anderen Dingen griff.
„Also gut, ich mach's." Entschlossen riss ich die Packung auf.
„Wird auch langsam Zeit, ich hab keine Lust, hier ewig rumzusitzen", maulte mein Großer.
„Musst du ja auch nicht, ich würde das viel lieber allein machen", gab ich zurück. Pauline saß inzwischen in der Wanne und versuchte, ihrer Barbie das Schwimmen beizubringen. Zu diesem Zweck hatte sie etwas Wasser einlaufen lassen und bemühte sich vergeblich darum, selbst trocken zu bleiben. Mir war das im Moment egal.
Ich hatte ein uraltes Riesen-T-Shirt an, das eigentlich schon lange als Putzlappen herhalten sollte und bei dem es auf einen kleinen Fleck nicht ankam. Weisungsgemäß stülpte ich mir die Plastikhandschuhe über, schraubte das große auf das kleine Teil der Tönung, schüttelte die ganze Geschichte und knipste den Verschluss ab.
„Los geht's", sprach ich mir Mut zu und verschmierte das ziemlich rot aussehende Zeug auf meinem Haar.
„Vollkommen falsch, Mama, du hast ja echt null Ahnung." Anton kam vom Klo.
„Du musst Strähne für Strähne abteilen und die Tönung schon am Ansatz auftragen."
„Woher willst du das denn wissen?" Ich rührte weiter auf meinem Kopf herum.
„Steht in der Beschreibung." Mein Großer tat gelangweilt, aber er hatte in weiser Voraussicht dessen, was sein Mütterlein zu tun

gedachte, selbst die Beilage gelesen. Weil ich doch – noch – blond war. Und anscheinend tatsächlich etwas blöd.
„Soll ich dir helfen?“
Meine Güte, war der cool.
„Nö, das krieg ich schon allein hin.“ Von so ’nem Bürschchen ließ ich mir noch lange nichts sagen. Verteilte aber doch die Sauce genau so, wie Anton es geraten hatte. Pauline stand inzwischen tropfnass neben mir und beobachtete mich aufgeregt.
„Mama, wenn nachher was übrigbleibt, können wir das dann in mein Haar schmieren?“
„Nein.“ Das würde nun wirklich zu weit gehen. Meines Töchterlein schöne, blonde Locken zu verunstalten. Womöglich käme ich dann wegen Kindesmisshandlung ins Gefängnis.
Aber es könnte durchaus sein, dass mein Gatte angesichts der frisch getönten Haare von Mutter und Tochter einem Herzschlag erliegen würde. Schon hätte ich ein Problem gelöst. Sollte ich auch Antons Kopf einer Tönung unterziehen, um die Wahrscheinlichkeit eines plötzlichen Herztodes in die Höhe zu treiben? Doch Anton stand ja mehr auf Lila oder Grün, dem dürfte ich mit Mahagoni gar nicht kommen.
Der Krams war verteilt, ich legte mir ein Handtuch um die Schultern und war bereit, nach unten in die Küche zu stiefeln, um die dreißig Minuten Einwirkzeit bei einem Kaffee und einer Zigarette verstreichen zu lassen.
„Mama“, hielt mich Anton warnend zurück. „Du musst dir jetzt mit einem nassen Wattebausch die Farbe von den Ohren und der Stirn waschen.“
Au Backe, hätte ich fast vergessen. Nicht, dass nachher meine Stirn und Ohren im gleichen rötlichen Ton glänzten. Ich war wohl doch etwas aufgeregt.
Ich tat also, wie mir geheißen und warf einen letzten prüfenden Blick in den Spiegel.
Mein Haar hing in wirren roten Strähnen vom Kopf herab, allerorten tropfte es, das Handtuch und mein T-Shirt waren dicht besprenkelt. Hoffentlich tropfte es nicht weiter so. Nicht, dass meine Haare später genauso gesprenkelt aussahen, weil die Farbe nicht drin blieb!
Anton beruhigte mich: „Keine Angst, Mama, das wird schon.“ Er klopfte mir auf die Schulter.
„Na gut, wenn du meinst.“ Ich wies noch eben Pauline an, in trockene Klamotten zu hüpfen und wandte mich endlich in Richtung Küche, dem ersehnten Kaffee entgegen.

Es war vollbracht.
Die Tönung in der Badewanne kopfüber ausgespült, das Haar mit Festiger eingeschmiert und gefönt, erkannte ich mich im Spiegel gar nicht wieder.
Es hatte tatsächlich geklappt! Ich war nicht gesprenkelt, geschweige denn verunstaltet.
Ich sah toll aus und ziemlich verändert. Meine schulterlangen Haare hatten den satten Mahagoniton angenommen, waren mir nicht empört vom Haupt gefallen, sondern hatten sich zudem noch artig in die von mir gewünschte Form fönen lassen. Nein, was war ich stolz!
Anton aber auch. „Wenn du mich nicht gehabt hättest, Mama, sähest du jetzt aber echt Scheiße aus. So mit Mahagoniohren." Er trollte sich. „Du brauchst mich doch jetzt nicht mehr?"
„Danke, mein Schatz, nein." Ich kam von meinem Spiegelbild gar nicht weg. Drehte mich hin und her und war begeistert.
Eine neue Frau blickte mich an. Eine, die die Dinge ganz fest in ihre Hände nehmen würde.
Eine, die sich nicht verscheißern ließ. Die wusste, was sie wollte. Aber auch, was sie überhaupt nicht wollte. Ich eilte in die Küche, kramte aus der hintersten Ecke des Kühlschrankes eine Flasche Sekt hervor, köpfte diese, goss mir ein Wasserglas voll ein und begab mich mit dem Sekt wieder nach oben.
„Hallo, Frau Koch", prostete ich meinem Spiegelbild zu, „nett, Sie mal kennen zu lernen."

Mein Spiegelbild prostete zurück. „Sie sehen absolut klasse aus. Ich wusste gar nicht, was man aus Ihnen machen kann." Mein Spiegelbild schwieg. Mein Gatte sechs Stunden später jedoch nicht. „Wie siehst du denn aus?" Sein entsetzter Blick traf mich. Fast hätte er seine Tasche fallen lassen. Das edle Teil. Auf das er aufpasste wie auf seinen Augapfel. Wehe, wenn eines der Kinder auch nur in dessen Nähe kam. Vielleicht hatte er da die Telefonnummern von potentiellen Geliebten drin?
„Gut, nicht?" Ich drehte mich im Kreis. Wir standen beide im Flur, Claus hatte seine Jacke noch – und ich meinen Schlafanzug schon an. Die Kinder waren bereits im Bett, wie stets in letzter Zeit. Wo Claus doch sooo viel zu tun hatte.
In der Hoffnung, ihn treffe nun wirklich der Schlag, setzte ich noch eins drauf. „Du müsstest erst Pauline und Anton sehen! Paulinchen hat die gleiche Haarfarbe wie ich, Anton zog ein sattes Grasgrün vor." Ha ha, Witz!!!

„Ja, bist du denn von allen guten Geistern verlassen? Da kommt man nichts ahnend“ – unschuldig hätte eigentlich noch besser gepasst – „aus der Praxis“, Claus’ Jacke landete in irgendeiner Flurecke, „und muss sich gleich wieder aufregen.“
Ich zuckte mit den Schultern. Anscheinend kannte mein Mann mich nach den langen Ehejahren doch nicht so gut, sonst hätte er nie und nimmer geglaubt, dass ich mich an den Haaren seiner – meiner – unserer Kinder tonmäßig vergreifen würde.
„Nun reg dich erst mal ab, geh unter die Dusche, zieh deinen Schlafanzug an und komm ins Wohnzimmer.“
Hurra!!!! Ich bin selbstbewusst, souverän und lasse mir nichts mehr gefallen! Von so ‘nem Mistkerl schon lange nicht.
Obwohl, etwas enttäuscht war ich doch.
Wäre aber auch zu schön gewesen, wenn ihn spätestens meine Ankündigung bezüglich der Haarfarbe der Kinder umgehauen hätte und er mit einem jähen Griff an sein untreues Herz stöhnend zusammengebrochen wäre.
Und ich in aller Gemütsruhe seine kostbare Tasche in Sicherheit gebracht hätte. Nicht, dass er sie möglicherweise voll reiherte. Das teure Teil voller Kotze? Nee. Die könnte ich schließlich noch weiter verwenden. Und dann hätte ich mich neben ihn gehockt. Und er hätte nach dem Notarzt geröchelt. Und ich hätte ihm den Rest gegeben. Ihm erzählt, dass meine Schamhaare das gleiche satte Grasgrün angenommen hätten wie Antons Haare. Auch wenn es gar nicht stimmte. Und völlig entkräftet hätte Claus den letzten Funken Leben ausgehaucht. Und ich ‘ne Zigarette geraucht. Und erst dann den Arzt gerufen.
Schade, schade, schade!
Doch was nicht war, das konnte ja durchaus noch kommen.

„Übrigens“, ich hatte mich umgewandt und befand mich auf dem Weg ins Wohnzimmer, „das Finanzamt hat sich gemeldet. Wegen unserer Steuererklärung.“
Wir gaben nämlich jedes Jahr diese Erklärung erst auf den letzten Drücker ab. Was wirklich nicht an mir lag. Hatte ich doch von unseren Finanzen absolut keine Ahnung. Wenigstens glaubte Claus das. Steuererklärung und so’n Kram war ja eindeutig Männersache. Und, wie üblich, kamen Männer öfter zu spät. Gerade bei Erklärungen. Seien sie nun für die Steuer oder für die Ehefrau.
Meines Gatten Tonfall nahm gefährliche Ruhe an. „Du hast doch nicht etwa das Schreiben vom Finanzamt …“

„Dohoch“, summte ich und fläzte mich auf die Couch.
Claus stand wie festgenagelt auf dem Flur.
Seine Welt geriet aus den Fugen. Morgens hatte er ein naives Blondchen zu Haus zurückgelassen, um es abends als mahagonibrünette, auch noch die wichtige Post öffnende Fast-Emanze wiederzufinden.
Vielleicht kriegte er jetzt ‘nen Herzklabaster?
Doch so’n Arzt konnte durchaus widerstandsfähig sein.
Langsamen Schrittes betrat er das Wohnzimmer, drehte seinen Sessel ohne Aufforderung in meine Richtung, setzte sich, zündete sich eine ungesunde Zigarette an, inhalierte tief und fragte erneut und betont langsam: „Du hast das Schreiben vom Finanzamt geöffnet?“
„Klar“, ich griff zu meinem Früchtetee. „Stand doch Herrn Dr. Claus und Charlotte Koch drauf.“ Ich trank erst mal in Ruhe, legte die Beine hoch und blickte meinen Mann furchtlos an.
„Schließlich bin ich ja die … ‚und Charlotte‘. Und, du glaubst es kaum, Claus, dieses Jahr bekommen wir tatsächlich etwas zurück!“
Ich lächelte begeistert. „Fast zehntausend Mark.“
Claus schluckte. Schade, dass er sich ohne sein Bierchen hingesetzt hatte, ich sah ihm an, wie er nach dem Hopfengetränk lechzte.
Tja, Dornröschen war aus ihrem Schlaf erwacht.
Hatte selbst die Post geöffnet!
Und das Resultat der Steuererklärung gelesen. Wo mir Claus die letzten Jahre stets ohne jede Scham erklärt hatte, wir müssten nachzahlen.
Und wo er doch – wie ich in den letzten Wochen durch absolut indiskrete Schnüffelei erfahren hatte – immer und jedes Jahr Geld vom Finanzamt zurückbekommen hatte.
Das auch artig angelegt wurde. Ohne mein Wissen, doch zu meiner großen Freude auf ein Unterkonto des auf unser beider Namen laufenden Girokontos. Wunderbarerweise hatte er sich auch zweimal eines meiner Sparkonten bedient. Zwecks Einzahlung. Natürlich ohne mir Bescheid zu geben. Denn die Sparbücher verwahrte er ja im Safe.
Aaaber die Kontoauszüge, die gammelten harmlos in seinem Arbeitszimmer in ordentlich geführten Sammelmappen vor sich hin. Und eben jenen Sammelmappen hatte ich entnommen, dass mein Mann mich die letzten Jahre für dumm verkauft hatte.
Und ich mich für dumm verkaufen ließ.

Damit war nun eindeutig Schluss.
„Du, mit dem Geld könnten wir uns doch endlich eine Sauna im Keller einbauen lassen“, schlug ich unschuldig vor. Den Gedanken an den Hitzetod hatte ich schließlich noch lange nicht begraben.
„Bist du denn vollkommen von Sinnen“, herrschte Claus mich an, „eine Sauna?“ Wenn Blicke töten könnten, hätte er mich spätestens jetzt ermordet. Dabei hatte ich das eigentlich mit ihm vor.
„Du hast dich zu einem absoluten Luxusweib entwickelt.“ Er schnaubte. „Eine Sauna! Ha, dass ich nicht lache! Die gnädige Frau wünscht eine Sauna in ihrem Keller! Darf's denn auch noch ein Butler sein?“
Ich guckte ihn nur stumm an.
„Du hast ja jeglichen Sinn für das Normale verloren“, schrie Claus, „du hast absolut keinen Bezug mehr zur Realität.“
Er sprang auf. „Ich geh jetzt duschen.“
Schon war er verschwunden.

Ich hätte jetzt leichte Verwunderung gespürt, wenn ich nicht über seinen derzeitigen Lebenswandel informiert gewesen wäre. Als treudoofe Haus- und Ehefrau hätte ich sicher gedacht: Was hat er denn nur, der liebe Mann? Wo ich es doch immer nur gut meine. Schließlich fahren wir doch fast jeden Sonntagmorgen ins Schwimmbad, damit er dort seiner Dampfbadlust frönen kann. Was läge da näher, als in einem freien Kellerraum die Sauna installieren zu lassen, von der er schon lange schwärmte? Damit sich der Gute nach seinen in letzter Zeit soooo langen Arbeitstagen erholen könnte. Wo wir doch nach all den Jahren endlich einmal Geld vom Finanzamt zurückbekommen hatten. Und wäre bestimmt in die Küche getrabt, um ihm schon eine Dose Bier zu holen. Und ein Glas.
Doch schade, schade, schade, die Zeiten waren eindeutig vorbei. Innerlich feixte ich.
Ob er wohl bei Britta heute nicht zum Zug gekommen war?
Oder hatte er ausnahmsweise tatsächlich so viel in der Praxis zu tun gehabt, dass ein kurzes Tête-à-Tête gar nicht drin war? Ich malte mir die grausamsten Szenen aus, griff zu meinem Früchtetee und schlürfte das heiße Getränk.
In meinen Gedanken lag Claus nackt auf dem studentenüblichen Anderthalbschläfer. Sein wabbeliger, weißer Bauch nahm fast die Hälfte des Bettes ein. ‚Ich weiß auch nicht, was heute mit mir los ist', hätte er gerade zu Britta gesagt, die natürlich auch nackt war

und mit einer absolut tollen, sonnenbankgebräunten Haut am Bettrand saß. (Ich gebe zu, hier wurde mir etwas schlecht. Doch egal, meine Phantasie kannte kein Halten mehr.) ‚Ich bin wohl etwas überarbeitet.' Und Britta wäre total verständnisvoll. ‚Klar', hätte sie gesagt, ‚diese Doppelbelastung ist ja auch ziemlich viel für dich.' Und ihm den halbkahlen Kopf gestreichelt. ‚Aber dafür gibt's doch Viagra!' Und Claus hätte ein erstes Aufblitzen seiner eigentlichen Mentalität erkennen lassen und wäre wütend aufgebraust: ‚Ich bin doch noch kein seniler alter Bock, der so'n Zeug braucht.' Und dann hätte er verzweifelt versucht, seiner jungen Geliebten zu beweisen, was in so 'nem alten Knacker noch drinsteckte. Es wäre aber nichts passiert. Und Claus hätte sich sauer in seine Klamotten gestürzt und wäre, ohne Rücksicht auf Britta, die mit ihm diskutieren wollte, nach Hause gefahren.

So hätte es sein können.

Und dann saß ich da.

Und hatte einfach die Post vom Finanzamt geöffnet.

Das musste ihm ja den Rest geben.

Vielleicht hockte er oben im Badezimmer und weinte hemmungslos. Über sein Versagen bei Britta und seine ganze Misere als solche.

Ob ich mal nachgucken sollte?

‚Och nee', mein Unmut hatte es sich genau wie ich auf seiner Couch bequem gemacht, ‚lass ihn ruhig heulen, falls er es überhaupt macht. Das schadet ihm gar nichts.'

Hast Recht, dachte ich, ging zum Schrank, holte mir ein Weinglas und aus dem Kühlschrank in der Küche die halb volle Flasche Wein. Ich goss mir ein Glas ein, wickelte mich in meine Decke und schaltete den Fernseher ein.

„Also nein, Charlotte, wie hast du es wieder überall schön gestaltet." Heute war Familien-Vorweihnachts-Sonntag, der dritte Advent. Wie üblich kamen meine Eltern und meine Schwiegermutter zum Kaffee.

Meine Schwiegermutter wanderte sämtliche Räume ab, um zu kontrollieren, ob in irgendeiner Ecke noch Unordnung herrschte, auf die sie mich liebend gern aufmerksam gemacht hätte. Aber da ich schlau war, hatte ich sämtliche dieser bei mir stets zu findenden Ecken wohlweislich aufgeräumt.

„Und diese Farbabstimmung, einfach wundervoll." Schleim.

„Tja, Mutter, ich bemühe mich eben, es meinen Lieben so behaglich wie möglich zu machen."

Jetzt hätte nur noch der Werbemann mit der grün-weiß-goldenen Packung Kaffee gefehlt, der aus einem Winkel plötzlich hervorgesprungen käme. Ich kam mir jedenfalls so vor, als befände ich mich in einem schlechten Werbefilm.
Es klingelte. Gott sei Dank, dachte ich im Stillen, meine Eltern.
„Hallo, mein Schatz", meine Mutter drückte mir ihren rosafarbenen Lippenstift auf die Wange und einen Blumenstrauß in die Hand. Sie ging in den Flur.
„Moin, mien Deern", auch von meinem Vater bekam ich einen Kuss. Allerdings auf die andere Wange, er hatte keine Lust, den Lippenstift seiner Frau von meiner Backe wegzuküssen. Die Zeiten waren bei meinen Eltern wohl vorbei. Obgleich sie in meinen Augen eine prächtige Ehe führten.
„Hallo, Treuhilde", begrüßte mein alter Herr meine Schwiegermutter. „Na, wie geht's dir denn so?" Er klopfte ihr auf die Schulter. Meine Schwiegermutter sah ihn etwas genervt an.
Nein, wie hatte ihr Sohn auch eine Tochter aus derart bürgerlichem Haus zur Gemahlin nehmen können. Ein Handkuss wäre ihr durchaus genehmer gewesen.
Das war auch meinem Vater klar, doch Schlawiner, der er war, tat er gern das, was andere Leute etwas aus dem Konzept brachte. Nur hatte meine Schwiegermutter in all den Jahren unserer Ehe diese Tatsache nicht durchschaut.
„Geht doch ins Wohnzimmer", bat ich unseren Besuch, „Claus müsste jeden Moment hier sein." Ich rief die Treppe hoch: „Anton, Pauline, die Omas und Opa sind da, kommt bitte runter!"
„Au prima", Pauline schoss die Stufen herab. Sie trug ein entzückendes grau-weiß-rot kariertes Hängerchen mit grauem T-Shirt und einer roten Strumpfhose darunter. Auch ihre schwarzen Lackschühchen hatte sie unbedingt anziehen wollen.
„Habt ihr mir was mitgebracht?", begrüßte sie ihre Großeltern. Die Augen der Omas strahlten. Ihr kleines Engelein. Fast hätten sie sich darum geprügelt, wer denn nun zuerst von Pauline geküsst werden durfte. Sie gingen in die Hocke, breiteten ihre Arme aus, doch meine Tochter flog an ihnen vorbei und landete in den Armen ihres Opas.
„Tach auch", grüßte Anton von der Tür her seine Anverwandten. Die Omas hatten sich aus der Hocke gequält und strichen nun ihrem Enkelsohn über das frisch gestylte Haupt.
Der fand das überhaupt nicht komisch. „Nun lasst doch mal meine Haare in Ruhe, ich bin doch kein Baby mehr", wehrte er sich.

„Setzt euch doch bitte“, forderte ich die Großmütter auf. Mein Vater hatte sich schon auf seinen Stammplatz am Kopf des langen, rechteckigen Tisches verzogen.
„Ach Kind, was hast du den Tisch wieder schön gedeckt“, lobte mich meine Mutter.
Ich war in der Tat stolz auf mein Werk. Eine glänzende goldene Folie bildete den Untergrund, mittig oben drauf ein silberner Stoffcoupon mit goldenen Sternchen und in dessen Mitte der Adventskranz, auf dem drei silberne Kerzen brannten. Mein bestes schlicht weißes Geschirr wurde von goldfarbenen Servietten mit silbernen Sternen verschönt und der Kerzenschein verbreitete gemütliche Atmosphäre. Ich selbst hatte mich mit einem kurzen braunen Rock und einem schlichten beigefarbenen Twinset in eine richtige Dame zu verwandeln gesucht, auch Anton hatte heute auf seinen Schlabberlook verzichtet und sich halbwegs gesittet in Hose und Oberhemd geworfen.
„Wo ist denn mein Sohn?“, fragte Treuhilde.
„Der hat noch in der Praxis zu tun“, erklärte ich, während ich mit der Kaffeekanne herumging.
„Heute?“ Meine Schwiegermutter blickte mich fragend an. „Er hatte doch gar keinen Notdienst.“ Sie war bestens informiert. Schließlich stand am Samstag stets in der Zeitung, welcher Arzt am Wochenende Bereitschaftsdienst hatte. „Und er wusste doch, dass wir heute kommen!“
„Sicher“, gab ich artig zurück und hätte fast den Kaffee neben die Tasse gegossen. Doch sollte ich sagen: „Mann, ihr seid ja überhaupt nicht informiert, was hier abgeht. Dein werter Sohn ist bei seiner Geliebten in Oldenburg, für ‘nen Quickie oder so!?“ Nein, das passte nicht in meinen Plan. Alle, aber auch alle sollten denken, ich wäre die liebende Gattin mit unsagbar viel Verständnis für den sich abschuftenden Mann. Leider auch meine Eltern, hätte ich doch eigentlich gerade mit ihnen gern über die ganze Geschichte gesprochen. Aber mein Vater hätte mir meine kriminellen Gedanken bestimmt auszureden versucht. Und das wollte ich nun auf gar keinen Fall.
Bevor meine Schwiegermutter zu weiteren Ausführungen über das schwere Los eines Arztes kommen konnte, ging die Wohnzimmertür auf und der verschollene Sohn-Schwiegersohn-Gatte und Vater betrat die gastliche Stätte.
„Mutter“, er ging gemessenen Schrittes auf Treuhilde zu, umarmte sie filmreif, hauchte meiner Mutter einen Kuss auf die Wange und gab meinem Vater die Hand.

„Wo bleibt denn der Kuss für deine Frau?", fragte meine Schwiegermutter. In ihrer Hollywood-Vorstellung einer Ehe musste der Mann seine Frau jedes Mal, wenn er kam oder ging, küssen.
„Och, Mama und Papa küssen sich schon lange nicht mehr", wusste Anton zu vermelden.
„Stimmt", Pauline schaufelte gerade ein Stück meiner selbst gemachten Schwarzwälder-Kirsch-Torte in sich hinein, „die streiten in letzter Zeit immer nur."
Die mütter- und väterlichen Augen ruhten auf dem Ehepaar. Die meiner Eltern fragend, die meiner Schwiegermutter anklagend. Dass wir ihr so was an einem heiligen Adventssonntag aber auch antun konnten!
„Na, die Kinder übertreiben ein bisschen", versuchte ich abzuschwächen, „nicht wahr, Claus?"
Mein Mann hatte inzwischen auch Platz genommen, trank einen Schluck Kaffee und nickte.
„Möchtest du auch von der Torte?", fragte ich ihn liebevoll verlogen. Claus nickte erneut. Ich sah aus den Augenwinkeln, wie mein Vater die Augenbrauen zusammenzog.
Oh, oh, das verhieß nichts Gutes. Ob er wohl was gemerkt hatte?
„Wir übertreiben überhaupt nicht", wehrte sich mein Sohn, fühlte er sich doch bei seiner Ehre gepackt. „Papa kommt in letzter Zeit meist erst nach Hause, wenn wir schon im Bett sind, und dann streiten sich die beiden." Er blickte in die Runde. Endlich hörten ihm mal alle zu. „Ich hab's schon tausendmal gehört."
„Halt den Mund", wies der Vater seinen Sohn zurecht, „das geht dich überhaupt nichts an."
Schweigen verbreitete sich am Tisch. So hatten sich meine Eltern und Treuhilde den Adventskaffee nicht vorgestellt.
„Anton, sei doch so lieb, und mach mal etwas Musik an", bat ich. „Möchte noch jemand Kaffee?" Die Erwachsenen nickten erleichtert. Die Omas griffen begeistert zu einem zweiten Stück Torte, mein Vater holte seine Pfeife heraus, zündete sie sich an und fragte: „Na, Treuhilde, wie steht's um die Gesundheit?" Wusste er schließlich, dass dieses Thema bei meiner Schwiegermutter auf überaus großes Interesse stieß.
Puh, die Lage war entschärft, dachte ich erleichtert und ging in die Küche, um neuen Kaffee aufzusetzen. Dass die Kinder aber auch immer so mit der Wahrheit rausplatzen mussten.
Ich hatte gar nicht gewusst, wie viel sie von unseren abendlichen Streitereien mitbekommen hatten. Nein, so ging es wirklich nicht weiter. Ich musste mir definitiv einen Plan zurechtlegen.

Den ich in der zweiten Januarhälfte auszuführen hatte. Da kam ich nun nicht mehr drum herum. Hatte Claus nicht erst letztens mit einem Frühstücksmesser nach Anton geworfen? Gut, er wollte ihn nicht treffen, aber immerhin!
Und hatte er ihm nicht erst vorgestern, als Anton spätabends um halb zwölf verschlafen, von einem Alptraum gequält ankam, wutschnaubend gedroht, der Traum wäre der reinste Urlaub im Vergleich zu dem, was er mit seinem Sohn zu veranstalten gedachte, wenn dieser nicht sofort wieder ins Bett ginge? O nein, so ein Vater war kein Vater!
Da wären die Kinder wirklich besser dran, wenn es den gar nicht mehr gäbe.

„Charlotte, Kind, wo bleibst du denn?“ Meine Mutter kam in die Küche. „Der Kaffee ist gleich fertig, Mama“, antwortete ich.
„Sag mal, ist bei euch wirklich alles in Ordnung?“ Sie nahm mich in den Arm. Fast hätte ich losgeheult. Schließlich traf man nicht so leichtfertig den Entschluss, seinen Gatten zu ermorden! Aber ich riss mich zusammen.
„Klar, Mama, wirklich.“ Ich lächelte sie an. „Du weißt doch, in der Vorweihnachtszeit habe ich immer meine kleine Krise. Und Claus hat sie eben auch gerade.“ Ich nahm die Kaffeekanne von der Maschine. „Es ist eben nicht immer alles eitel Sonnenschein, ab und zu kommen auch mal ein paar kleine Wölkchen auf.“ Ich war im Begriff, die Küche Richtung Wohnzimmer zu verlassen, doch meine Mutter fasste mich am Ärmel und hielt mich zurück.
„Pass nur auf, dass aus den Wölkchen kein gewitterschwarzer Himmel wird“, riet sie mir. „Versuch mit Claus zu sprechen.“
„Keine Angst, Mama, ich bieg das schon wieder hin, du kennst mich doch.“ Ich schob sie aus der Küche und gemeinsam betraten wir das Wohnzimmer.
Hier war meine Schwiegermutter, aufgetaut durch zwei Sherrys, dabei, ihre letzten Arztgeschichten zum Besten zu geben. Und in meinem Vater hatte sie einen humorigen Zuhörer. Auch meine Schwiegermutter konsultierte nicht ihren Sohn, sondern war ebenfalls bei Sebastian in Behandlung.
„… ein Langzeit-EKG, Paul, nun stell dir das mal vor!“, entrüstete sie sich gerade. „Weil mein Puls doch immer so langsam schlägt.“ Mein Vater zog an seiner Pfeife und nickte. „Dabei“, kicherte Treuhilde leise vor sich hin, „ist der Puls inzwischen wieder hochgegangen. Ich war nämlich …“, nun flüsterte sie fast, „beim … Heilpraktiker.“

„Mutter!“, kam entrüstet von Claus, der sich bis eben an seiner Zigarette und einem Whisky festgehalten hatte.
„Ach, halt den Mund, ich unterhalte mich mit Paul.“ Oh, oh, meine Schwiegermutter musste wirklich schon einen Kleinen in der Krone haben, sonst hätte sie nie in solchem Ton – vor Fremden – mit ihrem Sohn gesprochen. „Der hat mir ein pflanzliches Mittel gegeben, das den Puls wieder flott macht.“
Mein Vater nickte schweigend und klopfte seine Pfeife aus. Er griff zu seinem schwarzen Pfeifentäschchen, nahm sich eine neue Pfeife heraus und stopfte diese in aller Seelenruhe. „Und wie ist das nun mit dem Langzeit-EKG?“, fragte er.
„Ja, also, mein Arzt hat doch tatsächlich gemeint, ich solle ein solches machen, damit nicht etwa das Herz mitten in der Nacht aussetzt. Und ich einfach einschlafe.“
Aha. Wo, bitte, war doch gleich unser Gesundheitsbuch? Wo stand ein Mittelchen beschrieben, das den Puls derart verlangsamt, dass die Gefahr besteht, nächtens einen Herzstillstand zu erleiden? Das war doch genau das, was mir vorschwebte!
„Zuerst habe ich mich ja zu so einer Sache bereit erklärt“, sprach meine Schwiegermutter weiter, „aber als ich zu Hause war, das Bild meines geliebten Wilhelms betrachtete, der nun schon seit zehn Jahren nicht mehr unter uns weilt, dachte ich: genau das möchte ich ja! Abends einschlafen und morgens nicht mehr aufwachen. Und wieder mit Wilhelm vereint sein.“ Beifallheischend schaute sie in die Runde.
Pflichtgemäß antworteten wir alle: „Aber nein, dafür bist du noch viel zu jung“, schließlich war Claus’ Mutter erst siebzig.
Doch mein Unmut erhob sich von seiner gemütlichen Couch und schrie: ‚Warte, Treuhilde! Warte nur noch bis zur zweiten Januarhälfte. Dann können wir gleich ein Doppelbegräbnis veranstalten. Das kommt billiger!’

„O fein, Mama, fahren wir wieder Achterbahn?“ Pauline juchzte, als wir mit meinem Auto in die Innenstadt fuhren. Wilhelmshaven besaß nämlich ein dem Einkaufszentrum angegliedertes Parkhaus, dessen Auffahrt kreisförmig nach oben führte.
Jedes Mal, wenn wir dort parken wollten, baten mich die Kinder, bis in das oberste Stockwerk zu fahren, damit sie den „Dreheffekt“ so lange wie möglich auskosten konnten.
Ich kurbelte also, was das Zeug hielt, nachdem ich sie vorher ermahnt hatte, sich beim anschließenden Einkaufsbummel auch vorbildlich zu verhalten.

Was bei meinen Kindern hieß, ihre Quengelei auf ein Mindestmaß zu begrenzen. Schließlich hatte ich auch nur Nerven und keine Drahtseile.
„So'n Scheiß", murrte Anton, „warum schleppste mich denn immer mit? Ich wäre viel lieber zu Matthes gegangen." Das glaubte ich ihm gern, doch für heute stand Klamottenkaufen auf dem Programm. Meine Kinder waren nämlich aus der Weihnachtsbekleidung des letzten Jahres herausgewachsen und benötigten dringend neue „feine" Sachen. Da biss die Maus keinen Faden ab.
Der Wagen war geparkt – natürlich waren wieder alle Frauenparkplätze belegt, wahrscheinlich von Männern –, ich schnappte meine Brut und stieg die Treppen in Richtung Einkaufszentrum herunter.
„Mensch, können wir denn nicht mit dem Fahrstuhl fahren?" Anton hatte anscheinend keine gute Laune.
Ich jedoch war zwanghaft fröhlich. „Nein, ein bisschen Bewegung tut euch gut." Wir stiefelten ins erste Bekleidungsgeschäft.
„Wer will zuerst?", guckte ich meine Kinder an.
„Anton!"
„Pauline!"
Gut, also traf ich die Entscheidung. „Pauline, du bist dran. Anton, du kannst dich ja inzwischen schon mal umschauen." War praktischer so. Mein Großer schlenderte unlustig durch die Ständer, schmiss mit dem Ärmel seiner Jacke hier und dort – „unabsichtlich, ehrlich, Mama" – ein paar von den ausgestellten Kleidungsstücken herunter und war eindeutig richtig gut drauf.
Ich zerrte mein Töchterchen am Ärmel. „Guck mal, Pauline, ist das nicht niedlich?" Ich blieb vor einem Rundständer mit Kleidern stehen. „Pauline?" Kaum hatte ich sie auch nur für den Bruchteil einer Sekunde losgelassen, war dieses Kind schon wieder verschwunden.
„Hier bin ich, Mama", kam von irgendwo in der Mitte des Ständers. Pauline hatte sich durch die Kleider gemogelt und bis zum Mittelpunkt durchgearbeitet. Ich fing an zu schwitzen.
Warum hatte ich auch nur so eine dicke Jacke angezogen? Ein T-Shirt war für solche Einkaufsaktivitäten eigentlich viel besser geeignet. Die Jacke musste aus. Gesagt, getan. Ich drehte den Ständer.
„Aua!!!" Das war Pauline. Sie steckte noch immer mittendrin. „Du hast mir weh getan!" Es fehlte nur „du blöde Kuh", denn genauso hörte sich ihr Tonfall an.

„Was hältst du denn von einem Minirock mit Strumpfhose und Pulli oder langarmigem T-Shirt?“

„Ich will mir den Film dahinten angucken.“ Sie zeigte auf die Videoecke.

„Kommt nicht in Frage.“ Ich verlegte mich auf die psychologische Tour: „Was soll denn der Weihnachtsmann von dir denken, wenn du Heiligabend nicht fein angezogen bist?“

„Och, der kommt ja sowieso, wenn ich nicht da bin, der sieht mich ja gar nicht“, nörgelte Pauline.

„Er sieht es trotzdem. Und sonst kommt er in der Nacht und holt deine Geschenke wieder ab.“ Das zog.

„Na gut“, meine Tochter krabbelte unter dem Ständer wieder hervor. „Aber einen Rock will ich nicht. Ich mag keine Strumpfhosen darunter anziehen. Ich will ‘ne Hüfthose. Mit so ’nem Schlag.“ Ihre Hände gingen zirka einen Meter weit auseinander. Das dürfte schwierig werden. Außerdem sah ich schon das Gesicht meiner Schwiegermutter, wenn ihr kleiner Engel am Heiligen Abend in Hosen herumlief, so niedlich diese auch sein mochten. Doch meine Tochter hatte einen eisernen Willen. In diesem Moment kam eine Verkäuferin herbeigeeilt, die die Streiterei zwischen Mutter und Tochter mit angehört zu haben schien. Sie war in die firmenüblichen Farben Grau-Gün-Weiß gekleidet. Grauer Rock mit grünem Emblem, weiße Bluse mit kleinem Kragen und einem grau-grünen Halstuch mit den Firmenbuchstaben darauf. „Sie suchen etwas für die Festtage?“, fragte sie. Blöde Frage, stünde ich doch sonst in der Jeans-Abteilung.

„Ja, unsere Meinungen gehen allerdings etwas auseinander“, bemerkte ich. Die Verkäuferin blickte mich verständnisvoll an. „Ich kenn das, ich hab auch eine Tochter in dem Alter.“

Einen Blick auf Pauline werfend und gedanklich das Sortiment vor Augen, zwinkerte sie meiner Tochter zu. „Komm mal mit, ich glaube, ich habe genau das Richtige für dich.“ Pauline zockelte hinterher. Ich schloss mich an.

„Ich versteh schon, wenn du nicht so ‚feingemacht‘ herumlaufen willst“, hörte ich die Grau-grüne Pauline zuflüstern. „Meine Tochter möchte das auch nicht.“ Pauline nickte mit ihren blonden Löckchen. Endlich fühlte sie sich verstanden. Anton strunzte derweil immer noch um die Ständer herum.

„Guck mal, was ich hier habe“, die Grau-grüne hatte endlich das Gesuchte gefunden. „Das ist doch mega-cool.“ Sie holte ein Trägerröckchen aus dunkelblauem Jeansstoff hervor, das wie eine

Latzhose nur ohne Beine aussah. „Darunter zieht man dann eine gelb-orange-rot gestreifte Strumpfhose und ein gelbes, rotes, oranges oder auch gestreiftes langarmiges T-Shirt an.“
Pauline murrte: „Ich will aber keine Strumpfhose.“ Obwohl ihre Augen schon einen leichten Glanz angenommen hatten.
Auch hier wusste die Grau-grüne Rat. „Mensch, wir haben Strumpfhosen, die suuupertooll sitzen. Die kneifen nicht, da hängt der Schritt nicht in den Kniekehlen, die passen astrein. Wär doch mal ‘ne Idee, oder?“ Meine Tochter nickte.
„Aber du musst das Ganze schon mal überziehen“, warf ich ein, „oder wäre nicht doch ein feines Kleid …?“
„Nö, dazu hab ich keine Lust. Ich will jetzt fernsehen.“
„Pauline …“
„Lassen Sie Ihre Tochter ruhig“, versuchte die Grau-grüne zu vermitteln. „Sie können die Sachen ja mit nach Hause nehmen, dort in Ruhe anprobieren und falls sie nicht passen, wieder herbringen.“ Sie sah mich freudestrahlend an. „Dann sind Sie auch nicht so abgehetzt.“ Also gut. Nur leider war der Pippi-Langstrumpf-Look nicht ganz das, was ich mir und meiner Familie Weihnachten zumuten wollte. Ich zog die Verkäuferin zu dem Rundständer. „Dieses Kleid nehme ich auch mit“, ich schnappte das dunkelblaue Samtkleid mit Taftrock, das mir vorhin ins Auge gefallen war. Meine Tochter würde allerliebst darin aussehen, da war ich mir sicher.
Einschleimend flüsterte die Grau-grüne: „Ja, das ist dem Anlass sicher auch eher angemessen.“ Dumme Kuh, hätte sie Pauline doch dieses Kleidungsstück schmackhaft machen sollen. Ich schleppte das Samt-Taftkleid zur Videoecke. „Guck mal, Pauline, das hier ist doch besonders schön, darin siehst du bestimmt wie eine Prinzessin aus.“
Pauline drehte ihren Kopf nur halb in meine Richtung. „Ich will die Pippi-Langstrumpf-Sachen!“
„Aber Weihnachten ziehst du dies hier an.“ Ich wurde keines weiteren Blickes gewürdigt, einzig ein Nicken deutete an, dass meine Worte nicht ungehört verhallt waren. Da musste ich nun in den sauren Apfel beißen und beides kaufen. Schiete, das gäbe sicher Ärger mit Claus. Die Grau-grüne freute sich, hatte sie doch auf einen Schlag zwei Outfits an die Frau gebracht. Sie wollte mit dem Klamottenberg schon in Richtung Kasse abdüsen, als ich sie zurückhielt.
„Ich hab hier irgendwo noch ein Kind, das neue Sachen braucht.“ Ein breites Lächeln flog mir entgegen. Vielleicht konn-

te sie ja wieder zweimal zuschlagen – verkaufstechnisch gesehen. Doch dem würde ich Einhalt zu gebieten wissen. „Auf zum zweiten Kind“, munterte ich die Grau-grüne und mich auf.
Wir fanden meinen Sohn in der Kommunions- und Konfirmations-Abteilung.
„Was willst du hier denn?“, fragte ich entgeistert.
Anton blickte mich genervt an und zog eine Hose von dem Ständer. Schwarzes Tuch mit Bundfalte, Gürtel und Umschlag unten.
„Das ist jetzt nicht dein Ernst.“ Ich konnte es nicht fassen. Mein Sohn, der immer in Hosen rumlief, die meist zwei Nummern zu groß waren, der Sweat-Shirts mit irgendwelchen saufrechen Kids bevorzugte, die entweder die Zunge rausstreckten, einer schwergewichtigen Frau mittels Pfeil in den Hintern schossen oder einem Polizisten den Mittelfinger zeigten, stand da und hielt eine Art Anzughose in die Höhe.
„Klar, ey, das kommt voll cool.“
Ich verstand die Welt nicht mehr! Wo war mein rotzlöffliger Bengel geblieben, mit dem ich mich immer so herrlich streiten konnte? Wo der lässige Boy, der Latzhosen grundsätzlich mit dem Latz nach unten hängend trug? Das konnte doch unmöglich derselbe Junge sein, der nun vor mir stand.
„Sag mal, wie heißt du eigentlich?“, wagte ich zu fragen. Nicht dass da eine Art Zwilling von Anton stand, der zufällig die gleichen Klamotten wie mein Sohnemann trug.
„Mama“, antwortete die Stimme meines Filius im Tonfall von „wie kann man nur so blöd sein“, „ich bin immer noch der gleiche Anton, den du vor ‘ner halben Stunde hier mit reingeschleppt hast.“
Tatsächlich. Nun erkannte ich es auch.
„Also, was is’ nun“, er hielt immer noch die Tuchhose in die Höhe, „ist doch affenscharf, oder?“ Die Grau-grüne blickte mich fragend an. Wo doch gegen eine Festtagshose in ihren Augen überhaupt nichts einzuwenden war.
‚Herrlich’, jubelte mein Mutterinstinkt, der sich nach unheimlich langer Zeit mal wieder zu Wort meldete. ‚So ein Outfit gefällt Claus und seiner Mutter ganz bestimmt. Da fehlt nur noch das Oberhemd und die Krawatte.’
‚Quark’, widersprach mein Unmut. ‚So ‘n Firlefanz passt überhaupt nicht zu dem Knaben.’
Womit er in meinen Augen absolut Recht hatte. Außerdem war das Letzte, was ich wirklich wollte, Claus und seiner Mutter gefallen. Gut, dem Weihnachtsmann schon, aber meines Erach-

tens hätte es für Anton auch eine neue Worker-Jeans und ein cooles Sweat-Shirt getan. Oder ein Flanell-Karo-Hemd. Aber mein Herr Sohn ließ sich partout nicht umstimmen.
„Ich zieh das mal an", bestimmte er und verschwand auf dem Weg in die Umkleidekabinen. Zwischendurch drehte er sich kurz um. „So'n weißes Oberhemd, die schwarz-weiß gemusterte Weste und eine dazu passende Fliege können Sie mir auch noch bringen." Das ging in Richtung Verkäuferin. Ich war sprachlos.
War Anton zu häufig mit Claus losgezogen, wenn der seine Sachen kaufte? Welcher Teufel hatte mein Kind geritten? Ich schlich mich zu den Kabinen. Vorsichtig ging ich auf die Knie, um anhand der Strümpfe meinen Anton ausfindig zu machen.
„Was tun Sie denn da?" Eine andere Mutter war mit meiner Vorgehensweise absolut nicht einverstanden. Sie hielt mich wohl für 'ne Spannerin oder so.
„Ich suche nach meinem Kind", stammelte ich in die Höhe.
„Ist das noch sooo klein oder kann es nicht sprechen?", wollte die resolute Mutter wissen. „Wie heißt Ihr Kind denn?"
„Anton", flüsterte ich und kam langsam wieder hoch.
„Hallo, ist hier ein Anton, dann möge er sich bitte melden, bevor seine Mutter noch weiter den Fußboden umpflügt."
Ich war in Schweiß gebadet. Nein, wie peinlich. Warum passierte das immer nur mir? Warum war ich nicht auch so resolut wie die andere Mutter? Warum hatte ich nicht einfach den Namen meines Sohnes gebrüllt, statt auf Knien vor den Umkleidekabinen zu rutschen?
„Ich bin hier", schallte die Stimme meines Sohnes aus der Umkleidekabine mit der Nummer sechs. So weit war ich bisher nicht vorgedrungen. „O Mann, ey, Mama, ist das immer peinlich mit dir."
Ich schämte mich unsäglich.
„Und hier hätten wir ein paar Hemden zur Auswahl, junger Mann", kam die Grau-grüne angetanzt. Es waren durchweg weiße Hemden mit diversen, leicht glänzenden Mustern.
„152 müsste doch passen, nicht?" Anton war zufrieden. Gab sich aber gelangweilt distinguiert. Das musste er seinem Vater abgeguckt haben.
„Das hier gefällt mir nicht, das auch nicht, dies hier könnte hinkommen und das da kommt überhaupt nicht in Frage."
Ich war verblüfft. Hatte da soeben tatsächlich mein Sohn gesprochen? Am besten, ich hielt den Mund und ließ ihn machen. Vielleicht sollte ich mich auch vor den Video-Apparat zu Pauline set-

zen. Damit ich kein Unheil anrichten konnte. ‚Mann, ey, setz dich durch', knurrte mein Unmut, ‚du bist schließlich die Mutter.' Stimmt. Da hatte er Recht. Nun machte ich auf cool.

„Also, mein Sohn, hast du dich entschieden?"

Der Sohn hatte. Er trat aus der Kabine und mir stockte der Atem. Fast hätte ich ihn gesiezt. Wo er plötzlich so groß war. In ein weißes Oberhemd mit leicht angedeutetem Rautenmuster, schwarze Tuchhose mit Gürtel und eine schwarz-weiß gestreifte Weste gekleidet, erschien mir ein vollkommen anderes Kind. Nein, nicht mehr Kind, sondern fast ein junger Mann. Wo er doch noch nicht ganz elf Jahre alt war! Heul, schluchz!

„Eine Fliege oder Krawatte passt nicht dazu", flüsterte die Graugrüne. War mir auch echt egal. Meine Stimme war wie weggeblasen. ‚Ich will mein Kind wieder', maulte mein Unmut.

‚Oh, wie wunderbaaaar', seufzte mein Mutterinstinkt. Mir war weder nach Seufzen noch nach Maulen. Ich war platt.

„Nun müssen wir gleich nur noch vernünftige Schuhe dazu kaufen, Mama", erklärte Anton, wandte sich an die Verkäuferin und sagte: „Wir nehmen die Sachen." Woraufhin die sich natürlich freute. Kurze Zeit später erschien Anton wieder als der Junge, den ich kannte und ich zerrte Pauline von dem Benjamin-Blümchen-Film weg, um zur Kasse zu schreiten. Meine Hand konnte die Kontrollbelege, mit denen ich zahlen sollte, kaum fassen. Endlich hatten wir die große Tüte mit sämtlichen Kindersachen in der Hand und wandten uns in Richtung Schuhgeschäft.

„Mama, hattest du nicht auch 'ne Jacke an?" Oh, Schiete. Meine Jacke hing noch in der Kinderabteilung. Hoffentlich hatte die keiner geklaut! Also, zurück das Ganze, mit Kindern und Tasche die Rolltreppe wieder hoch, in die entsprechende Abteilung gerannt, und … keine Jacke hing mehr am Rundständer mit den Mädchenkleidern. Von der netten Grau-grünen war auch weit und breit nichts zu sehen.

„Ihr setzt euch jetzt mit der Tüte vor den Video-Apparat, ich guck nach meiner Jacke", wies ich meine beiden an und eilte von dannen. Die Verkäuferin der Nachbarabteilung hatte ein offenes Ohr für meine Nöte und schlug vor, mich nach unten an die Kasse zu begeben, um mich dort nach dem Verbleib meiner Jacke zu erkundigen. Ich hetzte nach unten. Und tatsächlich. Einsam und verlassen hing dort meine Jacke und wartete auf ihre Besitzerin.

Zu Hause probierten beide Kinder ihre neuen Kleidungsstücke an. Die Suche nach neuen Sachen für mich hatte ich auf den

nächsten kinderfreien Vormittag verschoben. Anton stolzierte wie ein Pfau durch den Flur, fuhr sich ständig, völlig cool, mit den Händen durch sein kurz geschorenes Haar und wiederholte in einer Tour: „Ich seh doch wirklich stark aus, affenstark."
Pauline hüpfte mit ihrem neuen Trägerrock, den geringelten Strumpfhosen und dem orange-roten T-Shirt vor dem Garderobenspiegel auf und ab und kam sich vor wie Pippi Langstrumpf. Das blaue Samtkleid hing unbeachtet an ihrem Kleiderschrank.
Ich hockte vollkommen fertig am Küchentisch, hatte einen Cappuccino vor mir stehen und freute mich auf die Zeit, da die Kinder im Bett waren.
Nachdem ich nämlich wieder im Besitz meiner Jacke war, hatten wir sämtliche Geschäfte der Passage und der Innenstadt abgeklappert, um die geeigneten Schuhe für Anton zu finden.
Was letztlich auch von Erfolg gekrönt war. Schwarze Igitt-Herren-Lackschuhe mit silberner Schnalle in Größe vierzig. Doch Anton war glücklich. Und ich beruhigt, dass er nicht auch noch auf einem schwarzen Herrenmantel bestanden hatte.
Pauline hatte eine Tüte Pommes bekommen, der ein kleines Kinderpräsent beigefügt war. Der Nachmittag schien durchaus gelungen, beide Kinder waren zufrieden.

Claus kam an diesem Abend etwas eher nach Hause. Es war schließlich vier Tage vor Weihnachten, und da wollte er nicht unbedingt den ultimativen Familienzoff provozieren.
Die Kinder waren noch wach, der Abendbrottisch gedeckt, einem normalen Abendessen stand eigentlich nichts im Wege.
Alle saßen auf ihren Plätzen. Vor jedem stand ein dampfender Becher Tee, Wurst- und Käseplatte ließen kaum einen Wunsch offen, auch Tomaten, Gurke, Möhren und Radieschen boten sich feil wie Sauerbier.
„Wir haben heute neue Klamotten gekriegt, Papa", Anton hatte den Versuch, mit seinem Erzeuger einen Dialog zu führen, noch nicht aufgegeben. „Über drei Stunden waren wir in der Stadt." Er schmierte sich beherzt Butter auf sein Abendbrötchen, langte zur Käseecke und schnitt sich ein großes Stück ab.
„Kannst wohl nicht fett genug werden", motzte sein Vater ihn an, „richtig so, nur zu, greif ordentlich in die fetten Dinge." Musste der gerade sagen. Bei seiner Plauze. Die Mundwinkel hingen meinem Mann fast bis auf den Fußboden. Die Missstimmung schien aus allen Poren zu kommen. Ich hatte schon wieder die Nase voll.

„Nun lass ihn doch. Er verstreicht den Käse schließlich auf die ganze Hälfte." Anton guckte mich verdutzt an. Das hatte er eigentlich nicht vorgehabt. Doch in weiser Erkenntnis der Situation tat er, wie ich gesagt hatte. Und hielt den Mund.
Pauline mümmelte fröhlich ihr Mortadella-Brötchen. „Ich seh in den neuen Sachen aus wie Pippi Langstrumpf."
Das war nun eindeutig die falsche Aussage. Die wollte oder konnte Claus heute nicht hören. Das blaue Prinzessinnenkleid hatte meine Tochter leider nicht erwähnt. Ein väterlicher Ausraster folgte auf dem Fuße. Die Kinder zogen vorsichtshalber ihre Köpfe ein. Wer wusste schon, mit was ihr Vater heute um sich schmiss.
„Das kann ja wohl nicht wahr sein", ranzte mein Mann mich an. „Da schickt man dich einmal alleine los, um den Kindern etwas Vernünftiges zu Weihnachten zu kaufen, und du kommst mit Pippi-Langstrumpf-Sachen wieder?" Die obligatorische Spucke flog, das Messer und das Brötchen hingegen blieben an ihrem Platz. „Und was hast du für Anton gekauft? Hä? Wieder so'n Kram, bei dem meiner Mutter vor Schreck der Atem stockt?" Er knallte sich zwei Scheiben Schinken auf seine Brötchenhälfte. Ich zählte innerlich gaaaanz ruhig bis zwanzig, trank einen Schluck Tee und war versucht, den Mann, der mir gegenüber saß, einfach zu ignorieren. Doch da unser beider Kinder anwesend waren, konnte ich das nicht.
„Du wirst staunen, wenn du Anton in seinen neuen Sachen siehst", sagte ich schlicht, fühlte mich jedoch hundeelend. Ausgepowert, resigniert und fast bereit, aufzugeben.
Anton sprang auf. „Soll ich, Mama?"
„Setz dich gefälligst hin, und iss dein Brötchen auf", befahl Claus. Anton fiel zurück auf seinen Stuhl. Seine Miene ließ deutlich erkennen, dass er absolut keine Lust mehr verspürte, nach einem solchen Auftreten seines Vaters das neue Outfit zu präsentieren. Ordentlich aß er sein Brötchen auf.
„Kann ich jetzt nach oben gehen?", fragte er, froh dem erzürnten Vater entkommen zu können.
„Verpiss dich", war dessen einzige Antwort.
Ich hätte heulen können.
‚Mensch, Charlotte, bald hast du es geschafft', versuchte mir mein Unmut gut zuzureden. Mein Mutterinstinkt schwieg. Da konnte er aber auch wirklich am besten die Schnute halten.
‚Nach Weihnachten setzt du dich hin und überlegst dir genau, wann und wie du dieses Arschloch von der diesseitigen in die

jenseitige Welt beförderst.' Das war mein Unmut. ‚Halte durch! Ich weiß, du schaffst es!' Das mit dem Durchhalten war aber eher schwierig. Von Tag zu Tag wuchs meine Mordlust. Wenn ich nicht mit dem Knast hätte rechnen müssen, wäre Claus dieser Lust schon längst zum Opfer gefallen. Ich musste unbedingt eine geeignete Lösung finden.

„Stihille Nacht, heilige Nacht", besinnlich erklang die Melodie des allseits beliebten Weihnachtsliedes. Anton spielte auf der Block- und ich auf der Altflöte.
Meine Eltern, meine Schwiegermutter und Pauline sangen dazu. Der zu meuchelnde Gatte schwieg. War doch Singen noch nie sein Ding gewesen. Außerdem hatte er eine hundsmiserable Stimme. „Aaalles schläääft, eiiinsaaahm waaaacht", intonierten Eltern und Schwiegermutter und versuchten mit Pauline Schritt zu halten, die in Erwartung der Weihnachtsgeschenke eher im Stil von „allesschläfteinsamwacht" sang. Anton und ich hatten Mühe, dem Tempo zu folgen.
Mein Tannenbaum leuchtete festlich. Mit echten roten Kerzen, roten Schleifen, rot-braun-grünen Teddys, roten Äpfeln und roten Kugeln dran. Er sah wirklich sehr weihnachtlich aus. Der Baum.
Meine Kinder auch. Die Omas und selbst mein Vater waren von beiden Enkelkindern überaus angetan. Claus hatte sich zurückzuhalten gewusst, denn Rumgemotze kam am Heiligen Abend irgendwie nicht so gut. Die Weihnachtsgeschenke lagen hübsch verpackt unter dem gut zwei Meter hohen Baum und ich konnte an den Mienen meiner Kinder ablesen, dass sie schon überlegten, welche der Pakete denn wohl für sie bestimmt waren.
„Sind wir mit dem Singen jetzt fertig, Mama?", fragte Pauline, als das Lied beendet war.
„Nein, mein Kind, nun kommt erst noch ‚Am Weihnachtsbaume' und dann folgt ‚O du fröhliche'", antwortete meine Schwiegermutter für mich. „Der Opa im Himmel hätte es sich so gewünscht."
„Aber der ist doch gar nicht da", beschwerte sich meine Tochter. „Oder, Opa", sprach sie meinen Vater an, „was meinst du?"
Mein Vater zog seine Pfeife aus dem Mundwinkel und blickte Pauline an. „Deern", antwortete er, „du musst schon ein wenig Geduld haben. Jetzt wird erst gesungen. Nachher gibt's die Geschenke." Die Pfeife wanderte wieder in seinen Mundwinkel und mein Vater lehnte sich auf der Couch zurück.

Die Deern beruhigte sich, es konnte in die zweite Sangesrunde gehen. „Kommet, ihr Hirten“ wurde nun gesungen. Bis endlich alle die Nase voll hatten.
Mein Unmut quälte sich sichtlich auf seiner Couch. ‚Was für ‘ne Schau ihr da abzieht’, beschwerte er sich. ‚Das glaubt euch doch kein Mensch.’
‚Wunderschööön’, kam von meinem Mutterinstinkt. ‚Wirst schon sehen, Charlotte, du wirst staunen, mit welchem Präsent dich Claus dieses Jahr überrascht.’ Er klang ziemlich zuversichtlich. Hatte er sich vielleicht heimlich davongestohlen, um meinem Mann bei der Auswahl der Geschenke zu helfen?
Die Flöten waren beiseite gepackt. Alle erhoben sich. „Fröhliche Weihnachten“, erscholl es hier und dort. Jeder nahm jeden in den Arm, küsste und herzte den anderen, kurz, wir waren das Inbild der glücklichen Familie. Zumindest nach außen.
Zuerst wurden die Kinder beschenkt.
Die rissen das Papier von ihren Paketen und staunten.
„Oh, toll, eine neue Barbie!“
„Boh, ey, cool, ein neues Computerspiel.“
„Polly-Pocket, wie hab ich mir das gewünscht!“
„Stark, ein Punchingball.“
So ging es in einer Tour weiter. Endlich, endlich war die Bescherung der Kinder beendet und sie freudestrahlend in ihre Zimmer abgedampft, um mit den neuen Geschenken zu spielen, damit der Weihnachtsmann überhaupt nicht auf den Gedanken kommen konnte, die Dinge wieder abzuholen.

Bescherung zweiter Teil, die Erwachsenen waren dran.
Da die ganze Chose in meinem Haus ablief, verteilte ich auch zuerst die Geschenke. An jedem Paket hatte ich einen selbst gebastelten Sternenanhänger befestigt, auf dem der Name des zu Beschenkenden stand. Meine Mutter und Treuhilde waren ziemlich gespannt, was ich mir wohl dieses Jahr für sie hatte einfallen lassen. Sie verhielten sich jedoch wesentlich gesitteter als die Kinder und friemelten mit wahrer Engelsgeduld die Schleifen ihrer Pakete ab. Meine Schwiegermutter nahm die immer mit nach Hause, damit sie sie anderweitig noch einmal verwenden konnte. Gerührt betrachtete ich die beiden reiferen Damen. Für sie hatte das Weihnachtsfest tatsächlich einen hohen Stellenwert. Beide trugen schicke Kostüme, meine Schwiegermutter ein in dezenten Grüntönen kariertes, meine Mutter ein hellgraues. Auch der Schmuck, den sie heute angelegt hatten, war nur ganz

besonderen Gelegenheiten vorbehalten. Meinen Vater hatte meine Mutter allerdings nicht zu einem Anzug oder einer Kombination überreden können, er wolle sich nicht verkleiden, erklärte er immer, weshalb er zu seiner dunkelblauen Stoffhose eine ebensolche Strickjacke trug. Allerdings hatte er ein weißes Oberhemd mit Krawatte an.
„Oh, wie wunderschön“, meine Mutter hatte ihr Geschenk als Erste ausgepackt. Einen Seiden-Ausbrenner-Schal in Dunkelgrau. Sie band ihn sich gleich um. „Als ob ich es gewusst hätte“, staunte sie, da er farblich gut zu ihrem Kostüm passte. Sie stand auf, gab mir einen Kuss und ging zum Garderobenspiegel.
„Wunderbaaar“, strahlte auch Treuhilde, als sie ihr Plaid ausgepackt hatte, „da muss ich mir abends nicht immer die alte Strickjacke von Wilhelm anziehen, wenn ich gemütlich auf der Couch sitze.“ Sie erhob sich ebenfalls und gab zuerst mir, dann ihrem Sohn einen dezenten Kuss.
Beide Omas packten nun noch ein von den Kindern selbst gebasteltes Windlicht aus, dessen Herstellung meine Küche fast die Existenz gekostet hätte. Die Kinder wollten nämlich den Kleister, mit dem sie kleine und klitzekleine Transparentpapierfitzelchen auf das Glas klebten, partout selbst anrühren. Die ganze Küche hatte daraufhin geklebt, nicht nur der Fußboden, nein, auch die Arbeitsfläche und die Schränke. Ich hatte schon überlegt, ob sie in den zwei Minuten meiner Abwesenheit eine Kleisterschlacht veranstaltet hatten. Sogar heute Morgen war mir noch ein kleines grünes Fetzchen Papier aufgefallen, das sich absolut nicht vom PVC lösen lassen wollte. Aber die Mühe war nicht umsonst gewesen, die beiden Omas waren begeistert und riefen nach ihren Enkeln, um sich zu bedanken. Die jedoch hatten grad keine Zeit und verkündeten, sie würden erst zum Essen runterkommen. War ja auch egal.
„Papa, möchtest du denn dein Paket nicht auspacken?“ Mein Vater saß immer noch zufrieden auf der Couch, schmauchte sein Pfeifchen und ließ sein Geschenk unberührt auf seinem Schoß liegen.
„Nun mach doch, Paul“, bat ihn meine Mutter, „wo sich Charlotte doch immer so viel Mühe gibt.“
„Bitte, Paul“, stimmte auch Treuhilde mit ein.
Überredet von diesen zarten Bitten, entfernte mein alter Herr das Geschenkpapier. „Oh, ein Schachcomputer“, er staunte, „das ist aber was Feines. Da kann ich meine grauen Zellen ja richtig in Schwung halten.“ Er warf mir einen Handkuss zu. „Danke, mien

Deern.“ Und an seinen Schwiegersohn gewandt: „Danke, Claus. Vielleicht kann ich dich ja demnächst mal bei einer Partie schlagen, wenn ich so feste in Übung bin.“ Mein Mann nickte bloß zustimmend.
Nun war er an der Reihe.
Dieses Jahr war die Auswahl der Geschenke für ihn noch schwerer gewesen als sonst. Was schenkte Frau einem notorischen Lügner und Fremdgeher? Einem Brötchen-durch-die-Gegend-Schmeißer? Einem ewigen Nörgler? Einem absoluten Arschloch? Klopapier, war mir in den Sinn gekommen. Oder ein Duftwässerchen, das nach Misthaufen stank. Ich war auch schon versucht gewesen, in einen Erotik-Shop zu gehen und eine aufblasbare Puppe zu besorgen. Aber das Auspacken eines solchen Präsentes hätte sich in Gegenwart unserer Familie nicht so gut gemacht. Mit einem Keuschheitsgürtel konnte ich ihm ja schlecht kommen. Schließlich wusste ich offiziell nichts von der ganzen Sache. Gab es überhaupt Keuschheitsgürtel für Männer?
Ich hatte zu harmloseren Dingen greifen müssen. Einen kleinen Seitenhieb hatte ich mir jedoch nicht verkneifen können. Als erstes öffnete Claus also ein Päckchen aus einer Buchhandlung. Zwei Taschenbücher fielen ihm auf den Schoß. „Anleitung zum Unglücklichsein“ und „Ich pfeif auf schöne Männer“. Dabei war er gar nicht schön und eigentlich war es auch mehr ein Frauenbuch, aber es ging mir eher um die Botschaft des Titels.
Die anderen Geschenke waren ziemlich unverfänglich. Es folgte ein silbernes Füller-Kugelschreiber-Set mit eingravierten Initialen. Das Set konnte ich nach seinem Dahinscheiden unbekümmert weiterverwenden und hatte das Geld nicht umsonst investiert. Ein Oberhemd mit passender Krawatte und einen Gutschein für ein romantisches Essen zu zweit durfte Claus auch auspacken. Schließlich sollte alles den Eindruck machen, von einer liebenden Ehefrau zu kommen. Besonders für die Eltern.
„Danke, Charlotte.“
„Aber Claus-Wilhelm“, entrüstete sich dessen Mutter, „etwas mehr Freude und Dankbarkeit ist doch wohl angebracht! Schließlich hat sich deine Frau solche Mühe gegeben.“
Während Claus-Wilhelm mir pflichtschuldigst einen Kuss auf die Wange hauchte, dachte ich, tja, Mutter, Mühe allein genügt anscheinend oft nicht.
Ich setzte mich neben meinen Vater, goss uns allen ein Glas Sekt ein und stieß mit meiner Familie auf ein frohes Fest an.
„Nun bist du dran, Claus.“

Beide Mütter rutschten mit dem Po bis an den Rand des Sofas.
„Wie?“, mein Mann schien mit seinen Gedanken sonst wo zu sein.
„Na, jetzt musst du Charlotte deine Geschenke geben.“
Die beiden sahen ihn erwartungsvoll an. Was er sich wohl hatte einfallen lassen, um seine Ehefrau und die Mutter seiner Kinder zu verwöhnen?
„Ach ja.“ Mein Gatte erhob sich schwerfällig. Da würden die Sargträger bei seinem Gewicht ganz schön zu schleppen haben, fiel mir unwillkürlich ein. Heute Morgen hatte seine Waage einhundertzehn Kilo angezeigt.
Claus ging zum Weihnachtsbaum, holte einen rechteckigen, ziemlich großen Karton, der unfachmännisch und nicht besonders liebevoll in Packpapier gewickelt war, drückte ihn mir in die Hand und setzte sich wieder.
„Frohe Weihnachten, Charlotte.“
Ich starrte ihn an.
Wie, so'n Kasten? Was sollte ich denn damit? Ich hatte eigentlich mehr an die geschenkmäßige Verkörperung seines schlechten Gewissens gedacht. In Form eines hübsch verpackten, ziemlich kleinen, aber überaus wertvollen Schächtelchens eines ansässigen Juweliers. So ‘nen Einkaräter oder dementsprechende Ohrringe, ein brillantbesetztes Geschmeide für den Hals und dergleichen.
Na, mal sehen, vielleicht erwies sich mein Mann ja wider Erwarten als Scherzkeks und hatte ein solches Kästchen in dem großen Karton verpackt.
Vorsichtig nahm ich das Verpackungsmaterial ab.
Wären unsere Mütter auch nur noch ein klitzekleines Stückchen weiter nach vorn gerutscht, hätten sie mit dem Hintern auf der Erde gesessen, so neugierig waren sie. Mein Vater betrachtete Claus und mich aus zurückgelehnter Position, aber ziemlich aufmerksam.
Das Papier war ab. Zum Vorschein kam der Karton einer Brot- und Allesschneidemaschine. Das konnte nur ein schlechter Witz sein! Da musste ein kleines Juwelierkästchen verborgen sein. So was machte selbst Claus nicht! Wo er doch wusste, dass Mutter und Schwiegereltern anwesend sein würden. Ich klappte den Deckel hoch. Freundlich und anscheinend nigelnagelneu leuchtete mir eine Allesschneidemaschine entgegen. Das ist jetzt ein Trick, dachte ich, wenn ich mich nun bedanke, fordert Claus mich auf, weiter nachzuschauen. Ich zögerte. Aber was, wenn

das tatsächlich alles war? Ich würde mich nur blamieren, wenn ich weitersuchte. Und bei meinem Gatten den Eindruck verstärken, ich wäre wirklich ein Luxusweib. Verstohlen schaute ich zu den beiden Müttern. Auch sie waren unsicher. Hatte Claus mir doch sonst stets ein apartes Schmuckstück geschenkt. Selbst, wenn es aus Silber war, was ich im Sommer überaus gern trug. Ich entschloss mich, nicht in Richtung Luxusweib zu gehen, stellte die Maschine nebst Karton zurück unter den Baum und bedankte mich bei meinem Mann. Der zuckte nur mit den Schultern.

Die beiden Mütter sagten kein Wort, und mein Vater, das sah ich ihm an, machte sich so seine Gedanken.

„Ich kümmer mich dann mal um das Abendessen", machte ich mich auf den Weg in die Küche. So ein Sausack! So ein Arschloch! So ein Schwein!! Ich kochte vor Wut. Was bildete der sich eigentlich ein? Ich holte den Topf mit der Krabbensuppe und stellte ihn auf den Herd. Wahrscheinlich hatte er die Stunde, die ich heute Nachmittag mit den Kindern in der Kirche verbrachte, genutzt, um sich irgendwo klammheimlich mit seiner Geliebten zu treffen. Und ihr ein Präsent zu überreichen, das eigentlich mir zustand!

Hätte er wenigstens noch ein Parfüm oder Eau de Toilette für mich gehabt, irgendetwas, das persönlichen Charakter hatte! So jedoch kam ich mir vor wie eine seiner Sprechstundenhilfen. Abgespeist, jawoll, das war genau das richtige Wort. Oh, wie es in mir brodelte!!!

Mein Unmut stampfte auch wie wild. ‚Bring ihn gleich heute um. Auf der Stelle', forderte er. ‚Er hat es nicht anders verdient!' Ich stampfte mit. Heulen konnte ich nicht mehr, zu viele Tränen waren in letzter Zeit geflossen. Außerdem war endlich der Punkt erreicht, an dem ich mir sagte, so ein Schwein wie Claus ist es nicht wert, dass man auch nur eine einzige Träne vergießt. Weder seinetwegen noch wegen irgendwelcher Dinge, die er tat, sprach oder eben nicht tat und sprach. Hoffte ich.

„Kind, ist alles in Ordnung?", meine Mutter hatte sich angeschlichen. Natürlich war auch ihr der Unterschied zwischen meinem diesjährigen und den letzten Geschenken aufgefallen.

„Klar, Mama", versuchte ich, ihre Welt in Ordnung zu bringen. „So eine Maschine habe ich mir schon lange gewünscht."

„Na, wenn es so ist", doch ich wusste, dass sie mir kein einziges Wort glaubte. Wie sollte sie auch, sie kannte mich schließlich seit sechsunddreißig Jahren. Ich füllte die Krabben in die Suppen-

tassen, goss die inzwischen heiße Suppe darüber und garnierte alles mit einem Sahnehäubchen und Kresse.
„Hilfst du mir, die Suppe ins Wohnzimmer zu tragen, Mama?"
Meine Mutter griff zu dem Tablett und trottete von dannen.

Die Kinder waren völlig übermüdet in ihre Betten gesunken, wir Erwachsenen saßen gemütlich beisammen. Plötzlich kapitulierte ein Teil von mir und ich brach in Tränen aus. Mein Unmut versuchte zwar, mich zur Räson zu bringen, doch ich saß da und heulte wie ein Schlosshund.
Meine Eltern kamen sich ziemlich hilflos vor, nur Treuhilde fauchte ihren Sohn an: „Nun kümmer dich doch mal um deine Frau!" Mein Noch-Gatte zuckte die Achseln und stand auf, um sich ein Bier zu holen.
„Die hat wahrscheinlich wieder ihren Weihnachtskoller", tat er mein Flennen ab.
Ich konnte mich gar nicht wieder einkriegen. ‚So ein Mist, verdammter', schimpfte ich mit mir. ‚Nun hör endlich auf'. Das bellte auch mein Unmut. ‚Zeig dem Saukerl doch keine Schwäche, Charlotte!' Aber es nützte rein gar nichts. Der vermeintlich gemütliche Heiligabend endete abrupt, meine Eltern und Treuhilde bliesen zum Aufbruch, und beide Mütter nahmen mich noch einmal in den Arm.
„Ach Kind", versuchte meine Mutter mich zu beruhigen, „soll ich dir noch 'nen schönen Tee kochen?"
„Lass mal, Mama", schluchzte ich, „ich geh sowieso gleich ins Bett."
„Du musst Claus-Wilhelm mal so richtig den Marsch blasen", riet meine Schwiegermutter. „Glaub mir, das brauchen die Männer ab und zu. Brauchte Wilhelm, Gott hab ihn selig, auch."
In diesem Moment liebte ich Treuhilde. Doch helfen konnte sie mir leider nicht.

„Was ist dir eigentlich eingefallen, so loszuheulen?", schrie mich zehn Minuten später mein Mann an. „Uns so vor den Eltern zu blamieren!" Er spielte den zu Unrecht Angeklagten. Schlagartig hörte mein Geheule auf.
„Wem hab ich das alles denn zu verdanken?", schrie ich zurück, „du hättest dir doch wenigstens ein ganz kleines bisschen Mühe geben können." Ich versuchte meine Stimme zu mäßigen. Schließlich schliefen die Kinder, und ich wollte nicht, dass sie durch das Geschrei ihrer Eltern erwachten. „Hast du die Scheiß-

Maschine von einem deiner Patienten geschenkt bekommen, oder was?“ Zuzutrauen wär’s meinem Mann gewesen. „Wegen so ’nem Gerät bist du doch nicht selbst losgelaufen! Hast bestimmt eine deiner Sprechstundenhilfen losgeschickt.“ Ich drehte mich auf dem Absatz um. „Das Teil kannste übrigens wieder umtauschen. Für so was habe ich keine Verwendung.“ Ich stapfte die Treppen nach oben, sparte mir Abschminken und Zähneputzen, schmiss mein neues schwarzes Kleid in die Ecke und legte mich ins Bett. In den letzten Sekunden vor dem Einschlafen schwor ich, dass mir in der kurzen Zeit, die Claus noch zu leben hatte, ein solches Missgeschick wie heute Abend auf gar keinen Fall wieder passieren würde.

Die weihnachtlichen Tage lagen nun hinter uns. Claus hatte sich sonst wohin verzogen, er hatte die Praxis genannt, doch ich glaubte ihm kein Wort, Pauline und Anton waren bei Gudrun, um sich die Geschenke von Svenja und Matthes anzuschauen, und ich saß in der Küche vor einem Cappuccino.
Und stellte eine Übersicht auf.
Allgemeinmediziner: alles okay.
Zahnarzt: ein kleines Löchlein, doch nichts Gravierendes.
Die Darmspiegelung war zwar unangenehm gewesen, hatte jedoch keine böswillige Erkrankung erkennen lassen.
Auch der Frauenarzt war mit mir zufrieden, schwanger sei ich nicht, stellte er fest. Wovon auch?
Der Hautarzt hatte mich fragend angeblickt, als ich ihn bat, die winzigen Muttermale meines Körpers auf Hautkrebs hin zu untersuchen, und auch er hatte nichts Schlimmes zu vermelden gehabt.
Wie es schien, war ich kerngesund.
Nun konnte ich mich auf die große Tat vorbereiten.
Ich hatte zunächst vorgehabt, in der Bücherei Fachliteratur über Gifte auszuleihen. Doch da ich dort schon seit Jahren Kundin war, konnte ich nicht plötzlich mit einem fremden Namen auftauchen, um an derartige Bücher zu gelangen. Blieb mir also noch ein Internet-Café. Dort konnte ich anonym im Internet surfen, sämtliche für mich relevanten Daten rausfinden und mich anschließend wieder verpieseln. Es war nämlich gar nicht so leicht, den perfekten Mord zu begehen.
Ich hatte in der letzten Zeit schon sämtliche Agatha-Christie-Romane gewälzt, aber kein dort beschriebener Mord kam für mich in Frage. Außerdem hatten entweder Miss Marple oder

Hercule Poirot den Täter letztlich doch überführt. Auch bei Elizabeth George war ich nicht weitergekommen. Ihr Inspector Lynley verhalf mit seiner Assistentin Barbara Havers jedem auch noch so raffiniert vorgehenden Mörder zu seiner gerechten Strafe.

Einzig Minette Walters und Ingrid Noll hatten es geschafft, in einem ihrer Romane einen Mörder davonkommen zu lassen. Doch besaß ich leider kein Eishaus, in dem ich Claus zehn Jahre hätte vergraben können. Außerdem musste ich damit rechnen, dass auch die hiesige Polizei Romanvorlagen als Studien zur Aufklärung mysteriöser Fälle zu Rate zog.

Die Sache mit dem Fön in der Badewanne wäre ebenso erklärungsbedürftig. Ich war schon fast versucht, mit Claus ein Spiel zu spielen: wir würden beide – rein hypothetisch natürlich – Pseudo-Abschiedsbriefe schreiben, die wir im Falle eines von uns herbeigeführten Freitodes zu hinterlassen gedächten. Doch Claus war nicht blöd und würde so etwas sicher nicht mitgemacht haben.

Damit schied auch die Möglichkeit aus, ihn sturzbesoffen zu machen, in die Badewanne zu verfrachten, mir Einmalhandschuhe anzuziehen, seine Hand um ein scharfes Fleischermesser zu legen und ihm dieserart die Pulsadern aufzuschneiden. Kein Mensch hätte Claus ohne Abschiedsbrief einen solchen Freitod abgenommen. Da wir leider nicht in einem Hochhaus wohnten, konnte ich ihn auch nicht vom Balkon stürzen und den „Sprung" hinterher, zutiefst trauernd, als Kurzschlusshandlung verkaufen. Da Wilhelmshaven Endstation für alle Züge war, lohnte sich auch ein nächtlicher Spaziergang zum Bahnhof nicht. Ja, hätten wir in einem Ort gewohnt, durch den die ICEs ständig durchbrausten, hätte ein solcher „Unfall" vielleicht noch Chancen gehabt. Zumal die Zugführer sowieso nicht rechtzeitig bremsen konnten. Jemand, der sich vor einen IC oder gar ICE schmiss, hatte die besten Aussichten, seinen Plan, die Radieschen zukünftig von unten zu betrachten, auch umsetzen zu können.

Was also blieb mir?

Ich schüttelte ratlos mit dem Kopf.

Irgendetwas musste es doch geben!!!

Ich nahm mir vor, gleich nach Neujahr ein Internet-Café aufzusuchen und mir dort Rat zu holen.

Doch zunächst stand Silvester an.

Claus' letztes Silvester.

Das wir mit seinem Ärztestammtisch und diversen anderen Leuten in einem Hotel Wilhelmshavens feiern wollten.
Richtig edel sollte das ablaufen.
Für die Erwachsenen war ein Saal mit einer Drei-Mann-Kapelle ebenso wie ein Sieben-Gänge-Menü vorgesehen. Auch an die Kinder hatte man gedacht. Speziell für deren Belustigung war eine Kindergärtnerin engagiert worden, diverse Computer sollten den älteren unserer Sprösslinge die Langeweile vertreiben und falls das eine oder andere der Kinder müde wurde, war das auch kein Problem. Der Ärztestammtisch hatte nämlich das ganze Hotel gemietet und uns alle für die Silvesternacht dort einquartiert. Jeder Familie standen ein oder zwei Hotelzimmer zur Verfügung. Einmalig bequem, das Ganze. Kein Gewarte auf vorbestellte und nicht erscheinende Taxen, kein Generve der übermüdeten Kinder stand uns bevor. Wer ins Bett wollte, ging einfach.
Ich hoffte nur, dass ich diese besondere Feier auch einigermaßen überstand.
Ich nahm mir fest vor, mich Silvester von Claus in keiner Weise provozieren zu lassen. Am besten, ich täte so, als hätte ich den Mann noch nie gesehen. Oder sollte ich mich besonders intensiv um ihn kümmern, um erstens allen anderen Leuten zu verdeutlichen, wie glücklich unsere Ehe war, und zweitens, weil es sein letztes Silvester sein würde? Ich war mir darüber noch nicht so ganz im Klaren.
Andererseits, vielleicht wusste schon die ganze Meute, dass Claus ein Verhältnis hatte. Und belächelte mich im Stillen. Spielten die Frauen etwa ganz scheinheilig die netten Bekannten und tuschelten hinter meinem Rücken? „Hast du schon gehört, der Claus hat seit einiger Zeit ‘ne blutjunge Freundin!“ Sie würden sicher entrüstet tun und innerlich feixen.
Und hoffen, dass ihnen nicht das gleiche Schicksal blühte. Hatte ich ja auch getan. Vor gar nicht mal so langer Zeit. Und bedauernd käme dann: „Die Arme, und sie weiß von überhaupt nichts.“ Kicher, kicher. Und sie würden sich aufopfernd um mich kümmern, nicht wissend, welche Pläne in meinem Kopfe kreisten.
Na, mal abwarten.

„Was ziehst du denn Silvester an?“, fragte Gudrun, als ich meine Kinder abholen wollte.
Ich hatte wieder meinen Stammplatz auf ihrer Couch bezogen, ein dampfendes Tässchen Tee vor mir stehen, einige Dominostei-

ne versuchten mich zu locken, ein Adventskranz erstrahlte im Lichte seiner vier roten Kerzen, und der große, bunt geschmückte Tannenbaum steuerte durch dezente künstliche Beleuchtung seinen Teil zur Gemütlichkeit bei.
Alle vier Kinder spielten erstaunlich friedlich in den Kinderzimmern und es schien uns tatsächlich eine halbe Stunde ungestörten Gesprächs vergönnt zu sein.
Peter und Gudrun kamen nämlich auch mit zur Hotel-Mega-Party.
„Ich hab noch keine Ahnung“, gab ich zu. Mit solch profanen Dingen hatte ich schlicht vergessen, mich zu beschäftigen. Was der Rest meiner Familie anziehen würde, hatte er mir schon mitgeteilt. Anton bevorzugte das Outfit, mit dem er Weihnachten solchen Staat gemacht hatte.
„Das Hemd habe ich in die Waschmaschine getan, Mama, du musst es nur noch waschen und bügeln.“ Er hatte sich eindeutig einige negative Seiten bei seinem Vater abgeguckt. Das würde ich demnächst ändern. Pauline bestand auf ihren neuen Pippi-Langstrumpf-Sachen. „Nö, das blöde blaue Kleid ziehe ich auf keinen Fall an“, hatte sie meinem Vorschlag, sich doch richtig fein zu machen, widersprochen. Und Claus hatte schon seinen Smoking, Größe 58 anprobiert und vor sich hin gemurmelt: „Wenn ich den Bauch einziehe und nicht so viel esse, wird der Knopf schon nicht abplatzen.“ Kurzum, alle waren zufrieden.
Gudrun lachte schallend, als sie von meines Gatten Anprobe hörte.
„Stell dir mal vor, Charlotte“, kicherte sie, „mitten beim festlichen Sieben-Gänge-Menü macht es plötzlich ‚pling' und Claus' Hosenknopf springt ab.“
„Und da er gerade mit dem Oberkörper zurückgelehnt sitzt, hat der Knopf die optimale Flugbahn und landet mitten in Hildegards Suppe“, lachte ich mit. „Und Claus läuft vor Verlegenheit puterrot an.“ Und kriegt 'nen Herzinfarkt, dachte ich, oder verschluckt sich derbe an einer Fischgräte. Röchelt, doch leider ist der ganze Saal voller Ärzte, die könnten ihm zur Not auch helfen, wenn seine Hämorrhoiden platzten. Schade.
„Und Hildegard würde pikiert nach dem Ober rufen und den Knopf samt Suppe entfernen lassen.“ Wir bogen uns vor Lachen, denn Hildegard war ziemlich sauertöpfisch, hatte überhaupt keinen Humor, weidete sich aber stets ausgiebig am Unglück anderer. Ihr Mann hingegen hatte zu viel Humor. Der lachte über alles, selbst wenn es noch so dumm war. Und war Orthopäde.

„Und dann käme der Ober mit dem abgewaschenen Knopf wieder und würde fragen, zu welcher Hose der denn gehörte", uns liefen die Tränen herunter, ich bekam schon fast Bauchkrämpfe vor Lachen. „Und alle, die es bislang noch nicht mitbekommen hatten, würden wissen, dass Claus sie nicht mehr alle hat", ich schrie fast, „die Knöpfe, meine ich."
„Und der Kellner hätte Nadel und Faden dabei, und irgendein anwesender Chirurg würde sich anbieten, Claus bei angezogener Hose den Knopf wieder anzunähen."
Ich wälzte mich inzwischen auf dem Sofa. „Stell dir das mal bildlich vor", keuchte ich.
„Ich kann nicht mehr, Pause, Gnade ..."
Wir holten tief Luft und versuchten, uns halbwegs zu beruhigen. Doch jedes Mal, wenn wir uns ansahen, ging das Gelächter von vorn los.
„Ich hol uns mal ein Glas Sekt. Für den Kreislauf und überhaupt."
Während meine Freundin in der Küche verschwunden war, ging mir das Bild vom knopflosen Claus nicht aus dem Kopf. Der einzige Chirurg, der dem Stammtisch angehörte, war Otfried. Der würde ihm bestimmt den abhanden gekommenen Knopf wieder annähen.
Otfried war so breit wie hoch, mit kaum noch Haaren auf dem Kopfe und humorig auf sehr angenehme Weise. Seit dreißig Jahren verheiratet, war er der Älteste im Stammtischbunde, war Vater zweier Töchter und Opa von fünf Enkelkindern. Die eine Tochter hatte, soweit ich wusste, eine Tochter, die andere hatte gleich zweimal Zwillinge bekommen. Vier Söhne hatte sie in zwei Schwangerschaften zur Welt gebracht. Otfried amüsierte uns stets damit, wie er diesen Enkeln eine ärztliche Ausbildung angedeihen lassen wollte, um sie später in eine Gemeinschaftspraxis zu verfrachten.
„Der eine wird Internist, der andere Urologe, der dritte Frauenarzt und den vierten lass ich zum Kinderarzt ausbilden. Dann haben wir so ziemlich alle Bereiche abgedeckt", pflegte er zu sagen. Und rieb sich dabei die Hände. Die Tochter seiner Kleineren gedachte er mit einem Zahn- oder Hautarzt zu verheiraten, wobei er eher Richtung Hautarzt tendierte, denn „Hautkrankheiten und Allergien sind ja in den letzten Jahren groß im Kommen."
Seine Töchter zeigten sich jedoch eher zurückhaltend, was die Pläne ihres Vaters anging, verriet Gertrude, Otfrieds Ehefrau, mit einem Schmunzeln.

Ich stellte mir also gerade Otfried auf Knien, besagten Knopf annähend vor, als Gudrun mit zwei Gläsern Sekt zurück ins Wohnzimmer kam. „Na, was grinst du so in dich hinein?", wollte sie wissen.
Sie drückte mir ein Glas in die Hand und prostete mir zu. „Auf uns!" Ich prostete zurück und nahm einen ordentlichen Schluck. „Auf uns" trank ich sowieso am liebsten.
„Ach, ich hab gerade einfach nur gegrinst, weil ich Otfried vor Claus hab knien sehn." Meine Mundwinkel zuckten leicht. „Mit Nadel und Faden in der Hand." Ich stellte das Glas auf den Tisch zurück, griff nach einer Zigarette, zündete sie an und versuchte den Tonfall sachlich zu halten.
Gudrun beugte sich vor. „Und weiter ...?" Auch ihre Mundwinkel zuckten verräterisch.
„Tja, also, ... da Otfried aber schon diverse Bierchen intus hat, ist er natürlich nicht mehr ganz so nähsicher", ich inhalierte tief, „da passiert es ihm – leider –, dass er mit der Nadel durch die Hose sticht und Claus in sein empfindlichstes Teil trifft." Schon wieherten wir beide erneut. Während wir unserer Phantasie weiter freien Lauf ließen, stürmten die beiden Mädchen ins Wohnzimmer: „Mama, du musst dir unbedingt angucken, was Svenja vom Weihnachtsmann gekriegt hat", rief Pauline aufgeregt. „Ein Meerschweinchen!" Sie sprang auf meinen Schoß. „Das wünsche ich mir unbedingt zum Geburtstag!"
„Aua, du tust mir weh", protestierte ich, weil meine Tochter mich als lebendiges Trampolin behandelte.
„Wir haben Schneewittchen auch aus dem Käfig genommen." Pauline hörte auf zu hüpfen. „Und Svenja hat es in ihrem Zimmer laufen lassen. Das ist vielleicht lustig." Sie klatschte in die Hände. „Nur", ein Seitenblick auf Svenja folgte, „nun wissen wir nicht mehr, wo Schneewittchen ist." Pause. Die Tochter meiner Freundin hatte sich inzwischen eng an ihre Mutter gekuschelt und hielt den Blick gesenkt.
„Wie, ihr wisst nicht mehr, wo das Meerschwein ist?", fragte Gudrun ungläubig. Leichte mütterliche Unruhe kam auf.
„Ja", meine Tochter spielte die Wortführerin, „wo Schneewittchen doch soooo lieb durch Svenjas Zimmer raste, haben wir uns gedacht, wir lassen ihr ein bisschen Ruhe und spielen so lange mit den Barbies." Ein treuherziger Blick folgte.
„Und nun ist Schneewittchen weg." Svenja schluchzte. „Mama, bitte schimpf nicht mit mir, ich weiß, ich darf es nur rausnehmen, wenn du dabei bist ..."

Wir Mütter guckten uns an. Ohne ein Wort setzten wir unsere Kinder von unserem Schoß runter und stürmten ins Kinderzimmer. Wunderbarerweise hatten die beiden Übeltäterinnen die Zimmertür geschlossen gehalten und wir konnten uns bei der Suche nach der vermissten Meersau auf Svenjas Zimmer beschränken.

Das blöde Meerschwein hatten Gudrun und ich nach einer Stunde völlig verängstigt in einem alten Holzeisenbahnhäuschen hinter dem Barbie-Traumschiff gefunden. Das arme Vieh flog am ganzen kleinen Körper. Es hechelte derart, dass Gudrun drauf und dran gewesen war, zum Tierarzt zu fahren. Doch wir hatten uns schließlich geeinigt, den Käfig nach unten in die Küche zu schaffen, das Tierchen mit Gurke zu füttern und eine halbe Stunde abzuwarten.
Es hatte tatsächlich geholfen. Dreißig Minuten später war – rein äußerlich – Schneewittchen nichts mehr von seinem alptraumartigen Ausflug anzumerken gewesen. Unsere Töchter hingegen hatten wir in dieser Zeit ordentlich ins Gebet genommen. Ich glaubte nicht, dass sie jemals wieder ohne elterliche Einwilligung irgendein Tier aus irgendeinem Käfig herausholen würden.

Zwei Tage vor Silvester.
Und heute war ich mal wieder zum Frühstück eingeladen.
Bei Gabriele.
Sie hatte mich unter ihre Fittiche genommen, seit ihr klar war, dass nur ihr Getratsche allein dazu beigetragen hatte, dass ich über meinen Mann Bescheid wusste.
Dabei war es mir lieber so, als wenn ich tatsächlich die dumme, nichtsahnende Ehefrau geblieben wäre. Jedenfalls fühlte sich Gabriele – ein wenig zumindest – für mich verantwortlich.
Und hatte mich zu eben diesem Frühstück gebeten.
Die Kinder waren bei meiner Schwiegermutter, schließlich hatten Kindergarten und Schule Ferien, Claus war in der Praxis und ich ziemlich neugierig. Durfte ich doch das erste Mal in Gabrieles Wohnung.
Die Mozartstraße zu finden, war kein Problem, hatte ich doch selbst in grauer Vorzeit einmal hier mein Domizil gehabt. Die Geschichte mit dem Parkplatz gestaltete sich aber eher als schwierig. Da die bewusste Straße nur in eine Richtung befahren werden durfte, zwischen den Jahren aber alle Leute Urlaub hatten, musste ich auf den Parkplatz des städtischen Hallenbades

ausweichen. Selbst hier gelang es mir nur mit Mühe, einen Einstellplatz für meinen Twingo zu finden. Doch immerhin, es gelang mir.
Ich warf einen letzten prüfenden Blick in den Spiegel. Eine freundliche, gut aussehende Person lächelte mir entgegen. Das Gesicht war mittels besonderer Grundierung perfekt geschminkt, keine Gefahr, dass mir die Farbe, wie sonst vormittags leicht üblich, einfach aus dem Gesicht fiel. Die Augen waren mit schwarzem Kajal umrandet, zu meiner neuen Haarfarbe passte das alte, bisher gebrauchte Himmelblau irgendwie nicht so recht. Die langen, echten! Wimpern klimperten in sattem Schwarz, meine Lippen wurden von einem tiefen Dunkelbraun umrandet und einem farblich etwas helleren Braunton ausgefüllt. Perfekt!! Zufrieden mit mir stieg ich aus, schnappte mir den kleinen Blumenstrauß, den ich kurz vorher erworben hatte, schloss per Fernbedienung mein Gefährt ab und machte mich auf die Suche nach dem richtigen Eingang. Der schwarze lange Strickrock war natürlich wieder verrutscht, der eigentlich vorn vorgesehene Schlitz befand sich schräg seitlich, was ich aber durch einen leichten Ruck änderte. Meine schwarzen Schuhe waren neu und drückten, die schwarze Lederjacke alt und bequem, und den beigefarbenen, langen Pulli mit dem raffinierten Schnitt sah man jetzt gerade nicht. In Anbetracht der mir bevorstehenden Ereignisse hatte ich in den letzten Wochen nämlich Schwarz zu meiner bevorzugten Farbe erkoren, was Claus zu Äußerungen wie: „Machst du jetzt einen auf Grufti, oder was?“ hingerissen hatte. Aber Claus hatte schließlich auch keine Ahnung!

Da, der Eingang war gefunden.
Ich schaute interessiert die Fassade hoch. Es war ein grauer Altbau ansprechenden Baustils. Kleine Balkone, einige Rundungen, die Erkerräume bildeten, äußerst ansprechend das Ganze. Ich ging zum Eingang und suchte nach dem Klingelschild. Puh, wohnten hier viele Leute. Mindestens zwölf Klingelschilder zählte ich. Wie hieß die Gabriele doch noch?
Ich versuchte es mit der Negativauslese. Schmitbauer, nein. Hahn, auch nicht. Weder Graumeier, Münstermann noch Gerster kam mir bekannt vor. Da, Liebig/Nettenberg, das musste Gabriele sein. Wo zudem dieses Schild das einzige mit zwei Namen war. Und sie doch mit Hajo „nur“ zusammenlebte. Aufs Geratewohl drückte ich die Klingel. War ich schließlich erst mal drin, konnte ich mich immer noch zu ihr durchfragen. Ich hatte Glück, es

schien der rechte Knopf gewesen zu sein. Ich stapfte die Treppen hoch. Meine Güte, so ein Altbau hat ganz schön viele Stufen, dachte ich. Keuchend im obersten Stockwerk angelangt, empfing mich tatsächlich Gabriele.
„Schön, dass du kommen konntest“, sagte sie und nahm die Blumen. „Tja, einen Aufzug gibt's nicht“, kommentierte sie grinsend mein Schnaufen, „aber du kannst ganz beruhigt sein, die anderen sind auch so keuchend hier oben angekommen.“
Na wunderbar, war ich doch nicht die einzige Lungenschwache. Vielleicht sollte ich trotzdem das Rauchen aufgeben? Ich entledigte mich meiner Jacke, folgte Gabriele durch den Flur und warf dabei verstohlen einen Blick in die angrenzenden Zimmer.
Gabriele schien eine jener Superhausfrauen zu sein, die immer und überall die Türen offenstehen hatten, damit jeder sehen konnte, wie aufgeräumt es bei ihr war. Meine Zimmertüren waren stets geschlossen. Die Edelstahlspüle der Küche blendete mich fast mit ihrem Glanz, im Badezimmer hätte sich Meister Proper winselnd auf den Fußboden geschmissen, weil es für ihn augenscheinlich nichts zu tun gab, im Kinderzimmer saß ein zufriedenes Kind von ungefähr fünf Jahren auf dem Fußboden und guckte sich ein Buch an. Kein einziger Legostein lag herum, kein Auto, kein gar nichts trübte den überaus wundersamen Anblick. Die Zimmer meiner Kinder hingegen waren jeden Tag ein reines Chaos. So fühlten sich Anton und Pauline am wohlsten. Einmal in der Woche trabte ich mit Staubsauger und Staubtuch an, räumte gemeinsam mit den Zimmerbewohnern die Bude auf und säuberte diese hinterher gründlich. Wobei ich durchaus ab und zu auf alte Apfel- oder halb vertrocknete Brotreste stieß. Im Zimmer von Gabrieles kleinem Peter hatte kein Apfelrest oder kein übrig gebliebenes Brot eine Chance, ungesehen den nächsten Tag vor sich hin zu träumen.
„Peter räumt sein Zimmer jeden Abend allein auf“, erklärte mir Gabriele auf meine Frage hin. Ich hatte anscheinend doch gravierende Fehler bei der Erziehung meiner Kinder gemacht.
Noch ein Punkt, den man ändern könnte.
Das Arbeitszimmer von Hajo war genauso aufgeräumt wie das des kleinen Peter, die Tür zum Schlafzimmer stand auch sperrangelweit offen, ich wurde fast grün vor Neid. Nicht, dass mein Schlafzimmer unbehaglich gewesen wäre, doch hier wehten duftige Vorhänge an den Fenstern, die Bettdecken und Kopfkissen waren kunstvoll drapiert, auf jedem Nachttisch stand eine Kerze in silbernem Leuchter, ein Blumenarrangement unterstützte

zusätzlich den gemütlich-frischen, leichten Eindruck, es hätte nur noch das kleine Betthupferl gefehlt, das in Hotels generell auf den Kissen lag.
Wir gingen ins Wohnzimmer.
Hier flutete von vorn und hinten die winterliche Sonne herein. Der Raum als solcher war zirka zehn Meter lang und vier Meter breit. Er wurde optisch durch einen Sturz mit Schiebetür getrennt. In dem einen Teil befand sich ein antik, doch gemütlich aussehendes Sofa, von der Art, wie meine Urgroßmutter es gehabt hatte. Matt glänzendes Ebenholz außen rum, der Bezug aus weinrotem Samt. Ein niedriger, quadratischer Glastisch stand davor, geschmückt von einer Silberschale, in der sich rote Rosenblüten küssten. Zwei silberne Leuchter mit elfenbeinfarbenen Kerzen rundeten die Tischdekoration ab.
An der einen Wand prangte ein riesiges, fast kitschiges, doch hier absolut passendes Bild eines Engels, wie ihn nur ein Maler des Mittelalters hatte darstellen können, gefasst in einen geschwungenen schwarzen Holzrahmen.
Hinter dem Sofa wehte ein weiterer duftig-weißer Vorhang zu beiden Seiten des Fensters und an der rechten Wand befand sich ein alter Vitrinenschrank.
Im gegenüberliegenden Teil des Zimmers war der Essbereich.
Auch hier überwog der antik anmutende Eindruck. Der Tisch war unter einer weißen, bodenlangen Decke nicht zu erkennen, die Sitzflächen der Stühle schmückte zwar einheitlich ein weinroter Samtbezug, doch waren sie eindeutig unterschiedlicher Herkunft. Aber alle aus schwarzem Holz. Oder schwarz lackiert. Das musste ich noch genauer eruieren.
Bis auf zwei waren diese Stühle bereits von Frauen besetzt. Karin lächelte mir freundlich zu, genauso wie Dodo, Annegrete und Gunda. Ich lächelte ebenso freundlich zurück, setzte mich und ließ mir von Gabriele Kaffee einschenken.
Zuerst wurden die Weihnachtstage ausführlich abgehandelt.
Genüsslich ein Brötchen mit Käse, Mett, Schinken oder Eiersalat mümmelnd, berichtete die eine oder andere von ihren Erlebnissen. „Also, bei uns war Weihnachten wieder total stressig“, fing Annegrete an und köpfte ihr Ei. „Heiligabend erst in die Kirche, dann zu meinen Eltern, zurück nach Hause, da Bescherung gemacht, die Kinder ins Bett verfrachtet und um neun Uhr abends standen meine Schwiegereltern auf der Matte. Ätzend, sage ich euch.“ Annegretes Kinder waren erst ein und drei Jahre alt und mussten deshalb so früh ins Bett.

Karin wusste nur von einem harmonischen Heiligabend zu berichten, schließlich hatte sich die gesamte Familie den Kinderbedürfnissen unterzuordnen. Die Omas und Opas hatten an diesem besonderen Abend nichts in der „heiligen Familie" zu suchen. Höchstens der Opa als Weihnachtsmann mit Rauschebart und verstellter Stimme. Er übergab den Enkeln ihre Präsente, um gleich darauf wieder zu verschwinden. Nicht mal 'nen Tee kriegte der. Dafür wurde sich ausgiebigst mit den Kindern und deren neuem Spielzeug beschäftigt.
Und die restliche Familie durfte erst am nächsten Tag ihre Weihnachtswünsche und -präsente überbringen. Schade nur für Karins Schwiegereltern, hatten sie doch außer ihrem Sohn kein weiteres Familienmitglied, dem sie sich am Heiligen Abend anschließen konnten.
Na, war ja nicht mein Bier.
Ich jedenfalls schwieg mich aus und lauschte nur aufmerksam. Schließlich musste nicht jede hier von meines Gatten supertollem und einzigem! Geschenk erfahren.
Und von dem Krach.

Auch Gabriele war für ihre Verhältnisse bislang ziemlich still. Doch ich sah ihr an, dass ihr irgendetwas auf den Nägeln brannte.
„Übrigens, Hajo und ich, wir heiraten", platzte sie schließlich heraus, gerade als Karin ausführlichst vom Aufbau der neuen Eisenbahn für ihren Michel berichten wollte.
„Nein!" Die ganze Runde war überrascht. „Ihr heiratet?" Kaum zu glauben. Hatte doch Gabriele steif und fest behauptet, die Ehe als solche wäre nur etwas für antiquierte Leute. Dass moderne junge Menschen keinen solchen Fetzen Papier bräuchten, um sich aneinander gebunden zu fühlen. Da hatte sich anscheinend etwas an ihrer Lebensanschauung verändert.
„Ja, am 30. Mai." Sie strahlte wie ein Honigkuchenpferd.
„Und ihr seid alle eingeladen. Natürlich mit euren Männern."
Hm, schade, zu diesem Zeitpunkt war ich ja bereits Witwe.
Ob ich wohl trotzdem kommen dürfte? Ich hielt aber den Mund, war besser so, denn mein zukünftiger Plan war noch geheim. Ich kannte ihn ja selber noch nicht so ganz. In den Einzelheiten.
„Mensch, Gabriele, das ist ja 'ne tolle Neuigkeit", rief ich stattdessen aus, und alle anderen stimmten mit ein.
„Wie wirst du dich denn nach der Hochzeit nennen? Liebig oder Nettenberg?"

„Natürlich Liebig-Nettenberg“, antwortete die Braut. Klar, Mann, ey, hatte ich doch fast vergessen. Selbst wenn sie in den Stand der Ehe trat, konnte sie doch nicht auf sämtliche anderen Grundsätze pfeifen. Ich war aber auch wirklich dumm. Daran hatte wohl der neue Farbton meiner Haare nicht so sehr viel ändern können.

„Und der Hajo nimmt nicht deinen Namen an?“ Gunda war auf dem Gebiet der Emanzipation sehr viel weiter.

„Nein, er möchte partout nicht Liebig heißen“, bedauerte Gabriele. „Obwohl uns die Diskussion um den Familiennamen um so manche Stunde Schlaf gebracht hat.“

Da konnte ich Hajo verstehen. Liebig wollte ich auch nicht unbedingt heißen, obwohl mich der Name Nettenberg ebenso wenig vom Hocker riss. Und Liebig-Nettenberg passte ja durchaus in die heutige Zeit. Gab es doch schon Matthäus-Meier, Leutheusser-Schnarrenberger, Pottwiese-Dambart (das war ein Nachbar von uns) und dergleichen mehr. Da fiel Liebig-Nettenberg wirklich nicht mehr besonders blöd auf.

Auf jeden Fall freuten wir uns alle für Gabriele und flachsten ein bisschen herum, als unsere Gastgeberin in der Küche verschwand, um neuen Kaffee zu holen.

„Siehste, nun kommt sie auch in die Riege der altmodisch verheirateten Frauen“ oder „Das war ja klar, dass sie den Hajo nicht so auf ewig als ‚nur Freund' behält. Wo der doch selbstständiger Versicherungs-Mensch ist.“ „Wer weiß, vielleicht ist sie ja auch wieder schwanger und Klein Peter bekommt ein Geschwisterchen. Und beide Kinder sollen in geordneten Verhältnissen aufwachsen.“ Das Spekulieren nahm erst ein Ende, als Gabriele zurückkehrte.

Anderthalb Stunden später, als sich die Frühstücksrunde auflöste, gab Gabriele mir durch ein winziges Zeichen zu verstehen, dass ich meinen Aufbruch etwas hinauszögern sollte.

„Ich muss noch mal aufs Klo“, verabschiedete ich mich von Dodo, Karin und Annegrete und verschwand im Gäste-WC. Armer Meister Proper, dachte ich mitfühlend, hier hast du wirklich keinen einzigen Ansatzpunkt. Hier reicht zum Saubermachen wahrscheinlich Wasser und Seife. Vorsichtig und überhaupt nicht neugierig öffnete ich den kleinen Schrank unter dem Waschbecken. Was Gabriele wohl für Reinigungsutensilien benutzte?

Ich hatte mich nicht getäuscht. Kein Meister Proper, kein Domestos oder sonst wie geartetes scharfes Zeug, das in meinem

Haushalt überall herumstand, kam hier zum Einsatz. Essigreiniger hieß anscheinend Gabrieles einzige Devise.
Ich hörte die anderen Weibsen sich noch im Flur gegenseitig einen guten Rutsch wünschen.
„Kannst rauskommen", Gabriele klopfte an die Tür, und ich kam mir vor wie der heimliche Liebhaber, der sich im Kleiderschrank versteckt hatte.
„Einen Sekt trinken wir noch zusammen", schlug Gabriele vor und zeigte auf den Stuhl, auf dem ich bis vorhin gesessen hatte. Gehorsam nahm ich Platz. Was nun wohl kam? Obwohl, fast hatte ich keine Lust mehr, mir eine weitere Episode der Britta-und-Claus-Geschichte anzuhören.
Ein edles, langstieliges Glas mit wunderschön perlendem Sekt wurde mir in die Hand gedrückt. „Prost", sagte Gabriele. „Prost", antwortete auch ich. Und guckte meine Gastgeberin wortlos an.
„Ja, also, Charlotte", Gabriele drehte ihr Sektglas in den Händen, „hast du mal mit Claus gesprochen?"
„Worüber?"
„Charlotte! Na, über die Sache mit Britta natürlich."
„Nö."
„Gar nicht? Überhaupt nicht?" Sie klang fassungslos.
„Doch, einmal schon. Gleich am Anfang." Ich versuchte meinen treuherzigsten Blick.
„Da habe ich ihn darauf angesprochen und Claus hat mir versprochen, die ganze Sache zu beenden."
„Aber das hat er doch gar nicht."
„Das weißt du, das weiß ich und wer weiß noch alles, nur Claus hat keine Ahnung, dass ich von seinem andauernden Verhältnis unterrichtet bin."
„Und was soll das alles? Wie stellst du dir deine Zukunft vor?"
„Wie stellt Claus sich seine Zukunft denn vor? Hast du dazu nähere Informationen? Über die Freundin deiner Mutter vielleicht?"
„Nein, eigentlich nicht."
„Siehste, wenn er noch nicht weiß, was die Zukunft bringt, woher soll ich das denn wissen?"
„Aber du kannst doch nicht tatenlos zusehen, wie dein Mann dich schamlos betrügt!" Gabriele stand auf und holte aus der untersten, versteckten Lade des Vitrinenschrankes eine Packung Zigaretten und einen Aschenbecher.
„Möchtest du auch?" Ich nickte und beide zündeten wir uns eine Zigarette an.

„Ich habe dich als aktive, die Dinge in die Hand nehmende Frau gesehen, aber doch nicht als kleines Mäuschen, das still vor sich hin leidet und alles erduldet.“ Sie schüttelte den Kopf.
„Ach, Gabriele“, seufzte ich, „es ist nicht ganz so, wie du denkst.“ Ich trank einen Schluck Sekt und fuhr mir durchs Haar. Wenn die wüsste …
„Schau mal, ich habe schließlich zwei Kinder. Sollte ich denen in der Vorweihnachtszeit durch so genannte folgenschwere Entscheidungen erstens die Freude an der Weihnachtszeit und zweitens ihren Vater nehmen?“
Mein Gegenüber betrachtete mich aufmerksam.
„Ich habe wirklich stark mit mir gerungen“, schauspielerte ich, „doch letzten Endes konnte ich mich nur für diesen einen Weg entscheiden.“ Bühnenreif warf ich Gabriele einen Blick von unten zu und hoffte, dass sie mir mein Getue auch abkaufte. Obwohl ich das dumpfe Gefühl hatte, zu sehr auf den Putz gehauen zu haben. Anton jedenfalls hätte mir keine Silbe geglaubt. Aber der kannte mich schließlich auch seit zehn Jahren.
„Na, du musst ja wissen, wie du dich richtig verhältst“, stimmte Gabriele mir zu, „aber ich meine, du solltest doch erfahren, dass Britta Silvester auch im ‚Nordischen Hafen‘ ist.“
Wumm. Das hatte gesessen.
Der „Nordische Hafen“ war das Hotel, in dem wir Silvester feiern wollten.
„Hast du noch ‘ne Zigarette für mich?“ Gabriele schob mir wortlos die Schachtel herüber und sah mich an.
„Wie denn das?“, fragte ich. „Wieso feiert die Britta Silvester im selben Hotel wie wir? Ich dachte, der Ärztestammtisch hat den gesamten Komplex für sich gebucht?“
Ich hatte ein leicht taubes Gefühl im Schädel und versuchte es mit einem weiteren Schluck Sekt zu vertreiben. Doch der Sekt half leider nicht.
„Hat etwa Claus …?“
„Nein“, beruhigend legte Gabriele ihre rechte Hand auf meine linke. „Britta hat sich bei dem Hotel als Aushilfskellnerin beworben. Weil bei ihr als Studentin doch ewiger Geldmangel herrscht.“ Sie lächelte mir verlegen zu. „Und soviel ich weiß, zahlen die Gastronomen an diesem Tag besonders viel. Claus hat davon übrigens keine Ahnung. Glaube ich.“
Aha. Nun denn. Ich atmete tief ein.
„Gabriele“, fragte ich zaghaft, „könntest du mir vielleicht eine Beschreibung von Britta geben? Damit ich sie auch erkenne?“

Gabriele zögerte kurz, doch dann lieferte sie mir das Gewünschte. Zirka einmetersiebzig groß, sechzig Kilo schwer, lange blonde Haare, keine Brille, sagte sie.
Das reichte mir. Überhaupt reichte mir für heute alles. Schwerfällig, als ob ich zehn Jahre gealtert wäre, erhob ich mich, küsste Gabriele zum Abschied auf die Wange und schlich mich von dannen. Das konnte ja ein toller Jahreswechsel werden.

Silvester.
Die große Feier stand bevor.
Der kleine Reisekoffer war bereits mit den übernachtungsüblichen Utensilien gefüllt. Selbst die Diddl-Mäuse meiner Kinder hatte ich nicht vergessen. Genauso wenig wie tagestaugliche Klamotten für den Tag danach.
Anton und Pauline hatte ich in ihre Zimmer verbannt und dazu verdonnert, etwas auszuruhen, schlafen konnte ich von ihnen kaum erwarten, wo sie doch so aufgeregt waren.
Claus hatte den ganzen Tag schon wieder schlechte Laune, er wäre wohl lieber bei der Britta gewesen, fand aber augenscheinlich keinen triftigen Grund, unser Haus für mehr als eine Stunde zu verlassen. Zumal seine Mutter ihr Erscheinen für heute – ohne Nennung einer konkreten Uhrzeit – angekündigt hatte. Da verschwand der treusorgende Sohn nicht so einfach.
Meinen Mittagsschlaf hatte ich jedoch ungestört halten können, die Kinder waren wider Erwarten still gewesen. Wahrscheinlich hatten sie in Antons Zimmer klammheimlich Fernsehen geguckt, was mir jedoch egal war. Hauptsache, ich konnte meiner Mittagsruhe frönen. Damit ich fit für den Abend war. Schließlich wusste ich nicht genau, wie der verlaufen würde.
Nun hing ich kopfüber mit nassen Haaren über der Badewanne.
„Anton“, rief ich, „kannst du mir mal ‘ne Flasche Bier holen?“
Anton kam ins Badezimmer gestürzt: „Was willst du?“ Er glaubte seinen Ohren nicht trauen zu dürfen.
„Ich will ein Bier. Von mir aus auch alkoholfrei. Hauptsache, schnell.“
Mein Sohn flitzte los und kam in kürzester Zeit mit einer Flasche des alkoholfreien Getränks zurück.
„Und nun?“, wollte er wissen.
„Kipp mir das Zeug über den Kopf“, bat ich ihn. Er tat, wie ihm geheißen. „Verflixt, ist das kalt“, fuhr ich auf.
„Die Flasche ist aus dem Kühlschrank, Mama“, informierte er mich und fragte weiter, „was soll denn so’n Quatsch überhaupt?“

„Das ist gut für die Haare. So als Spülung. Habe ich erst gestern in einer Zeitung gelesen." Hatte ich tatsächlich. Sollte das Haar stärken, ihm neue Festigkeit und Halt geben. Und gegen Haarausfall wirken.

„Aber dann stinkst du ja fürchterlich", warf Anton ein.

„Ist egal, da kommt nachher noch Spray und Parfüm drauf, dann riecht das keiner mehr."

Das kalte Bier tropfte von meinem Kopfe: „Anton, ruf mal die Oma an und frag sie, ob ich das Zeug drin lassen oder ausspülen muss."

Die Zeitung, der ich diesen Tipp entnommen hatte, lag nämlich bei meiner Mutter. Die hatte mich überhaupt erst auf die Biergeschichte aufmerksam gemacht. Las sie doch in den Herz-Schmerz-Heften alles: vom Diät-Angebot bis hin zu Kochrezepten. Keine noch so kleine Anzeige entging ihrer Aufmerksamkeit. So war ihr denn auch der Biertipp ins Auge gefallen.

Anton zockelte gemütlich los. „Wenn nachher noch was in der Flasche ist, kann ich das dann austrinken?"

„Beeil dich, Anton, ich krieg sonst 'nen Blutstau im Hirn", wies ich meinen Sohn an, denn schließlich kam ich mir langsam vor, als wäre ich eine Fledermaus.

In diesem Moment klingelte es an der Haustür.

„Mist, Treuhilde." Ich griff zu einem Handtuch, band es mir um den biergetränkten Kopf und taperte nach unten. Claus hatte seine Mutter bereits eingelassen.

„Oh, Charlotte", sie hauchte mir einen angedeuteten Kuss auf die Wange. „Bist du noch gar nicht fertig?" Was für eine blöde Frage. Doch, ich würde mit einem grauen Handtuch auf dem Haupt, schwarzer Strickjacke und Jeans in das neue Jahr feiern. War doch wohl klar, oder?

„Mutter, wir haben noch über drei Stunden Zeit, bevor wir los müssen", antwortete ich leicht genervt.

Wir saßen inzwischen im Wohnzimmer.

„Charlotte, Mutter hat Berliner mitgebracht. Mach uns bitte Kaffee."

„Sicher." Ich erhob mich vom Sofa und ging in die Küche. War mir sowieso lieber, als mit meinem Mann und dessen Mutter im Wohnzimmer hocken zu müssen. Obwohl selbst Claus die Bitte anders hätte vortragen können. Ich war doch keine Sklavin.

In der Küche zündete ich mir erst einmal eine Zigarette an. Treuhilde sah es nicht so gern, dass ich rauchte und auch Claus vermied in ihrer Gegenwart die Glimmstängel. Meistens wenigstens. Ich beschickte die Kaffeemaschine mit Wasser und Kaffeepulver, nahm mein dunkelblaues Holztablett, stellte drei Kaffeetassen, fünf Kuchenteller und die Zuckerdose darauf. Dem Kühlschrank entnahm ich die Kaffeesahne und den Apfelsaft. Zwei Gläser für die Kinder wurden gefüllt.

Ich zog an meiner Zigarette. Dass Treuhilde sich aber auch immer ungeeignete Momente für ihren Auftritt aussuchen musste! Eine halbe Stunde später, und schon wären wenigstens meine Haare in Ordnung gewesen. Nun hatte ich das blöde Handtuch auf und musste die ganze Prozedur nachher noch einmal wiederholen. Verwitwete Schwiegermütter, dachte ich und schwor mir, selbst nie so zu werden. Ich würde meinen Kindern an solchen vorbereitungsträchtigen Tagen nur angemeldet und mit abgestimmter Uhrzeit ins Haus fallen.

Der Kaffee war fertig, die Zigarette aufgeraucht, es gab keinen Grund mehr, mich länger in der Küche aufzuhalten. Also schnappte ich mir das Tablett und ging zurück ins Wohnzimmer. Dort hatten sich auch Pauline und Anton eingefunden. Pauline hüpfte auf dem Schoß ihrer Großmutter herum, Anton saß artig daneben auf dem Sofa. Ich sah meinem Mann an, dass er die beiden liebend gern wieder nach oben gescheucht hätte, doch die Anwesenheit seiner Mutter, die eigentlich eher ihre Enkel als ihren Sohn – von der Schwiegertochter ganz zu schweigen – sehen wollte, hielt ihn davon ab. Ich verteilte die Tassen, Gläser, Kuchenteller und Berliner und schenkte den Kaffee ein. Anton stand, wohlerzogen wie er war, auf und holte Servietten.

„Ach, Claus, was hast du für einen braven Jungen“, seufzte Treuhilde. Der brave Sohn zog eine verschwörerische Grimasse in meine Richtung und setzte sich wieder hin. Wie auf ein Kommando griffen alle, außer mir, zu den Berlinern.

„Aber Kind“, sagte meine Schwiegermutter leicht vorwurfsvoll, als sie ihren Mund leer hatte, „diätest du etwa immer noch?“

„Nein, Mutter, aber heute Abend erwartet uns ein siebengängiges Menü und da möchte ich Platz im Bauch haben“, verteidigte ich mich.

„Ach ja, ihr feiert im ‚Nordischen Hafen‘,“ erinnerte sich Treuhilde. „Wer ist denn alles dabei?“

Claus zählte in aller Ruhe sämtliche Ärzte auf, die gemeinsam mit uns den Silvesterabend verbringen würden. Meine Schwiegermutter nickte anerkennend. Wurden wir doch heute standesgemäß umringt.

„Sag mal, Charlotte, hast du getrunken?“, stieß sie plötzlich hervor. Um Gottes willen. Die Schwiegertochter hatte schon nachmittags um fünf eine Bierausdünstung. Ein fragender Blick ging von Mutter zu Sohn. Der zuckte nur mit den Schultern, war ihm nun wirklich schnurzegal, was ich machte. Claus hätte nicht einmal gemerkt, wenn ich in den letzten Wochen zur schweren Alkoholikerin geworden wäre.
„Das ist Bier“, grinste Anton, bevor ich überhaupt nur den Mund aufmachen konnte.
„Aber alkoholfreies.“ Treuhilde blickte mich an. „Für die Haare“, verzog ich genervt meinen Mund. „Zwecks Kräftigung und so.“
„Na dann“, ein tiiiiieeefer Seufzer entwich der schwiegermütterlichen Brust.
„So, und nun entschuldigt mich bitte, ich muss mich um die Bierhaare kümmern, sonst schaffe ich es bis nachher nicht mehr.“ Ich erhob mich und ließ die Sippe allein.
Anton kam hinter mir hergestürmt: „Du, Mama, das Bier musst du einmal ausspülen und das zweite Mal drin lassen.“ Er gab mir einen Kuss. „Hat die Omi gesagt, als ich vorhin mit ihr telefoniert habe.“

Die Haare waren fertig gestylt.
Einmal mit Wasser ausgespült, Bier nachgekippt, ordentlich Schaumfestiger drin, oben drauf tonnenweise Haarlack, konnte mir haarprachtmäßig heute Abend eigentlich nichts passieren. Außer, mir fielen beim Anblick von Britta spontan sämtliche Haare vom Kopfe. Das würde dann einen Perückenmacher freuen, konnte der doch die Frisur als Ganze hochheben und brauchte nur noch etwas Tuch – oder was immer solche Leute als Unterfütterung benutzten – drunterjubeln.
Meine Familie war bereits startklar. Pauline und Anton, fix und fertig angezogen, warteten, von Claus verbannt, in Antons Zimmer. So konnten sie ihn nicht stören, behauptete er. Mein Gatte selbst saß im Wohnzimmer vor der Flimmerkiste und hatte bewussten Hosenknopf noch offen. Ob der wohl tatsächlich absprang? Heute Abend? Vielleicht beim Anblick von Britta?
Ich befürchtete, ich würde mir in dem Fall schlicht vor Lachen in die Hosen machen.
Obwohl ich gar keine anzog.
Ich hatte mir ein schwarzes, eng anliegendes Kleid ausgesucht. Wie gesagt, Schwarz war ja recht zeitlos. Obenrum Samt, dünne Spaghettiträger, mit eingearbeiteter Corsage, die meine Körb-

chengröße 75 B auf mindestens 90 C hochschwindelte, was mir eigentlich leicht peinlich war.
Der Bauch wurde dank schwarzer Miederhose so zusammengedrückt, dass ich hoffte, ich würde hinten, über dem Po, keinen Buckel bekommen. Den schwarzen, extrem kurzen Taftrock zierte eine Straußenfeder-Imitation als Abschluss rundrum. Wäre diese Federboa nicht gewesen, hätte man mir im Sitzen bestimmt bis zum Bauchnabel gucken können. Aber ich hoffte stark, dass keiner der anwesenden Silvestergäste auf die Idee käme, unter dem Tisch nach eventuellen „besseren Aussichten" zu fahnden.

Ich zog gerade meinen Hausmantel aus, um in das kleine Schwarze zu schlüpfen, als Claus ins Bad kam.
„Charlotte", seine Stimme nahm einen gefährlich lüsternen Klang an. Er fuhr sich mit der Zunge über die Lippen. „Wir haben ja noch etwas Zeit, bevor wir los müssen …"
Ich stand da und hätte angehörs seines Tonfalles wohl kotzen können. Vor Abscheu! Weil ich Bescheid wusste! Sonst hätte mir so ein Quickie im Bad durchaus Freude gemacht!
„Kannst mir mal das Kleid hinten schließen", sagte ich und schlüpfte schnell in meinen Abenddress.
„Charlotte …"
„Aber Claus – die Kinder …" Das zog. Ein Hoch auf die Kinder! Seid gepriesen, ihr himmlischen zwei, so sehr ihr mir auch oft auf die Nerven fallt.
„Könntest du mir dann gleich meine Fliege umbinden?" Der Ton wurde ungnädig.
Mein Gatte drückte mir selbige in die Hand und ich legte ihm die schwarze Fliege mit den silbernen Tupfen um den Hals und war ernsthaft versucht, ihn damit zu strangulieren. Bloß passte ein solches Dahinscheiden leider wieder einmal nicht in meinen Plan.
Außerdem war ja Silvester.
Nachdem auch ich endlich ausgehfein war, wir uns, auf mein Drängen hin, gemeinsam mit den Kindern „Dinner for one" angesehen und dazu ein unvermeidliches Glas Champagner getrunken hatten, fuhren wir zum „Nordischen Hafen".
Der Name war eigentlich mehr als unpassend.
Erstens lag das Hotel überhaupt nicht am Wasser, sondern am Stadtrand, und zweitens war es ein umgebauter, reetgedeckter Bauernhof mit Scheune. Allerdings zierte ein schmiedeeisernes Segelschiff die Eingangstür.

Die Zimmer waren rustikal und sehr geschmackvoll eingerichtet, wie ich feststellen konnte, als ich den kleinen Reisekoffer nach oben trug. Der Rest meiner Familie war unten geblieben, Claus hatte sich seinen bereits anwesenden Stammtischkollegen angeschlossen, Pauline und Anton waren in den Kinderbereich abgedampft. Nur ich arme kleine Charlotte durfte mit dem Gepäck nach oben dackeln, die Waschutensilien in den beiden Badezimmern verteilen, die Schlafanzüge in die entsprechenden Betten legen und dafür sorgen, dass meine Meute, so sie denn müde wurde, einfach nur ins Bett zu fallen brauchte.
Wir hatten zwei Zimmer, die durch eine Tür miteinander verbunden waren. Diese Tür war abzuschließen, so dass jedes Zimmer für sich ansonsten als Doppelzimmer durchgegangen wäre.
In dem einen stand ein wunderschönes, ziemlich alt, aber sehr bequem aussehendes Himmelbett. Zartes Rosenmuster an den Tapeten, ein Frisiertisch mit Spiegel und rosenstoffbezogenem Stühlchen davor. Am Fenster wehte ein duftiger weißer Vorhang, schwere dunkelrote Übergardinen befanden sich zu beiden Seiten. Der Teppich war einen Farbton heller und der Himmel des Bettes war aus dem gleichen Stoff wie der Stuhlbezug gemacht. Die Bettwäsche leuchtete in jungfräulichem Weiß.
In einer Ecke war sogar ein Kaminofen vorhanden, der jedoch nicht echt war, sondern ein kleines Kunstfeuer anheimelnd in sich prasseln ließ.
In diesem Zimmer hatte ich meine Kinder untergebracht.
Das andere Zimmer war eher nüchtern gehalten.
Ein Doppelbett aus weißem Holz. Weiße Bettwäsche, auf den Kissen – wie im Nebenzimmer auch – das obligatorische Stückchen Schokolade. Der Teppich war unempfindlich blau-grau gemustert, die Wände dezent hellbleu. Eine große gerahmte Fotografie eines Wilhelmshavener Fotografen hing an der Wand. Sie zeigte die Kaiser-Wilhelm-Brücke, das Wahrzeichen Wilhelmshavens, im Lichte der untergehenden Sonne.
Ansonsten gab es noch einen kleinen Tisch mit zwei Stühlen.
Ach ja, Fernseher, Telefon und Minibar gehörten ebenfalls zur Ausstattung. Schließlich wohnten wir erster Klasse.

Ich hatte inzwischen das Notwendigste erledigt und stöckelte auf meinen schwarzen Pumps die Treppe hinunter, dem Silvestergeschehen entgegen.
Ob Claus die Britta wohl schon entdeckt hatte? Hoffentlich nicht. Ich wünschte inständig, sie würde erst in meiner Gegen-

wart erscheinen. Und ihn würde auf der Stelle der Schlag treffen. Ein besseres Alibi hätte ich mir schließlich in meinen kühnsten Träumen nicht ausmalen können. Dahingerafft inmitten von kompetenten Kollegen. Was wäre das für ein schönes Silvester! Der krönende Abschluss eines betrogenen und verlogenen Ehejahres und der wundervolle Beginn einer nach allen Richtungen offenen Witwenschaft. Obwohl natürlich durch Claus' Dahinscheiden auch die Party an sich gestorben wäre.
Na, man kann ja nicht alles auf einmal haben. Meine Stunde würde noch kommen.

Bislang schien mein Mann sich noch bestens zu amüsieren. Er plauderte gerade mit Herbert, dem Orthopäden. Ich gesellte mich dazu.
„Kennste denn schon den neuesten Blondinenwitz?", fragte er grinsend.
„Nö", antwortete Claus. Ich verzog mein Gesicht. Wieder mal typisch Männer.
„Na, was sucht eine Blondine im Reis?"
„Keine Ahnung."
„Uncle Ben natürlich."
Gröl, lach, nein, wie bescheuert.
„Herbert Orthopäde" hatte seine wahre Freude daran, Claus und auch mir einige Witze vorzubeten und wieherte begeistert. Claus grölte mit. Aber ich kannte auch einen Witz und scheute mich nicht, ihn zum Besten zu geben. Schließlich war Silvester und ich die gutgelaunte, liebende Ehefrau.
„Treffen sich zwei Aliens. Fragt der eine den anderen: ‚Was meinst du, sind Menschen intelligente Wesen?' Der zweite guckt den ersten an und überlegt: ‚Also, die mit Gehirn bestimmt. Aber die mit Hoden – nein.'" Nun lachte ich, doch Herbert und Claus hatten den Witz anscheinend nicht verstanden und guckten mich missmutig an. Dafür hörte ich Gelächter hinter mir und drehte mich um. Gudrun amüsierte sich köstlich.

Klingelingeling, ein winzig Glöckchen ließ seinen Ton erschallen. Herbert, seines Zeichens Präsident des Ärztestammtisches, bat zum allgemeinen Platznehmen.
Seine treue Hildegard stand gleichmütig neben ihm. Sie war in ein auffallendes Giftgrün gekleidet. Mit schrägem Schulterschnitt. Eine Schulter bedeckt, die andere frei. Dafür mit goldfarbenem Glitzer beschmiert. Sah absolut idiotisch aus. Ihre halb-

langen Pudellocken betonten das rundliche Gesicht; ihr Make-up hätte jeden Visagisten in den Selbstmord getrieben. Wie gemalt prangten zwei dicke rote Kreise auf ihren Wangen.
Dafür hatte sie den Lippenstift weggelassen. Half auch nichts. Sie sah einfach zum Weglaufen aus.
Egal, für heute Abend war nichts mehr zu retten.
Wir setzten uns. Jedem von den Anwesenden war per Platzkärtchen sein Stuhl vorgegeben.
Ich saß natürlich neben meinem Mann, links von Claus saß Gudrun und daneben Peter. Schade, dachte ich, so konnten wir nicht richtig miteinander klönen. Doch zumindest waren wir beide in der Lage, Claus' Hosenknopf im Auge zu behalten.
Und tatsächlich nahmen uns gegenüber Herbert und Hildegard Platz. Ich grinste und sah meiner Freundin an, dass auch sie unser Gespräch nicht vergessen hatte.

Doch zunächst passierte nichts. Hosenknopfmäßig.
Claus schaufelte seine Vorspeise und die Vorsuppe in sich hinein, ohne dass ein Kellner Hildegards Suppe mit leicht angewidertem Gesicht hätte davontragen müssen.
Vielleicht war aber auch der Hosenknopf die ganze Zeit nicht geschlossen und konnte gar nicht abspringen?
Und überhaupt, wo blieb denn nun Britta?
Hatte sich Gabriele im Hotel geirrt? Kellnerte die heute Abend gar nicht hier? Auch Gudrun warf mir zwischendurch immer wieder einen fragenden Blick zu, war sie doch selbstverständlich über – fast – alles informiert und hatte sich schon gewappnet, mir gegebenenfalls ein Taschentuch zum Hineinschniefen zu reichen.
Doch bislang gab es nichts zu schniefen.
Auch das Zwischengericht, das Hauptgericht und die Nachspeise zogen an uns vorüber, ohne dass ein merklicher Ruck durch Claus gegangen wäre. Ich spürte ein leichtes Nachlassen der inneren Anspannung, hatte ich mir doch zu früh Sorgen um den Ablauf der diesjährigen Silvesterfeier gemacht.
Der Kaffee kam.
Und mit ihm der Ruck durch Claus.
Gudrun hatte ihn auch bemerkt.
Ein neues Gesicht trat in die Kellnerrunde, angetan mit einem schwarzen, kurzen, die properen Beine betonenden Röckchen, weißem Servierschürzchen, weißer Rüschenbluse und blonden, langen, zu einem Pferdeschwanz zusammengebundenen Haaren.
Die Britta!

Nun war sie also da!
Die hatte ich mir ganz anders vorgestellt. So eher modelmäßig. Mit knackiger, sonnengebräunter Haut, einer suuuper Figur und absolut sexy. Ich staunte. Britta sah eigentlich ganz normal aus. Keine Frau, nach der sich, meines Erachtens, ein Mann auf der Straße umgucken würde.
Ein Allerweltstyp, wie man ihn jeden Tag zu Tausenden durch die Stadt flitzen sah. Und das sollte Claus' Geliebte sein? Ich war etwas enttäuscht. Aber schließlich hatte ich ihre Blinddarmnarbe noch nicht gesehen. Vielleicht verbarg sich im Bauchbereich die Sensation? Hatte sie eventuell ein Bauchnabelpiercing? Oder sogar noch die Schamlippen durch einen Strassstein verschönert? Ich hatte gelesen, dass es so was geben sollte. Obwohl das Letztere für mich natürlich nicht in Frage gekommen wäre. Gut, so 'nen Bauchnabelbrilli hätte ich schon gern gehabt, aber ein prüfender Blick in die untere Körperabteilung bewog mich, wegen des leicht kugeligen Unterbauches, einen solchen Gedanken gleich wieder zu verwerfen.

Claus wusste nicht, wie er sich verhalten sollte, das merkte ich ihm an. Schließlich wollte er nicht die gesamte Aufmerksamkeit auf sich lenken und sich blamieren.
Vor allen standesgemäßen Kollegen.
Er rutschte auf seinem Stuhl herum.
„Ist was, Schatz?“, fragte ich liebenswürdig und streichelte gemeinerweise mit meinem Fuß sein rechtes Bein.
„Lass das“, rüde verscheuchte mein Gatte meinen zarten Fuß. Kleine Schweißperlen bildeten sich auf seiner Stirn. Gudrun, links von Claus, tat so, als ob sie dem ihr gegenüber geführten Gespräch zuhörte, doch ich merkte, dass ihre Aufmerksamkeit Claus und mir galt. Ein unauffälliger Blick meinerseits in die Runde zeigte kein amüsiertes Grinsen der anwesenden Männer. Entweder hatten die Britta noch nicht bemerkt oder wussten nicht, dass es sie überhaupt gab, oder nicht, wie sie aussah.
Die kaffeekellnernde Britta näherte sich unserem Tisch. Claus' Schweißperlen wurden größer. Er zog ein Stofftaschentuch aus der Smokinghosentasche und tupfte sich die Stirn ab.
„Armer Schatz“, ich strich ihm gerade in dem Augenblick über den Rücken, als Britta hinter uns stand.
„Möchten Sie auch Kaffee?“, fragte sie Claus.
Immerhin besaß sie Anstand. Hatte sie doch nicht das Tablett mit den Tassen darauf durch die Gegend geschmissen, Claus umarmt,

abgeküsst und gerufen: „Mein Claus!“ Und mir so erspart, vor aller – vor allem vor den weiblichen – Augen als betrogene Ehefrau dazustehen. Fast empfand ich Sympathie für sie. Musste für so ‘ne Geliebte ja auch komisch sein, ihren Liebhaber in trauter Zweisamkeit mit seiner Gattin zu sehen.
Noch dazu an Silvester.
Vielleicht war sie auch eher der schüchterne, zurückhaltende Typ. Und Claus hatte damals, als sie nach ihrer OP in seine Praxis kam, die Situation schamlos ausgenutzt. Und sie war in leidenschaftlicher Liebe entflammt. Hatte sich hier den Aushilfsjob gesucht, um dem Mann ihrer Träume in dieser bedeutsamen Silvesternacht wenigstens nahe zu sein. Arme Britta!
Seltsamerweise waren meine Gefühle in diesem Moment ganz anders, als ich sie mir vorgestellt hatte. Ich hatte befürchtet, in Panik zu geraten, innerlich zutiefst getroffen zu sein, eine Heulattacke unterdrücken zu müssen.
Doch einzig Hass auf Claus war geblieben.
Und etwas Mitleid. Mit Britta, die sich doch sehr anständig verhalten hatte. Zumindest im ersten Moment.

Das Essen war beendet. Der Kaffee ausgetrunken, die meisten Anwesenden hatten sich von ihren Plätzen erhoben und bevölkerten nun die provisorisch aufgebaute Bar. Auch an den zahlreichen Stehtischen war ordentlich was los. Ich hielt mich zunächst noch in der Nähe meines Mannes auf, wollte ich doch um gar keinen Preis ein erstes Gespräch zwischen ihm und Britta verpassen.
„Herbert Orthopäde“ erzählte hinter mir bestimmt schon zum siebenunddreißigsten Mal seinen Blondinen-Witz, die Lacher wurden immer weniger, aber er gab nicht auf. Irgendwo musste hier noch einer zu finden sein, dem er diese Witze noch nicht präsentiert hatte. Hildegard gesellte sich zu Gudrun, Peter, Claus und mir. Gudrun und ich verzogen die Gesichter. Wussten wir doch, was uns nun erwartete.
„Habt ihr schon gehört“, fing Hildegard verschwörerisch an, „die Frau von dem Meier-Stiefelknecht soll ja Krebs haben.“ Ihr Pudel-Lockenkopf nickte. „Ist wohl ziemlich aussichtslos.“ Sie grinste maliziös. Aussichtslos war auch jedes Gespräch mit ihr. Wir Freundinnen schwiegen. „Und das Kind von Wulfersberg hat einen schweren Herzfehler.“ Hildegard griff zu ihrem Sekt. Je mehr sie davon trank, desto schauriger wurden im Allgemeinen ihre Geschichten. „Der arme Junge muss nach Bad Oeynhausen

in die Spezialklinik. Dort soll er operiert werden ..., aber, ob das so klappt?" Sie schüttelte sich. „Hat man doch letztens erst in der Zeitung gelesen, dass einem Mann versehentlich ein Teil des gesunden Lungenflügels weggeschnitten wurde, und der von Krebs befallene Teil blieb drin." Für 'ne Arztehefrau hatte sie aber herzlich wenig Vertrauen in die Fähigkeiten der Doktoren.

„Und die Bettensteins trennen sich." Hildegard fing an zu flüstern. „Sie soll einen anderen haben."

Erneutes Pudelkopfschütteln folgte dem unvermeidlichen Griff zum Sektglas. „Und der ist zwölf Jahre jünger als sie." Hildegard richtete sich entrüstet auf. Wo gab's denn überhaupt so was. Ältere Frau greift zu jüngerem Liebhaber. Pfui! Igitt! Schämen sollte sich die Bettenstein!

Ich hatte von Hildegards Tratscherei die Nase voll. So hatte ich mir den Silvesterabend nun mal nicht vorgestellt. Gesprächsmäßig von Herberts Frau geknebelt zu werden.

„Ich muss mal aufs Klo", versuchte ich mich dem Ganzen zu entziehen, schnappte mein Täschchen und stöckelte los.

Auf dem Weg dorthin kam mir Britta entgegen. Ich lächelte ihr freundlich zu. Britta lächelte etwas verlegen zurück. Armes Mädchen, dachte ich. Vielleicht sollte ich ihr ein Mitleidschreiben schicken, wenn Claus das Zeitliche gesegnet hatte?

Konnte ja schließlich sein, dass Britta durch Clausens jähen Tod in tiefste Depressionen fiel. Dann saß sie womöglich heulend zu Hause, hatte keinen, mit dem sie über den geliebten Mann sprechen konnte, weil keiner ihn so richtig kannte. Keiner, außer mir. Ich würde sie nach dem Begräbnis zum Kaffee einladen, nahm ich mir vor.

Dann könnte Britta über Claus' Vorzüge schwärmen, wir würden beide in die Taschentücher heulen – sie echt, ich falsch – und uns gegenseitig erzählen, was für ein guter Mensch dieses Schwein gewesen ist.

Ich ging weiter, dem Klo entgegen. Ein konkreter Plan musste nun allmählich wirklich her.

Erst letztens hatte ich versucht herauszufinden, ob ich meinen Mann auf homöopathische Art loswerden könnte.

Doch ich wurde bitter enttäuscht.

Als ich die Klokabinentür schloss, meinen federboabesetzten Rock hoch- und die Miederhose runterzog, gingen mir die gewonnenen Erkenntnisse noch einmal durch den Kopf.

Wäre Claus stark depressiv veranlagt gewesen, hätte ich ihn eventuell mit einem – hier bewusst nicht erwähnten – Mittel dazu

bringen können, im Zuge der so genannten „Erstverschlimmerung“ Selbstmord zu begehen. Doch leider war besagter Mann in seinem gesamten Leben nicht eine Minute depressiv. Ansonsten bot die Homöopathie nicht die geringste Chance, sich unbemerkt seines Partners zu entledigen.
Insulin wäre auch nicht schlecht gewesen, sinnierte ich, als ich mir die Hände wusch. So einfach einem Zuckerschock zu erliegen, hätte durchaus was für sich gehabt. Doch mein Gatte war kein Diabetiker und außerdem hätte kein Mensch einem Arzt eine versehentlich gesetzte Überdosis Insulin abgekauft. Wo nun mal jeglicher Abschiedsbrief fehlte. Und das gemeinsam aufgesetzte Testament kaum als solcher Brief ausreichen würde.
Nein und nochmals nein, dachte ich beim Abtrocknen der Hände und dem unvermeidlichen Lippenstiftnachlegen, es musste etwas anderes gefunden werden. Und das zügig. Denn lange wollte ich mich mit Claus und den gemeinen Gedanken nicht mehr herumquälen.
Zurückgekehrt ins Silvestergeschehen, sah ich meinen Gatten noch friedlich bei unseren Freunden stehen. Von Britta weit und breit keine Spur. Die Kapelle spielte gerade „Fiesta Mexicana“ und alle grölten mit. Die Stimmung war augenscheinlich gut. Ich wurde von einem tanzwütigen Stammtischkollegen meines Mannes gleich auf die Tanzfläche gezerrt und versuchte, die Sache hinzunehmen und zu genießen.

Kurz vor Mitternacht.
Alle standen auf dem weitläufigen Hof des Hotels. Jeder Erwachsene hatte ein Glas Champagner in der einen und eines seiner Kinder an der anderen Hand.
„Zehn ... neun ... acht ... sieben ...“ Plötzlich fing irgendjemand an herunterzuzählen.
Ich stand neben Claus, hatte meinen Arm um Anton gelegt, Pauline wurde von ihrem Vater auf dem Arm gehalten. In diesem Moment hätte ich heulen können. Was hätte es nicht alles schön sein können!
Das Geschehen hatte sich nun von drinnen nach draußen verlagert. Angestellte des Hotels warteten darauf, um Punkt zwölf das Feuerwerk zu entzünden. Britta sah ich nicht.
„Drei ... zwei ... eins ... frohes neues Jahr!!!“
Krach, bumm, rums, das Feuerwerk begann. Als erstes erschien riesig groß die neue Jahreszahl am Himmel. Helle Sonnen in allen Farben folgten. Es knallte, zischte und pfiff überall.

Jeder fiel jedem um den Hals, knutschte, küsste und herzte den anderen. Claus und ich bedachten erst einmal unsere Kinder mit Küssen und Neujahrswünschen. Doch dann standen wir uns gegenüber. Verlogen nahm mich mein Mann in den Arm und drückte seinen Mund auf meinen. Ich spürte seine Zunge, hatte aber keine Lust, ihm die meinige darzureichen.
Claus war das anscheinend egal. „Ein frohes neues Jahr“, schmetterte er mir entgegen. „Mögen alle deine Wünsche in Erfüllung gehen!“
Ich lachte ihn an. „Ja“, gab ich fröhlich zurück, „wenn nur das eine oder andere so eintrifft, wie ich es mir erhoffe, wird es ein wundervolles Jahr.“
Ich ließ mich von Claus in den Arm nehmen und drückte mir ganz fest und ganz heimlich die Daumen.

„Uuuhh, habe ich Kopfschmerzen.“ Mein Mann stöhnte neben mir im nüchtern gehaltenen Hotelzimmer. „Haste mal ein paar Aspirin?“ Er wälzte sich auf die linke Seite und hielt die Augen geschlossen.
Ich schlüpfte aus dem Bett, taperte ins Bad, holte drei Kopfschmerztabletten und ein Glas Wasser. Was musste er auch so viel trinken, der Tor?! Warum konnte er nicht, wie viele andere auch, an einer bestimmten Grenze dem Alkohol entsagen und Wasser oder Kaffee trinken?
Na gut, ich vermutete, es ging heute Morgen mehreren seiner Kollegen ähnlich. Und Hildegard sowieso. Die hatte nach zwölf noch versucht, einen Striptease auf der Tanzfläche zu hinzulegen. Alle waren äußerst angetan gewesen. Obwohl das mehr am Alkoholpegel denn an Hildegard lag. Hatte sie doch schon in Klamotten keine verlockende Figur.
Und ohne ... nein, so eine Grausamkeit wollte ich mir am ersten Morgen des neuen Jahres gar nicht erst vorstellen. Wenigstens hatte Herbert seine Frau noch rechtzeitig bremsen können.
Auch Britta hatte ich nicht in flagranti mit Claus erwischen müssen. Entweder hoben die beiden sich ihren Neujahrskuss für die nächste Verabredung auf, oder sie hatten sich klammheimlich irgendwo getroffen, wo ich es nicht mitbekommen hatte.
Ich drückte Claus das Wasserglas nebst Tabletten in die Hand und schlich mich auf Zehenspitzen ins benachbarte Rosen-Himmelbettzimmer.
Friedlich schlummerten meine beiden Kinder. Anton hatte eine Hand auf Paulines Blondschopf gelegt, beide lächelten im Schlaf

und sahen einfach zum Abknutschen aus. Doch, weise wie ich war, unterließ ich das und schlich wieder zurück. Wenn ich ihnen jetzt nämlich zu nahe kam, wurden sie bestimmt wach. Und ich wollte wenigstens noch eine Weile im Bette meinen Tagträumen frönen.
Wo ich schließlich schon in der Nacht von einem lieblichen Traum verwöhnt worden war.
Ich hatte geträumt, ich wäre Witwe.
Ich schwebte auf Wolken, bis mich das „Uuuhh" meines noch lebendigen Mannes aus Morpheus' – oder wie auch immer dieser Knabe heißen mochte – Armen riss.
Nichtsdestotrotz blieb meine Laune konstant gut.
Daran konnte auch die Aussicht auf das alljährlich wiederkehrende Neujahrs-Familientreffen in unserem Hause nichts ändern.

„Ein frohes neues Jahr", säuselte Treuhilde, als ich ihr pünktlich um siebzehn Uhr die Haustür öffnete.
„Ein frohes neues Jahr", säuselte ich zurück. Treuhilde trat ein und ließ sich von mir aus ihrem Persianermantel helfen, „dem letzten Geschenk deines Schwiegervaters, Gott hab ihn selig".
„Komm rein", bat ich Treuhilde und führte sie ins Wohnzimmer. „Claus kommt sofort herunter."
Besagter Claus hatte nämlich den ganzen Tag im Bett verbracht. Erst im Hotel, dann zu Hause. Zum Frühstück im „Nordischen Hafen" waren nur wenige Personen, überwiegend Mütter mit Kindern erschienen, die Männer hatten es vorgezogen, in den Federn zu bleiben.
Nach dem Frühstück hatte ich unsere Klamotten zusammengepackt, meinem Gatten notdürftig in Hose, Pulli und Jacke geholfen und schadenfroh dabei zugesehen, wie er sich in Schuh und Strümpfe quälte.
Es war mir auch gelungen, Kinder, Mann und Gepäck im Auto zu verstauen, nach Hause zu fahren und Claus ins Schlafzimmer zu bugsieren.
Die Schlafzimmertür hatte ich vorsorglich fest geschlossen. Und vor einer halben Stunde mit der Ankündigung „gleich kommt deine Mutter" wieder geöffnet.
„Deine Mutter" war für Claus das Zauberwort schlechthin. Eben noch den Alkoholtoten näher als den Lebenden, vermochten es diese beiden Worte, den schwer geschädigten Sohn aus dem Bett zu ziehen. Ich hatte auch schon überlegt, bei Claus' Beerdigung seine Mutter einfach vor der Kirchentür stehen zu lassen.

Womöglich schluchzte sie noch an seinem Sarg: „Aber Kind, wie konntest du das deiner Mutter nur antun?“, und schon stand der tote Claus auf und wurde wieder lebendig.
Egal, es klingelte erneut an der Haustür und meine Eltern traten ein. Auch sie drückten mir ihre Mäntel in die Hand, küssten meine Wange und wurden von Anton ins Wohnzimmer geführt. Claus hatte sich inzwischen herunterbequemt, gewaschen und gekämmt, einer geselligen Stunde stand nichts im Wege.
„Na, wie war denn euer Start ins neue Jahr?“, fragte mein Vater pfeiferauchend.
Er saß auf dem Sofa, eingerahmt von meiner Mutter und Treuhilde. Claus saß, wie stets, in seinem Sessel, ich hockte mit Pauline und Anton auf dem zweiten Teil der Couch.
Kerzen und Windlichter verbreiteten behagliche Atmosphäre, den Weihnachtskram hatte ich schon am Tag vor Silvester wieder in den Kisten verstaut. Käsehäppchen, mit Mandarine, Weintrauben oder Champignons verziert, boten sich zum Verspeisen an. Auch Käse-Blätterteigstangen stachen verlockend ins Auge.
„Ganz nett“, brummte mein verkaterter Mann.
„Zum Wohl“, ich hob mein Sektglas und prostete den anderen erst einmal zu. Das Anstoßen hatte mein Trottel von Ehemann mal wieder vergessen. Doch der Rest der Familie hatte auf diesen Startschuss gewartet, prostete ebenfalls und griff sodann zu Käsehappen und Blätterteigstangen. Da konnte ich nachher gleich wieder mit dem Handstaubsauger die Ritzen der Couch abfahren, so wie hier gekrümelt wurde. Das nächste Mal würde ich Baguettestangen hinstellen, nahm ich mir vor.
„Mann, das war voll cool“, äußerte sich zunächst Anton. „Da ging total die Post ab. Wir haben ordentlich rumgedanct, die Mucke (Anmerkung: Musik) war turbo funky, ‘n paar klasse Weiber waren auch da, die alten Schrullen haben wir zu den Kids abgeschoben.“
Anton hatte tatsächlich seinen Spaß gehabt. „Für die Langweiler hatten die auch noch Computer aufgebaut, aber da saßen nur so zwei Spießer dran. Voll ätzend.“ Mein Sohn schüttelte sich. „Und ich bin jetzt übrigens mit der Blondie zusammen. So richtig mit Zungenkuss und so.“
„Was?“, ich drehte mich abrupt zu ihm um. „Zungenkuss??? Blondie???“ Diese Person war mir bisher nicht bekannt. Was war das überhaupt für ein Name?
„Klar, Mama, ey, das macht man heute so.“ Er guckte mich an, als ob ich von einem anderen Planeten käme. „Ohne Zungenkuss

biste nicht richtig zusammen. Und Blondie ist der Spitzname für die Luisa. So kann man doch nicht heißen!" Er guckte angewidert. „Wie können Eltern ihrem Kind einen so bescheuerten Namen geben!"
Luisa war die Tochter eines weiteren Stammtischkollegen und genauso alt wie Anton. Ihre Mutter und ich hatten etwa zur gleichen Zeit entbunden.
„Anton, du bist noch nicht mal elf Jahre alt."
„Ist doch total egal. Mann, das ist heute absolut normal."
Ich war aber auch wirklich überhaupt nicht informiert. Vielleicht sollte ich doch mal Verenas Zeitung „Die Psyche meines Kindes" lesen. Ich nahm mir vor, ein echtes Mutter-Sohn-Gespräch mit Anton zu führen.
Dessen Großeltern guckten erschrocken. Dass ihr Enkel schon so groß war, hatten auch sie bislang nicht mitbekommen. Mein Gemahl hingegen schien eingeschlafen zu sein. Von ihm kam jedenfalls kein Mucks, nicht mal ein Gemecker, was ich an dieser Stelle eigentlich erwartet hatte.
„Mir hat es auch ganz prima gefallen", verkündete Pauline. „Die Sabrina hat tolle Spiele mit uns gespielt." Meine Tochter krümelte mit einer Blätterteigstange munter vor sich hin. „Wir haben ‚Reise nach Jerusalem' gemacht und ich hab dreimal gewonnen!" Sie blickte erfreut in die Runde. „Und geknallert haben wir auch. Das war überhaupt das Schönste! Obwohl ich schon etwas müde war, aber Papa hat mich auf den Arm genommen und ganz doll festgehalten. Und zwischendurch hat der Papa die Mama geküsst. Mitten auf den Mund. Hat ganz schön lange gedauert. Ich bin fast zu Tode gequetscht worden." Nun übertrieb sie aber gewaltig. „War das auch ein Zungenkuss?" Sie guckte zu ihrem Vater. „Papa?!" Der Papa fuhr hoch. Er hatte tatsächlich geschlafen und das bisherige Gespräch versäumt.
„Ja ja", stimmte er unwissend zu und sackte erneut in sich zusammen.
„Und wie habt ihr den Beginn des neuen Jahres erlebt?", fragte ich ablenkend meine Eltern und meine Schwiegermutter.
Treuhilde meldete sich sofort zu Wort.
„Also", sie nickte betont mit ihrem Kopfe. „Wir haben zunächst im ‚Hotel Kaiser' zu Abend gegessen." Das Hotel Kaiser war eine der wirklich sehr guten Adressen Wilhelmshavens, ein altes, im Familienbesitz befindliches Hotel nebst Restaurant. „Wir", das waren ein paar ebenso verwitwete Damen, alle der gehobenen Mittelschicht angehörend, und zwei Ehepaare. Deren Männer

hatten es, in meinen Augen, ziemlich schwer. Bei solchen Gelegenheiten ständig von kokettierenden Weibern umgeben zu sein. Wo eine die andere auszustechen versuchte. Doch allem Anschein nach gefiel diese Koketterie den älteren Herren, und die dazugehörigen Damen waren wohl nicht eifersüchtig.
„Das Essen war wieder einmal genial. Ich habe kaum alles aufessen können.“ Doch wie ich meine Schwiegermutter kannte, hatte sie nicht den kleinsten Krümel auf ihrem Teller zurückgelassen. „Anschließend waren wir bei Gertrude.“ Treuhilde blickte aufmerksam in die Runde, damit auch keinem entging, was sie Wichtiges zu vermelden hatte.
Sie schnalzte mit der Zunge: „Tss, also wirklich. Was die Gertrude sich aber auch wieder für Mühe gegeben hat! Unglaublich.“ Anscheinend sollten wir nun alle vor Neid erblassen.
„Auf dem Tisch waren kleine Holzhufeisen und Glückskleeblätter verteilt, dazu zwei echte Glücksklees in silbernen Übertöpfen und Schornsteinfegerfiguren. Gertrude hatte so viel zu knabbern hingestellt, als hätten wir jahrelang nichts zu essen bekommen, und sie reichte einen ganz besonderen Champagner. Köstlich.“ Ein erneuter Rundblick überprüfte, ob wir auch mit der gebührenden Aufmerksamkeit zuhörten. „Um zwölf gab es Berliner.“ Sie fing an zu kichern. „Einer war doch tatsächlich mit Senf gefüllt.“ Sie guckte mich an. „Und rate mal, wer den bekommen hat?!“ Ich zuckte mit den Schultern. Hatte ich doch schon Schwierigkeiten, mir die Namen der Leute an sich zu merken, mit denen sie Silvester feierte.
„Der Johann!“ Ich lächelte fragend. „Na der Johann von Kalten-Klappreif.“
Ach so, der. Das war früher ein Freund meines Schwiegervaters, Gott hab ihn selig. Ehemals Zahnarzt und nun seit zirka zwanzig Jahren im Ruhestand. Ein beliebter Kokettierpartner für Treuhilde. Wo dessen Frau fast taub war und an den Gesprächen sowieso nur mit ‚hä?‘ und ‚wie?‘ teilnahm. Die war praktisch gar nie anwesend. Im geistigen Sinne, versteht sich. Denn gucken konnte die noch ungemein gut. Und hätte meiner Schwiegermutter bestimmt auf die Finger gehauen, wenn diese sich, rein optisch, etwaige Annäherungsversuche erlaubte.
Auch meine Eltern berichteten zufrieden von ihrem Jahreswechsel, Claus ließ zwischendurch einen leichten Schnarcher vernehmen, kurz, es war ein gelungenes Familientreffen.
Erst als sämtliche Elternteile zum Aufbruch bliesen, erwachte mein Gemahl und konnte sich zumindest verabschieden.

Seine Frage, den Inhalt der geführten Gespräche betreffend, beantwortete ich naturgemäß nicht. Hätte er sich doch zusammenreißen und wach bleiben sollen!

„Drrrrr", schellte es an der Haustür.
Heute war der 9. Januar, der erste Schul- und Arbeitstag im neuen Jahr.
Mann und Kinder waren aus dem Haus, ich hatte die Zeit dazu genutzt, meine Haare mit einer erneuten Bierspülung zu verwöhnen, als es plötzlich klingelte.
Na, das kannte ich ja schon. Kaum hatte ich mal Bier im Haar, schon schlug die Schelle Alarm. ‚Bestimmt wieder Treuhilde', knurrte ich, als ich mir ein dunkelgraues Handtuch um den biertriefenden Kopf schlang. Ich hastete nach unten und schaffte es gerade noch, den Reißverschluss meiner hautengen Jeans zu schließen, bevor ich die Tür öffnete.
Grelles Licht flutete mir entgegen.
Ich sah überhaupt nichts. „Hilfe, Polizei, ein Überfall", fiel mir spontan ein. Ich versuchte die Tür zu schließen, doch ein braunbeschuhter Fuß hinderte mich daran.
„Charlotte Koch?", fragte eine sympathische Stimme aus dem Lichtermeer.
Ich nickte vollkommen verunsichert.
„Bernd Birne", ein Kopf schob sich in mein Blickfeld.
Scheiße! Fernsehn! dachte ich.
Bernd Birne war mir schließlich ein Begriff. Amüsierte ich mich doch des Öfteren köstlich über seine Sendungen.
„Liebe macht's möglich" hieß die eine.
„Der Racheengel" eine andere.
„Glücksroulette" die letzte der Reihe, die ich immer wieder gern als Abendunterhaltung über mich hinwegrieseln ließ. Die Leute waren aber auch immer so was von blöd!!!
In „Liebe macht's möglich" sülzten sie entweder dem Partner dämliche Liebesschwüre vor, die kein halbwegs intelligenter Mensch für bare Münze nehmen würde; oder sie sangen, was noch schlimmer war, nette, vollkommen verstümmelte, weil angepasste Lieder unmusikalisch ins Mikrofon; oder sie versuchten auf bescheuerte Art und Weise, den weggelaufenen Partner zurückzubekommen. Ich wartete eigentlich nur darauf, dass einer von den „Überfallenen" mal sagte: „Ihr könnt mich mal!" und die Tür wieder schloss. Aber das war offensichtlich nicht so ohne weiteres möglich, wie ich jetzt selbst sah.

Hatte Claus diesen „Birne“ geschickt?
Wurde ich jetzt im Lear-Jet nach New York entführt, damit mir mein Mann auf dem Dach des Empire-State-Buildings eine erneute, zutiefst ernst gemeinte Liebeserklärung machen konnte? Also, das hätte in der Tat Eindruck bei mir geschunden. Erstens wäre ich für mein Leben gern mal mit so einem Jet geflogen. Und wenn sich zweitens Claus zu einem derart ungewöhnlichen Schritt überwinden konnte ...
Doch nein, so viel Phantasie und vor allem Zuneigung traute ich ihm nicht zu.
Vielleicht wollte mir ein bislang noch Unbekannter auf diese Weise seine Liebe kundtun?
Ein Jüngling mit knackigem Hintern und sexy Stimme? Und ständig guter Laune?
Und ich stand hier, mit knapper Jeans, Unterhemd (na, wenigstens das war neu und sauber) und Handtuch auf dem Kopfe. Wie würde sich das im Fernsehen machen? O Heiland, wo war denn nur ein Loch? Ich wollte versinken, mich unsichtbar machen im gleißenden Lichte! Doch es half nichts. Bernd Birnes braunbeschuhter Fuß stand fest wie eine deutsche Eiche in der Tür.
Da meine Füße leider nur schwarz bewollstrumpft waren und nicht über hohe Absätze verfügten, erübrigte sich die Überlegung, einmal kräftig mit der Ferse zuzutreten.
„Was gibt's?“, versuchte ich souverän zu fragen.
Bernd Birne drückte die Haustür ein Stückchen weiter auf, so dass das gleißende Licht in mein ungeschminktes Gesicht fiel.
„Ich habe hier einen Brief“, kündigte er verheißungsvoll an.
„Ist mir egal, bringen Sie ihn zur Post“, mein Witz gewann die Oberhand, „dann stören Sie unschuldige, sich die Haare waschende Frauen nicht schon so früh.“
Ich lächelte, ungeschminkt und mit dunkelgrauem Handtuch auf dem Kopf.
„Unser Postbote ist ein patenter Kerl, der schafft es, die Briefe ohne zu klingeln in den Briefkasten zu werfen. Lassen Sie den nur ruhig seine Arbeit machen.“ Ich wollte Herrn Birne den Brief aus der Hand nehmen. Er wehrte sich mannhaft. So etwas hatte er augenscheinlich noch nie erlebt.
„Mooooment, ich bin ja noch nicht fertig“, Mister Fernsehen war natürlich routiniert und ließ sich so leicht nicht aus der Fassung bringen. Er drückte die Tür noch ein Stückchen weiter auf, so dass nun jeder Zuschauer daheim den Schuhberg direkt dahinter sehen konnte.

Sauerei. Wenn ich gewusst hätte, dass das Fernsehen kommt, hätte ich doch zumindest den Krempel weggeräumt! Wer mir so 'n Quatsch wohl aufgedrückt hatte?

„Ihre Freundin Gudrun schreibt, Sie hätten absolute Höhenangst", sprach Bernd Birne.

„Da hat sie Recht", stimmte ich zu und wollte die Tür wieder schließen. „Tschüs, Herr Birne, und schönen Tag noch."

„Kamera auuuuusss!" Des Moderators Stimme vollbrachte ein Wunder. Das gleißende Licht erlosch. „Kann ich mal kurz reinkommen?"

„Sicher, doch ohne Kamera."

Freund Birne trat ein.

Ich führte ihn ins Wohnzimmer, meine Küche war noch nicht aufgeräumt, und bot ihm einen Kaffee an. Herr Birne nahm auf dem Sofa Platz.

„Also, Frau Koch, so geht das nicht", ignorierte er mein Angebot.

„Wie bitte? Was geht so nicht?"

„So können wir das Ding nicht drehen." Er versuchte mich von oben herab anzublicken, lächelte dabei aber überaus charmant. „Da müssen Sie schon mitspielen."

„Nö, muss ich nicht." Ich guckte ihn direkt an. „Glauben Sie denn im Ernst, ich lasse mich zum Gespött der ganzen Nation machen? Sie kommen her, filmen mich unvorbereitet und ohne meine Einwilligung und senden den ganzen Quatsch zur besten Sendezeit? Auf meine Kosten?" Ich schüttelte den Kopf. „O nein." Pause. „Wenn schon Fernsehen, dann in Absprache mit mir und zu meinen Bedingungen."

„Aber so läuft das nicht", protestierte Bernd Birne.

„Tja", ich hob meine Hände, „bei mir läuft es eben so und nicht anders. Ansonsten wünsche ich Ihnen einen schönen Tag. War jedenfalls nett, Sie mal kennen zu lernen."

Ich erhob mich und wollte meinen ungebetenen Gast zur Tür geleiten. Sollte er sich doch andere Dumme suchen.

„Also, den Kaffee nehme ich gern", kam nun von Mister Talkshow. Ich kredenzte ihm denselben mit Milch und Zucker, goss mir selbst einen Becher pur ein und setzte mich wieder.

Bernd Birne nahm den Becher in die rechte Hand. „Also, so was wie Sie ist mir ja noch nie untergekommen", sagte er verblüfft, „noch nie hat irgendwer versucht, mir die Tür vor der Nase zuzumachen." Er schlürfte beim Trinken laut und vernehmlich. „Die Leute sind so was von fernsehgeil, die könnte ich auf dem Klo filmen und sie würden sich noch toll dabei finden."

„Tja … ich aber nun mal nicht“, stellte ich fest. „Das ist irgendwie nicht so ganz mein Ding.“
Ich blickte ihn an. „Kommen Sie nun als ‚Racheengel‘ oder als ‚Glücksroulettler‘?“ Schließlich wollte ich wissen, mit welcher Art von Show ich es zu tun hatte.
„Heute bin ich für das ‚Glücksroulette‘ unterwegs“, antwortete mein Gegenüber.
„Wie vorhin schon gesagt, Ihre Freundin Gudrun hat uns geschrieben, dass Sie an Höhenangst leiden, und da wollen wir Sie heute auf die Probe stellen.“
„Ach, Herr Birne“, enttäuschte ich ihn, „da haben Sie bei mir absolut keine Chance.“ Ich hob die Schultern. „Egal, was Sie auch versuchen, so wie ich Ihre Sendungen kenne, würde ich sowieso nicht mitmachen.“
Erst letztens hatte ich nämlich gesehen, wie die einen an ebensolcher Angst leidenden Menschen über ein Drahtseil in fünfzig Metern Höhe laufen ließen. Gut, der war angegurtet und hatte auch noch zwei Halteseile links und rechts, aber ich hatte mich gleich am nächsten Morgen mit Gudrun unterhalten und ihr erklärt, dass meines Erachtens kein einziger Mensch mit auch nur ansatzweise vorhandener Höhenangst ein solches Unterfangen mitgemacht hätte. Ich sowieso nie!!! Im Leben nicht!
Bernd Birne gab nicht auf. „Frau Koch, was meinen Sie denn, können wir das Ganze nicht noch einmal von vorn versuchen?“
Er guckte mich so nett an, dass ich nicht widerstehen konnte.
„Ihre Kinder sind außerdem heute gut untergebracht“, schmeichelte er weiter, „Ihre Mutter ist in alles eingeweiht und kümmert sich um die beiden.“
Das war nun eindeutig der Gipfel! Alle, aber auch alle waren gegen mich. Kein einer hatte mich richtig lieb.
Aber gut, wenn die Familie und meine beste Freundin es denn so wollten, spielte ich mit.
Wenn auch mit leichten Rachegelüsten im Bauch.
Ich verabredete mit Herrn Birne, den ich nun Bernd nennen sollte, dass mir eine halbe Stunde Schonfrist gegönnt wurde, die ich nutzen wollte, um mein Outfit zu vervollkommnen und den Krempel im Flur zu beseitigen. Bernd blieb so lange in meinem Wohnzimmer hocken. Vorher hatte er seine Leute von draußen nach drinnen befördert und ihnen aus der von mir bereitgestellten Thermoskanne Kaffee eingeschenkt. Auch Kekse konnte ich noch auf den Markt schmeißen, bevor ich mich zum „Finish“ zurückzog.

Die Crew war entzückt, flegelte sich in Küche und Wohnzimmer herum und hatte mir versprochen, keine, absolut gar keine Aufnahmen meines Hauses zu machen. Nach besagter halber Stunde stand ich geschniegelt und geföntvor Bernd.
Der klatschte in die Hände.
„Nun denn, ihr Lieben, dann wollen wir mal."
Alle erhoben sich und stellten sogar ihre Kaffeebecher ordentlich in die Küche.

„Klingelingeling", erscholl erneut die Türglocke.
Mit leichtem Lächeln öffnete ich und wurde wieder in gleißendes Licht getaucht.
„Frau Charlotte Koch?"
„Eben jene," antwortete ich gekonnt.
„Darf ich mich vorstellen, mein Name ist Bernd Birne."
Quatschkopf, das wusste ich doch schon längst.
Aber ich machte artig mit, hob gespielt entsetzt die Hände und drehte mich um.
„Kamera aaauusss!" Bernd erhob seine Stimme.
„Mensch, Charlotte, du darfst dich doch nicht umdrehen."
Klar. Mann, ey, ich machte zum ersten Mal beim Fernsehen mit. Also gut. Noch mal.
„Kamera aaannn!"
„Darf ich mich vorstellen, mein Name ist Bernd Birne."
„Huch", ich hielt mir die Hand vor den Mund.
„Ich habe hier einen Brief von Ihrer Freundin Gudrun." Ein Stück Papier wurde vor meinem Gesicht hin und her gewedelt.
„Ihre Freundin schreibt, Sie hätten tierische Höhenangst!"
„Das stimmt", ich tat völlig überrascht.
„Und nun sind Sie Gast im ‚Glücksroulette', liebe Frau Koch." Bernds Gesicht richtete sich gen Kamera. Großaufnahme mit Weichzeichner. Schließlich hatte auch er die fünfunddreißig bereits überschritten. Hallo, Leute, habt ihr bei mir auch den Weichzeichner eingesetzt? Mit ordentlich Nebel drum rum?!
„Und nun möchte ich Sie entführen." Bernd setzte sein familienfreundliches, von potentiellen Schwiegermüttern geliebtes Lächeln auf. „Ziehen Sie sich bitte warm an, denn … es wird noch nicht verraten, wo es hingeht." Er blickte erneut voll in die Kamera. „Wohin ich Charlotte entführe, sehen Sie gleich nach der Werbung."
Das Licht erlosch, die Leute zockelten ab, Bernd Birne und ich waren allein.

„Was soll denn nun der Quatsch?“, wollte ich wissen.
Jetzt wurde ich lang und breit über die Verträge mit Sponsoren unterrichtet, während ich in Jacke und Schuhe schlüpfte. Bernd Birne war übrigens äußerst hilfsbereit.
Total entspannt und vollkommen gut drauf trabte ich neben ihm zum Glücksroulette-Bulli. Ich durfte sogar neben dem Fahrer Platz nehmen.
Wir fuhren Richtung Südstrand. Dort stand der Funkturm des Wasser- und Schifffahrtsamtes.
Am Helgoland-Kai.
Vom Helgoland-Kai fuhr im Sommer die WILHELMSHAVEN I eben nach Helgoland. Direkt daneben, linker Hand, befand sich besagter Funkturm. So zirka fünfzig Meter hoch. Mit netten Metallsprossen zum Draußenherumklettern umzu.
Ein wahrer Traum für jeden Bergsteiger.
Kamerateam, Bernd Birne und ich postierten uns davor.
Zunächst hatten wir natürlich eine Erlaubnis zum Betreten des Geländes vorzeigen müssen. Ich hatte schon gehofft, der Wachmann würde uns nicht durchlassen, doch offensichtlich war entweder die Erlaubnis okay oder der gute Mann war stolz, auch einmal ins Fernsehen zu kommen, jedenfalls durften wir ohne weiteres das Tor passieren.
Während wir fuhren, raunte ich Bernd zu: „Wenn du nicht ein so sympathischer junger Kerl wärst, würde ich den ganzen Scheiß überhaupt nicht mitmachen.“ Bernd grinste nur.
Nun standen wir also am Fuße des Funkturmes. Über mir stiegen Meter um Meter grauen Betons in die Höhe. Die Kamera hatte mich zitternd in Großaufnahme im Bild.
„So, Charlotte, nun kommen wir zu deiner Aufgabe.“
Bernds Gesicht löste kameratechnisch das meine ab.
„Diesen Funkturm“ – Kameraschwenk nach oben – „sollst du jetzt erklimmen.“
Pause. Die Kamera hatte nun wieder mein Gesicht voll drauf. Das Zittern meiner Mundwinkel war wirklich nicht gestellt, obwohl ich doch eigentlich nur zum Schein mitmachte.
„Du musst die ganzen fünfzig Meter hoch.“ Die Kamera zeigte langsam den Funkturm in seiner ganzen, von unten imposant anzusehenden Höhe.
„Natürlich gurten wir dich an.“ Bernd strahlte in die Kamera. „Du hast selbstverständlich etwas Zeit, um dir zu überlegen, was du tun wirst! Falls du dich dafür entscheidest, winkt dir die Chance auf 88.888 Mark.“

Es fehlte nur der Tusch.

Die Kamera wurde ausgeschaltet, in der echten Show sollte an dieser Stelle die Werbeunterbrechung kommen.

„So, Freunde, das war's“, sagte ich, „kann ich nun wieder nach Hause?“

„Wie, nach Hause? Du sollst jetzt den Turm hochklettern!“

„Aber Bernd, ich hab dir doch schon tausendmal erklärt, dass ich da nicht hochturne.“

„Auch nicht für 88.888 Mark?“

„Für ‘ne Million, eine garantierte, würde ich es vielleicht, aber nur vielleicht, versuchen. Doch lediglich für die Chance auf 88.888 Mark ganz bestimmt nicht.“

Bernd legte nun freundschaftlich den Arm um meine Schultern. Da er einen guten Kopf größer war als ich, zudem noch ziemlich sympathisch, war es kein unangenehmes Gefühl.

„Charlotte“, er versuchte einen beschwörenden Ton in seine Stimme zu legen.

„Bernd“, ich schüttelte bestimmt und fast bedauernd den Kopf. Wie gern würde ich ihm doch den Gefallen tun. Aber ich konnte nicht. Beim besten Willen nicht.

„Ist gut, ich versteh dich ja“, hauchte er mir leise ins Ohr. Dieser Schlawiner! Glaubte er etwa, ein bisschen Erotik in der Stimme würde eine so hart gesottene Höhenängstlerin wie mich zu einer derartigen Wahnsinnstour veranlassen?

Ein skeptischer Blick meinerseits traf ihn. Bernd zuckte mit den Schultern: „Gut, Charlotte, dann müssen wir gleich nur noch dein ‚Nein' mit der Kamera festhalten und du bist erlöst.“ Er strich mir nun doch noch wahrhaftig durch mein Haar. Nicht zu fassen. Ich löste mich, wenn auch leicht widerstrebend aus seinem Arm.

„Genau.“

„Könntest du vielleicht noch ein wenig mit der Stimme schwanken? So eigentlich wollen und nicht können?“, bat mich Bernd. Selbstverständlich konnte ich. Sogar ein leicht feuchtes Auge gelang mir. Vielleicht sollte ich mich mal als Schauspielerin bewerben?

Die letzte Aufnahme war im Kasten und Bernd fuhr mich mit seinem Glücksroulette-Bulli nach Hause. Das Kamerateam war mit den restlichen Fahrzeugen schon Richtung Autobahn unterwegs. Bernd folgte mir in die Küche, hockte sich auf die Eckbank und erklärte, er würde mich anrufen, um mir den genauen Sendetermin meiner Glücksroulette-Episode mitzuteilen. Wir plauschten noch ein halbes Stündchen, dann stand ich allein in meiner Küche, nur Berge von leeren Kaffeebechern erinnerten mich daran, dass ich keinen Tagtraum erlebt hatte.

„Wer war da?“, Anton kriegte den Mund nicht mehr zu, „Bernd Birne?“ Ich rührte in meinem Eintopf und nickte.
„So ‘ne Scheiße“, beschwerte sich mein Sohn. „Kaum bin ich den ersten Tag nach den Ferien wieder in der Schule, rollt hier das Fernsehn an. Und ich hocke stumpf in der Klasse und ahne nicht mal, was hier zu Hause abgeht. Scheiße, Scheiße und nochmal Scheiße.“
„Anton!“ Ich unterbrach mein Rühren, griff zu Instant-Gemüse-Brühe und Schmelzkäse, ein letzter Versuch, dem Inhalt meines Topfes zu etwas mehr Geschmack zu verhelfen.
„Ist doch wahr.“ Mein Großer war noch immer entrüstet.
„Wie is’ er denn so?“
„Jetzt, lecker. Das liegt wohl am Schmelzkäse.“
„Oahh, Mama, Bernd Birne natürlich.“
Klar, Mütter sind eigentlich immer dumm.
„Ganz nett.“ Ich hatte fertig abgeschmeckt und war schon fast satt. „Deckst du bitte mal den Tisch.“ Schwerfällig kam Anton meiner Aufforderung nach. Insgeheim beschloss ich, ihm nur die Hälfte der üblichen Ration zu geben. Vielleicht verhalf ihm weniger Essen zu mehr Vitalität.
„Nur ganz nett, sonst nichts?“
„Was möchtest du denn hören? Sexy, aufregend, cool oder was?“
„Also sexy musst du ihn nicht finden. Du bist ja schließlich schon verheiratet.“ Hörte sich an wie ‚du bist ja schon scheintot’.
„Na, nett eben. Punkt, basta, Ende.“
„Und du bist da echt nich hochgeklettert? Is ja megaschwach. Wahrscheinlich nehmen sie dich jetzt gar nich erst ins Programm. Oder wenn, wird das ja voll peinlich. Kann ich mich hinterher nur noch mit Maske in die Schule trauen. Weil dann alle schreien: ‚Ey, Anton, deine Mutter ist ‘ne feige Alte’.“
Nun reichte es der Mutter.
„Mein lieber Freund, wenn du nicht sofort aufhörst, hier rumzumotzen, kriegst du ‘ne Abreibung, die sich gewaschen hat. Was glaubst du denn eigentlich, wer du bist?“ Was Anton konnte, konnte ich schließlich schon lange.
„Wenn du so ein Klugschnacker bist, bitte, dann klettere du doch so ’nen blöden Funkturm hoch. Bei Wind und Wetter. Ich kann das jedenfalls nicht und bin auch nicht so bildschirmgeil, dass ich

um jeden Preis für Sensationen sorgen muss. Es wäre ja auch möglich gewesen, dass ich vor lauter Angst einen Herzinfarkt bekommen hätte. Und du hättest keine Mutter mehr."
Ich baute mich vor meinem Sohnemann auf, die Hände in die Hüften gestemmt. „Dann hätten deine Klassenkameraden wahrscheinlich eher gesagt: ‚Oh, Scheiße, Alter, was musste die auch unbedingt da rauf!' Oder?"
„Ist schon gut, Mama", der Motzer hatte sich wieder in einen liebenden Sprössling verwandelt. „Wenn du es nicht kannst, dann eben nicht. Brauch dir echt nicht peinlich zu sein." Er gab mir einen Kuss. ‚Siehste', fläzte sich mein Unmut in seinem Körbchen, ‚ab und zu muss auch ein Mütterlein mal zur Sprache der Jugend greifen.'

„Mama, ich kann nicht schlafen."
Paulinchen lag schon seit drei Stunden im Bett, nur Anton kam immer wieder angedackelt.
„Wenn du nicht gleich in deinem Bett verschwunden bist, kriegst du eine gelangt", meckerte Claus, ehe ich auch nur den Mund aufmachen konnte.
„Claus!", zischte ich.
„Geh mal in die Küche, mein Schatz", sprach ich in Antons Richtung weiter. Der Nichtschläfer schlich geknickt von dannen. Ich erhob mich. „Darüber sprechen wir gleich noch", drohte ich meinem Mann, erntete jedoch nur ein grimmiges Knurren. Ich hatte nun endgültig genug. Und einen Plan hatte ich auch schon. Nächste Woche würde ich ihn in die Tat umsetzen, es ging wahrlich nicht anders.
In der Küche stand ein kleines Häuflein Elend.
„Du, Mami, irgendwie ist mir auch etwas schlecht."
Ich strich ihm über den Kopf. „Setz dich mal eben hin, ich hole nur schnell einen kleinen Eimer, den können wir dir ja vorsorglich ans Bett stellen. Falls du wirklich spucken musst."
„Ist gut, Mama." Auf halbem Weg in den Keller hörte ich es schon. Zu spät, dachte ich, schnappte mir trotzdem den Eimer, dazu Feudel und Wischmopp und stürmte wieder nach oben. Es war inzwischen viertel vor zwölf in der Nacht, die allerbeste Zeit, um die Küche zu wischen.
„Mama, nicht böse sein", schaffte es Anton, vor dem nächsten Würganfall zu schluchzen.
„Ach, Mäuschen, ich bin dir doch nicht böse." Routiniert griff ich zur Rolle Küchenkrepp und verteilte deren Blätter auf dem

Küchenboden. Inzwischen hatte sich auch Claus in die Küche bequemt.
„Was ist hier denn los?“, grollte er, als er den weiß ausgelegten Boden und den säuerlichen Geruch wahrnahm.
„Anton musste brechen.“ Dass Männer aber auch ständig so saudumme Fragen stellen konnten.
„Mann, hättest das nicht auf dem Klo machen können?“, schnauzte Claus seinen erbärmlich dreinschauenden Sohn an.
„Claus ...“, ich war auf hundertachtzig.
„Ist doch wahr.“ Mein Gatte war sich mal wieder keines Fehlverhaltens bewusst. „Tut immer so groß und reihert mitten in die Küche.“
„Na, besser als auf den Teppich.“ Ich war inzwischen dabei, die Tücher aufzuheben und in eine Plastiktüte zu verfrachten.
„Geh lieber nach oben“, forderte ich meinen Mann auf.
„Das ist ja ein toller Abschluss des Tages“, sauer stapfte er davon.
Du mich auch, dachte ich und begann, den Boden mit Wischmopp und Sagrotan-Wasser wütend zu reinigen.
Anton war verzweifelt. „Ich will nicht, dass ihr euch wieder streitet“, schluchzte er.
„Wir streiten uns ja gar nicht“, beruhigte ich ihn und machte mich mit frischem Wasser gleich noch über seine Füße her, die mitten in der Lache Erbrochenem gestanden hatten. „So, mein Schatz, nun zieh mal den Schlafanzug aus, der muss in die Wäsche, ich bringe dich und den Eimer nach oben.“ Anton folgte mir wie ein begossener Pudel.
Als er frisch eingekleidet und ordentlich zugedeckt in seinem Bett lag, ging ich in die Küche hinunter, griff mit der einen Hand ein Raumspray, mit der anderen eine offene Flasche Sekt aus dem Kühlschrank und verteilte beides ordentlich. Das Raumspray im Raum, den Sekt in ein großes Wasserglas. Das trank ich in einem Zug leer, machte das Fenster sperrangelweit auf, schenkte mir noch mehr Sekt ein und zündete eine Zigarette an.
Erschöpft ließ ich mich auf einem Stuhl nieder. Von draußen wehte eisiger, nächtlicher Januarwind herein und auch mein inneres Gefühlsleben glich dem einer Tiefkühltruhe.
Nächste Woche ganz bestimmt, dachte ich. Nächste Woche bringe ich dich um, Claus.
Mutterinstinkt und Unmut schwiegen und fast kam etwas Mitleid mit Claus in mir auf.
Aber nur fast.

„Kommt Papa heute wieder später?“
Wir saßen zu dritt am Abendbrottisch. Ein kleines Kerzchen versuchte vergeblich, heitere Stimmung zu verbreiten. Das Küchenlicht war dezent gedimmt, vor uns auf den Tellern dampften die Pizzen, die uns ein Pizza-Service gebracht hatte. Anton verspeiste genießerisch seine Hawaiipizza. Auch Pauline hatte großen Appetit, waren wir doch den ganzen Nachmittag mit den Rollerblades die Promenade des Südstrandes auf- und abgelaufen. Lediglich ich verspürte absolut keinen Hunger. Mir war der Entschluss, meinen Gatten in den nächsten Tagen ins Jenseits zu befördern, derart auf den Magen geschlagen, dass ich seit Montagnacht bereits zwei Kilo abgenommen hatte.
„Ich glaube schon, Pauline“, antwortete ich meiner Tochter. Was sollte ich sonst auch sagen?
Es war acht Uhr abends, kein Claus weit und breit zu sehen, auch einen Anruf hatte er nicht für nötig gehalten. Wahrscheinlich hielt er sich wieder in Oldenburg auf. Ein verunglückter Lacher entschlüpfte meinen Lippen.
„Was is denn?“, Anton blickte auf.
„Ach nichts.“
„Kann ich noch Cola haben?“
„Klar, schenk dir was ein.“
„Ich auch.“ Pauline hielt Anton ihr Glas hin.
Die Kinderpizzen waren vertilgt und meine Pizza wurde wieder in ihren Pappbehälter verstaut. Während ich die Küche aufräumte, durften die Kinder noch ein letztes halbes Stündchen fernsehen, bevor ich sie in die Betten scheuchte.

Zwanzig vor elf. Ich saß vor einem Glas Wein im Wohnzimmer und verspürte eine wahnsinnige Wut. Auf Claus, auf mich und auf das Leben überhaupt.
Plötzlich klingelte es an der Tür.
Hatte ich aus Versehen den Schlüssel stecken gelassen und Claus kam nicht herein? Stand sauer vor der Tür und musste womöglich ganz nötig auf Klo? Ich grinste, war mit mir und meiner Welt plötzlich wieder ganz zufrieden. Ob ich noch ein paar Minuten warten sollte? Vielleicht ertappte ich ihn dann dabei, wie er sich in die Rabatten erleichterte. Wo er doch immer so vornehm tat.
Es klingelte wieder.
Na, ich sollte mal nachsehen.
Als ich mich der Haustür näherte, erkannte ich zwei Gestalten, die davor standen.

Mmh, das kam mir nun doch etwas spanisch vor. Nachts um kurz vor elf? Ob das Zeugen Jehovas waren? Durch die geschlossene Tür fragte ich: „Ja, bitte, was wollen Sie?“ Angst machte sich in mir breit. Waren das Einbrecher oder Entführer?
„Frau Koch? Mein Name ist Sommer, Kripo Wilhelmshaven. Und neben mir steht Pastor Schneider. Können wir hereinkommen?“
Ich schüttelte ungläubig den Kopf. Was war denn nun das? War das echt oder nur ein Trick? Ich öffnete die Haustür ein winzig kleines Stück, ließ aber den Sicherungshaken oben noch dran. „Zeigen Sie mir mal Ihren Ausweis.“ Ein Plastikkärtchen wurde mir entgegengeschoben. Vor dem Tor entdeckte ich ein Polizeifahrzeug, der Plastikkartenbesitzer hatte tatsächlich eine Polizeiuniform an, und ein gründlicher Blick auf den Ausweis überzeugte mich, dass hier kein Unfug oder Überfall geplant war. Oder war das Ganze schon wieder eine Bernd-Birne-Masche? Nein, doch nicht abends zu so später Stunde.
Ich öffnete die Tür nun vollständig und ließ die beiden Herren eintreten. Sie machten ernste Gesichter.
„Was gibt es denn?“, fragte ich zaghaft. Denn dass sie keine Lottomillion überbringen wollten, war selbst mir inzwischen klar.
„Können wir uns irgendwo setzen?“ Diesmal sprach der Herr Pastor. Der Polizist, Herr Sommer, fühlte sich sichtlich unbehaglich.
„Gehen Sie bitte ins Wohnzimmer durch“, ich folgte mit grummeligem Gefühl im Bauch.
„Tja, Frau Koch“, begann Herr Sommer, als wir alle unbequem auf den Kanten der Couch Platz genommen hatten. „Wir müssen Ihnen leider mitteilen, dass Ihr Mann einen schweren Autounfall hatte.“
Aha, deshalb war er also noch nicht zu Hause. Das war endlich mal ein akzeptabler Grund. Ich räusperte mich.
„Einen Unfall?“ Meine Stimme hatte sich verflüchtigt. Dafür stand mein Unmut schon in den Startlöchern. Hatte die Lippen gespitzt und wagte sogar, ein paar Noten von „Halleluja“ zu pfeifen.
„Wo, wann und was genau ist ihm passiert?“
Nun räusperte sich Herr Sommer. „Auf der Autobahn, kurz hinter Zetel. Er war auf dem Weg nach Wilhelmshaven, fuhr anscheinend mit überhöhter Geschwindigkeit und verlor die Kontrolle über sein Fahrzeug.“
Pause, erneutes Räuspern. „Er war auf der Stelle tot.“

„Mein Beileid, Frau Koch."
Ich stand auf. Lief im Wohnzimmer auf und ab. Tot. Tot. Tot. Ich wandte mich Richtung Fenster und schniefte. Mein Unmut pfiff derweil jubilierend vor sich hin und ich konnte ein Grinsen nicht unterdrücken. Halleluja! Lieber Gott, ich danke dir! Muss ich nun nicht selbst Hand anlegen, keine Gefahr mehr, dass ich eventuell doch geschnappt würde.
Ich war frei!!! Armer Claus. Nun war er also dahin. Ich konnte es kaum fassen.
Hinter mir bewegte sich etwas. Der Pastor war aufgestanden und kam auf mich zu. Wie sollte ich nur dieses blöde Grinsen von meinem Gesicht bekommen? Herr Schneider legte mir von hinten die Hände auf die Schultern.
„Frau Koch", sprach er sanft. Ich atmete tief durch und biss mir absichtlich so fest auf die Lippen, dass mir die Tränen in die Augen stiegen. Endlich war ich bereit, mich umzudrehen. „Er hat wenigstens nicht gelitten."
Ich versuchte einen versteinerten Ausdruck hinzukriegen. Sprechen konnte ich nicht, womöglich hätte ich schallend gelacht. Und das ziemte sich schließlich nicht für eine frisch verwitwete Frau.

Ein gutes halbes Jahr später.
„Mama, kriegen wir jetzt eigentlich Geld zurück, wo Papa nicht mit in den Urlaub fährt?" Anton hatte das Dahinscheiden seines Erzeugers erstaunlich gut verkraftet und dachte durchaus kaufmännisch.
„Ich glaube nicht", gab ich zurück, „da hätte ich vorher im Reisebüro Bescheid sagen und den einen Flug stornieren lassen müssen." Ich war gerade dabei, die Urlaubswäsche zusammenzupacken. Einen Berg für Anton, einen für Pauline und einen für mich. Mein Sohn fläzte sich auf dem verwitweten Bett herum.
„Das hätteste aber gleich tun müssen. Kostet doch sicher 'ne ganze Menge, so 'n Erwachsenenaufenthalt in dem Club. Da wäre ja mindestens eine Playstation für mich drin gewesen."
„Anton!" Also etwas mehr Anstand und Pietät hätte ich von meinem halbwaisen Sohn wohl erwartet. Wo es mir doch daran schon mangelte. „Daran habe ich nun wirklich nicht gedacht. Schließlich hatte ich auch eine ganze Menge zu erledigen."
Zufällig hielt ich eine Badehose von Claus in der Hand und betrachtete sie. Tja, du kleines Zelt, dachte ich, dich habe ich wohl bei der Altkleidersammlung vergessen abzugeben. Macht

nichts, kommst du eben zum normalen Restmüll. Ich schmiss das schwarze Etwas auf den Boden, schaute meinen mit sich und der Welt – fast – zufriedenen Sohn an und erinnerte mich.

Der Polizist war an jenem 14. Januar ziemlich schnell verschwunden, der Pastor war mir erhalten geblieben. Er hatte dafür Sorge tragen wollen, dass mein inneres Gleichgewicht so weit wieder hergestellt war, dass ich nicht Gefahr lief, mir und meinen Kindern vor lauter Trauer etwas anzutun. Oder so ähnlich.
„Möchten Sie einen Arzt?“, hatte er mich gefragt.
„Wozu?“, hatte ich zurückgegeben, „ich bin schließlich nicht krank. Und ich hatte auch keinen Unfall.“ Ein weiterer Gluckser war mir entwichen. Pastor Schneider wähnte mich im Schock.
„Soll ich Ihnen einen Kamillentee kochen?“ Er hatte sich wirklich äußerst aufmerksam verhalten, obwohl die Situation auch für ihn sicher nicht angenehm war.
„Nein, ist schon in Ordnung, der hilft jetzt auch nicht“, hatte ich entgegnet, „aber ein Glas Wein schenke ich mir noch ein.“ Champagner wäre sicher nicht so gut gekommen. Beim Pastor, versteht sich. „Trinken Sie auch eines mit?“ Oh, ich war die vollendete Gastgeberin. Fast wie von Adel. So schlimm das Schicksal mich auch getroffen hatte, die Etikette musste gewahrt werden. „Oder einen Kaffee? Oder einen Tee?“
„Danke, mir reicht ein Wasser.“ Nur hatte ich kein heiliges, sondern lediglich schlichtes Mineralwasser anzubieten. War Pastor Schneider auch egal gewesen.
„Frau Koch, Sie müssen jetzt an Ihre beiden Kinder denken.“ Er hatte mich ernst und würdevoll angesehen.
Und ich war kaum in der Lage gewesen, an mich zu halten. Vor innerem Lachen. Offen durfte ich ja nicht. Lachen, meine ich, nur Schluchzen war gestattet.
„Die Kinder brauchen Sie jetzt stärker als sonst. Sie müssen zu Gott beten, dass er Ihnen die Kraft gibt, die Sie nun brauchen werden.“
Scherzkeks! Die Kraft hatte ich in meiner Ehe mit Claus gebraucht, zumindest die letzten Monate, aber doch jetzt nicht mehr! Ich hatte tief durchgeatmet und den Herrn Pastor würdevoll anzusehen versucht und gemurmelt: „Sicher, die Kinder.“
Mein Unmut hatte derweil ohne Unterlass jubiliert und mich ziemlich durcheinander gebracht. Wie hatte er nur so jauchzen können, wo ich mir die größte Mühe gab, würdevoll und zutiefst betroffen zu erscheinen.

Endlich, nach zwei langen Stunden war auch der Pastor davon überzeugt gewesen, dass ich mich ziemlich im Griff hatte.
„Frau Koch, wenn es irgendetwas gibt, das Sie gerne loswerden möchten, egal zu welcher Tages- oder Nachtzeit, ich bin für Sie da. Rufen Sie mich einfach an."
Ich hatte artig und angemessen gedankt und Pastor Schneider zur Tür begleitet. Als ich sicher war, dass er nicht mehr in der Nähe herumlauerte, hatte ich mir aus dem Keller eine Flasche Champagner geholt und diese genussvoll ausgetrunken.

Die Sache mit den Kindern war dann doch eine andere gewesen. Ich war erstaunt, wie tief sie zunächst um ihren Vater trauerten. So groß hatte ich ihre Liebe zu ihm gar nicht eingeschätzt.
Wie beruhigend für mein Gewissen, dass Claus letztlich doch ohne mein Zutun verschieden war. So hatte ich getrost meine Kinder im Arm halten und mit ihnen die eine oder andere Träne vergießen können. Obwohl ich mich leicht schämte.
Treuhilde hatte die folgenden Wochen nur mittels stärkster Beruhigungsmittel durchgehalten. Sie bedauerte ich am meisten. Wo sie schon den Mann und nun noch den einzigen Sohn verloren hatte. Doch, welch Wunder, an Clausens Sarg war kein „wie konntest du das deiner Mutter nur antun" gekommen und selbstredend war Claus auch nicht aufgestanden.
Von allen Seiten hatten mich Beileidsbekundungen erreicht, jeder lobte den Verstorbenen in den höchsten Tönen und ich wunderte mich, wie wenige ihn richtig gekannt hatten.
Trotzdem oder gerade deshalb hatte ich eine großartige Beerdigung organisiert. Sie hatte in der alten Kapelle des Friedhofes an der Friedenstraße stattgefunden, die vor mittrauernden Freunden und Bekannten fast aus allen Nähten gebrochen war. Wenn Claus das hätte sehen können, er wäre begeistert gewesen!
Selbstredend hatten Treuhilde, Anton, Pauline und ich die besten Plätze in der ersten Reihe. So mit freiem Blick auf den Sarg.
Ich hatte lange mit mir gerungen, ob ich meiner kleinen Tochter eine derartige Sache antun konnte, doch letztlich war ich zu dem Entschluss gekommen, ich müsste sie von ihrem Vater richtig Abschied nehmen lassen. Pauline hatte das Ganze auch wirklich gut überstanden, sie hatte zwar genau wie Anton geweint, aber schließlich waren sie ja Kinder.
Treuhilde hatte geschluchzt, wie es ihr zustand und mir hatte man mein mangelndes Geheule dem erlittenen Schock zugeschrieben.

Den Sarg hatte ich mit weißen Lilien schmücken lassen, rote Rosen waren mir etwas zu verlogen erschienen.
Insgesamt war die Atmosphäre ausgesprochen feierlich gewesen. Die sterblichen Überreste meines Gatten waren von Eiche umhüllt, eingerahmt von Kränzen, Gestecken und brennenden Kerzen, ein paar verhaltene Schluchzer hatte man hinter uns hören können, und fast hatte ich es bedauert, meine Videokamera nicht mitgebracht zu haben. Aber, wie gesagt, ich wollte mich wenigstens einmal richtig und angemessen verhalten. Die Predigt war von Pastor Schneider gehalten worden, der es sich nicht hatte nehmen lassen, mir in dieser schweren Stunde hilfreich zur Seite zu stehen.
Ich hatte für Claus eine Erdbestattung vorgesehen. Sollten nun ruhig die Würmer an ihm nagen. Meiner Schwiegermutter war zu dem Zeitpunkt sowieso alles egal gewesen, und Pauline und Anton hatten sich mit meiner Wahl einverstanden erklärt.
„Ein schönes großes Grab soll Papa haben“, hatte Pauline gesagt, „wenn wir dann alle gestorben sind, können wir wieder zusammen liegen. Und ich will in die Mitte!“

„Mama, träumst du?“, Anton riss mich aus meinen Gedanken.
„Nein, mein Schatz“, lächelte ich, „ich habe nur gerade an Papa gedacht.“
War ja auch nicht so ganz gelogen.
„Ach, Mama“, Anton krabbelte vom Bett und nahm mich in den Arm. Mit seinen einmeterachtundfünfzig kam er mit seinen Armen schon ganz gut um mich rum.
„Nun grübel mal nicht so viel. Papa geht es dort, wo er jetzt ist, bestimmt gut. Und wir kommen doch auch so klar.“ Ich lachte.
„Sicher, mein Großer. Und nun sieh zu, dass du all das in deinen Rucksack packst, was du nach Mallorca mitnehmen möchtest.“
Mein Filius stürmte von dannen und ich ließ mich auf mein Bett sinken.

Erneut gingen meine Gedanken ein paar Monate zurück.
Unter den zahlreichen Beileidskarten hatte sich auch eine von Britta befunden.
Sie hatte nett und freundlich als „Patientin“ ihr Beileid bekundet. Lange hatte ich überlegt, ob ich meinen an Silvester gefassten Entschluss, sie zum Kaffee einzuladen, wahr machen sollte. Aber ich hatte es dann doch gelassen. Es hätte weder ihr noch mir irgendetwas gebracht.

„Mama, kann ich den Badeanzug mitnehmen?“, Pauline kam ins Schlafzimmer.
„Aber Pauline, guck ihn dir doch mal richtig an, der ist ja viel zu klein.“
„Aber er ist mein Lieblingsbadeanzug.“
„Und trotzdem viel zu klein. Ich habe dir einen anderen eingepackt“, ich nahm sie auf den Arm, „hast du denn sonst alles fertig?“
„Klar, es ist alles im Rucksack. Auch der Cassettenrecorder. Und die Bibi-Blocksberg-Cassetten. Und die von Tabaluga. Und meine Bücher. Und meine Barbie. Und mein Pokémon Pikachu. Und mein Gameboy. Und meine Gameboy-Spiele. Und ...“
„Na, wunderbar. So, nun muss ich aber hier weitermachen, sonst habe ich bis Montag früh, wenn wir losfahren wollen, die Koffer gar nicht fertig und wir müssen zu Hause bleiben.“
„Ja, Mama, dann beeil dich mal.“ Meine Tochter hüpfte von meinem Arm und verschwand in ihrem Zimmer.
Die Reise hatten wir schon vor einem halben Jahr gebucht und ich hatte keinerlei Neigung verspürt, sie nur wegen des ohnehin ja vorgesehenen Ablebens meines Mannes zu verschieben. Die gesamte Familie hatte sich auch sehr verständnisvoll gezeigt. Sogar Treuhilde hatte gemeint: „Fahr ruhig, mein Kind. Das bringt dich auf andere Gedanken.“ Und ich hatte still gelächelt. Bei ihrem Versuch, den frei gewordenen Platz zu übernehmen, war ich jedoch nicht mehr still geblieben. „Nein, Mutter“, hatte ich ihr Angebot, uns zu begleiten, heuchlerisch abgeschmettert, „ich glaube, wir drei müssen lernen, allein klarzukommen.“

Ich ging meine Urlaubs-Einpack-Liste noch einmal durch.
Unterwäsche – Haken, kurze Hosen – Haken.
T-Shirts – Haken. Schuhe – Haken. Badesachen – Haken.
„Mama, Telefon!!!“ Anton brüllte von unten.
„Wer ist es denn?“
„Bernd Birne!!“
„Bernd Birne?“ Ich hechtete nach unten.
„Hey, wie geht's?“, rief ich in den Hörer.
„Gut, aber brüll nicht so, ich bin ja nicht taub.“
„'tschuldigung. Ich bin nur so schnell runter gehetzt.“ Ich holte tief Luft. „Was macht die Show?“
„Wie immer, prima. Erst gestern war ich wieder für das ‚Glücksroulette' unterwegs. Ich wollte dir nur eben durchgeben, dass

morgen Abend im Fernsehen deine Sache drankommt. Damit du Bescheid weißt."
„Danke, Bernd, das ist aber nett von dir." Himmel, wie konnte ich den denn jetzt bloß länger in der Leitung halten? Schließlich hatte er eine so sympathische Stimme, mit dem ganzen Krempel der letzten Zeit nichts zu tun und überhaupt.
„Wissen Sie eigentlich, dass mein Papa gestorben ist?" Das war eindeutig Antons Stimme.
„Anton, geh sofort aus der Leitung." Dieser dreiste Bengel. Mischte sich in letzter Zeit in alles ein.
„Oh, Charlotte, mein Beileid." Da hatte ich nun endlich die gewünschte Gesprächsverlängerung. Obwohl ich von mir aus eher ein anderes Thema gewählt hätte.
„Danke, Bernd." Ich versuchte, meine Stimme ein wenig, aber nicht zu sehr zu dämpfen.
„Kam es sehr plötzlich?"
„Ein Autounfall. Claus war sofort tot."
„Wann ist es denn passiert?"
„Am 14. Januar. Aber es geht schon. Wenn man Kinder hat, um die man sich kümmern muss, hat man gar keine Zeit, zuviel zu trauern." Ich ließ meine Stimme wieder heller klingen. „Wir drei kommen schon zurecht."
„Du, Charlotte, ich hab eine Idee. Ich habe morgen ohnehin in Bremen zu tun. Was hältst du davon, wenn ich anschließend bei euch vorbeikomme und wir uns deinen Fernsehauftritt gemeinsam angucken?"
Ich schluckte. Ja, gab es denn so was?
„Nur, wenn es dir recht ist", kam zaghaft von Bernd.
„Ja klar, komm her, ich freu mich." Mein Herz hüpfte ein wenig.
„Prima. Ich freu mich auch. Den Weg kenne ich ja noch. Bis morgen."
„Bis morgen." Irritiert sah ich den stumpfsinnig tutenden Telefonhörer an. War ich nun im falschen Film oder was? Lief hier eine absolute Verarschung oder konnte es tatsächlich wahr sein? Bernd Birne kam zu mir? Wollte sich zu mir aufs Sofa hocken und „Glücksroulette" gucken? Ich musste mich erst mal setzen.
„Schlafen kann er ja in Papas Bett." Anton hatte natürlich mitgehört. „Das beziehst du sowieso immer frisch und von uns pennt eh keiner drin."
Mein Sohn ging zum Kühlschrank, nahm sich eine zuckerfreie Coladose heraus und riss sie auf. „Voll cool, ey, Bernd Birne kommt zu uns. Das muss ich gleich Matthes erzählen."

Schon griff seine Hand zum Telefon.
„Stopp." Ich gab mir einen Ruck. „Du gehst jetzt erst mal in dein Zimmer. Ich rufe bei Gudrun an und berichte selbst. Hinterher kannst du es ja Matthes erzählen."
„Mann ey, immer musst du alles zuerst machen. Voll Scheiße."
„Zisch ab."
Auch Gudrun fiel fast aus allen Wolken. „Bernd Birne kommt morgen Abend zu dir?", fragte sie, als ich alles erzählt hatte. „Einfach nur so? Ist ja absolut turbomäßig. Weißt du was, ich komm auch ganz kurz vorbei. Schließlich hast du es mir zu verdanken, dass du ihn überhaupt kennen gelernt hast."
„Tja, wenn du meinst", so ganz begeistert war ich nicht von ihrem Vorschlag. Hatte mein Gehirn doch blitzschnell von ‚der kommt ja nur aus Mitleid' auf ‚vielleicht mag er dich ja wirklich gern' geschaltet. Aber das wollte ich selbst meiner besten Freundin gegenüber nicht zugeben.
„Ist gut", gab ich mich leicht resigniert geschlagen, „dann wollen wir mal hoffen, dass es ein interessanter Abend wird."

Den Samstag verbrachte ich reinweg im Stress.
Ich versuchte etwas Ordnung in das vorurlaubsmäßige Chaos zu bringen, saugte das Gästezimmer (man konnte ja nie wissen) und das Wohnzimmer so gründlich, dass selbst meine Mutter ihre Freude gehabt hätte, verbot den Kindern letzteres zu betreten und raste noch schnell in die Stadt. Schließlich wollte ich Bernd am Abend einen ordentlichen Wein oder ein anständiges Bier anbieten können.
Am Nachmittag stand ich mit verschwitzten Haaren und Schürze in der Küche und versuchte mich mal wieder an Blätterteig-Käsegebäck.
„Sag mal, Mama, was soll denn der ganze Zirkus, den du hier veranstaltest?" Anton kam in die Küche geschlurft.
„Ich weiß es auch nicht." Erschöpft sank ich auf einen Küchenstuhl.
„Ich hab irgendwo gesehen, dass man solchen Krams auch fertig kaufen kann. Hätteste doch auch machen können." Mein Sohn trat an den Kühlschrank und griff, o Wunder, zum Mineralwasser. „Möchtest du auch was, Mama?"
„Danke, ich brauche jetzt etwas Stärkeres. Gib mir bitte eine Cola." Ich hoffte, das darin enthaltene Koffein würde mich wieder etwas hochbringen. Inzwischen war auch Pauline mit ihrer Barbie in der Hand erschienen.

„Mama, willst du dir nicht noch die Haare waschen?“ Skeptisch traf mich ihr Blick. „Ich meine, wenn schon der Fernseh-Heini kommt, willst du doch bestimmt gut aussehen, oder?“
„Und duschen solltest du auch“, warf Anton ein, „du riechst, als wärst du eine Bäckersfrau.“
Danke, danke. Gute Ratschläge hatten mir gerade noch zu meinem Glück gefehlt.
Driinnng. Die Eieruhr klingelte. Klingklong. Die Haustür auch.
„O Scheiße, das kann doch jetzt nicht schon Bernd sein“, entfuhr es mir. Anton hastete zur Tür, um auch ja nichts zu verpassen.
„Hallihallo, na, wie steht's bei euch?“, Gabriele kam hereingerauscht. „Na, du siehst ja vielleicht zerzaust aus“, kommentierte sie meinen Anblick.
„Danke.“
„Gleich kommt Bernd Birne“, unterbrach mich Anton.
„Ja, zum Fernsehgucken“, ergänzte Pauline.
„Waaass? Der Bernd Birne?“ Gabriele nahm Platz. „Ich fass es nicht! Wie kommst du denn an den?“
„Och, ich habe ihm erzählt, dass Papa gestorben ist und schon hat er gesagt, er kommt her“, antwortete Anton.
Ein fragender Blick Gabrieles traf mich.
„Ach lasst mich doch einfach alle in Ruhe.“
Ich war kaputt, wollte unter die Dusche und einfach nur meine Ruhe haben.
„Irgendwie riecht es hier ...“
„Schiete, mein Käsegebäck.“ Ich hastete zum Backofen. Gerade noch rechtzeitig. Noch konnte ich das Zeug als schön gebräunt auf den Markt schmeißen, wenige Minuten später hätte es als Kohle im Kaminofen landen müssen.
„Du gibst dir aber viel Mühe.“ Gabriele lächelte süffisant. „Was erwartest du denn von dem heutigen Abend?“
„Nichts, aber auch rein gar nichts“, log ich. „Er hat nur gerade in der Nähe zu tun und wollte sich die Glücksroulette-Show mit mir, den Kindern und Gudrun zusammen angucken. Weil doch die Sache mit mir gezeigt wird.“
„Geht der zu jedem seiner Kandidaten zum Fernsehgucken?“
„Weiß ich nicht und es ist mir auch ziemlich egal. Aber ich werde ihn fragen und dir hinterher davon berichten.“ Ich nahm meine Schürze ab. „So, und nun hätte ich gern eine Stunde Ruhe. Anton, Pauline, ab in eure Zimmer. Wenn Herr Birne kommt, sag ich euch rechtzeitig Bescheid.“
Meine Kinder verschwanden.

„Möchtest du ein Glas Sekt, Gabriele?"
„Klar, immer doch." Sie nickte mit ihrem inzwischen blondgefärbten Haupte.
„Du hast ja noch gar nicht gefragt, warum ich hier so überfallmäßig auftauche."
„Ach, entschuldige bitte." Ich drückte ihr eine Flasche Sekt zum Öffnen in die Hand, holte in Windeseile zwei Sektgläser, griff zu Aschenbecher und Zigaretten und setzte mich wieder.
„Also, was ist los? Gab's Zoff mit Hajo?"
„Weit gefehlt, meine Liebe", antwortete sie, kramte in ihrer Handtasche und zog einen Umschlag heraus.
„Ich wollte dir die offizielle Einladung zu unserer Hochzeit bringen." Sie strahlte. „Haben wir heute Morgen frisch aus der Druckerei geholt."
Ich öffnete den Umschlag. „Wow", entfuhr es mir. Die Karte war dunkelblau, leicht geprägt mit den Buchstaben G und H. Innen lautete der Text: Wir heiraten am 30. Mai. Gabriele Liebig und Hans-Joachim Nettenberg. Zur anschließenden Feier in der „Alten Scheune" in Neuenburg laden wir herzlich ein.
„Mensch, Gabriele, Klasse. Und danke. Ich komme natürlich gern."
„Du kannst ruhig noch jemanden mitbringen, wenn du magst", die angehende Braut grinste schelmisch.
„Wen soll ich denn … ach so … nein", ich schüttelte entschieden den Kopf. „Nein, nein, an den brauchst du gar nicht erst zu denken. Der kommt nur mal so. Weil er in der Nähe ist", versuchte ich ihr und mir einzureden. Obwohl ich genau das Gegenteil hoffte.
„Na, wenn das so ist, aber mitbringen kannst du trotzdem wen, falls dir noch einer über den Weg laufen sollte."
Sie erhob sich. „So, nun will ich aber los, dann hast du noch genügend Zeit, dich fertig zu machen." Sie drückte mir einen Kuss auf die verschwitzte Wange und machte sich davon. Schnell räumte ich die Gläser in die Geschirrspülmaschine und hastete nach oben. Lieber Gott, bitte mach, dass Bernd erst in zwei Stunden kommt, schickte ich ein Stoßgebet gen Himmel. Es war mittlerweile fast sechs Uhr, und ich hätte gern noch etwas Zeit gehabt, mich in aller Ruhe auf den unverhofften, aber gern erwarteten Besuch vorzubereiten.
Es klingelte wieder, als ich gerade unter der Dusche stand.
Ich rief nach meinem Sohn. „Anton, es hat geklingelt, geh doch mal runter und sieh nach, wer da ist." Hoffentlich war es nicht

Treuhilde. Die hätte mir jetzt gerade noch gefehlt. „Aber frag, bevor du die Tür öffnest."
„Okay, Mama", schon übertönte ein Poltern den Wasserstrahl der Dusche.
Eine kurze Weile hörte ich nichts mehr. Dann wurde leise die Badezimmertür geöffnet.
Anton kam herein: „Mama, Herr Birne ist da", ehrfurchtsvoll stand mein Filius wartend in der Tür. Ich hatte mir gerade sämtlichen Schaum vom Körper gewaschen und trat aus der Dusche.
„Jetzt schon?" Ein Handtuch wurde mir gereicht.
„Ich hab ihm gesagt, dass du gerade duschst und ihn ins Wohnzimmer gebeten. Soll ich ihm einen Kaffee anbieten und mich zu ihm setzen? Und kann Pauline hier oben bleiben?"
„Nun mal langsam." Ich rubbelte mich ab. „Erstens: klar, du kannst ihm einen Kaffee anbieten. Zweitens: sicher setzt du dich zu ihm, so lange, bis ich fertig bin. Und drittens: falls Pauline nach unten kommt, benehmt ihr euch bitte wie zwei wohlerzogene Kinder und streitet euch nicht."
„Ist gut, Mama", schon war Anton verschwunden.
Was sollte ich nun tun?
Mit einem Handtuch bekleidet nach unten stolzieren und meinen Gast begrüßen? Nee, das war wohl nicht so gut. Ihn unten im Wohnzimmer warten lassen, bis ich endlich fertig war? Das gehörte sich auch irgendwie nicht. Ich entschloss mich zum Mittelweg. Schnappte mir ein weißes Handtuch, band es als Turban um den triefenden Kopf, griff zu meinem weißen, blau gefütterten Seiden-Hausmantel und stieg die Treppen herab. Wenigstens waren meine Fußnägel lackiert.
„Hallo, Bernd", ich öffnete die Wohnzimmertür.
„Hallo, Charlotte", kam etwas unsicher aus des sonst so souveränen Moderators Mund.
„Du erwischst mich aber auch immer im falschen Moment." Ich lachte, und es waren wohl die richtigen Worte, denn Bernd lachte auch.
Ein auch in Fernsehkreisen übliches Küsschen wurde auf meine frischgeduschte Wange gehaucht. „Schön, dich zu sehen." Ich drehte an meinem Gürtel. „Leider bin ich etwas spät dran."
„Oder ich zu früh", Bernd grinste. „Aber wenigstens lohnt sich der Anblick."
Mein Herz hüpfte schon wieder. Was war denn das nun? Ein leichter Versuch in Richtung Flirt? Ich guckte ihn schräg von der Seite an.

„Nee, im Ernst, du siehst bezaubernd aus, so frisch geduscht."
Fast schmolz ich dahin. Genau das hatte ich gebraucht. Etwas Selbstbestätigung für die geknickte Frauenseele. Wunderbar.
„Ich hüpf dann schnell nach oben und mache mich fertig."
„Lass dir ruhig Zeit, dein Sohn und ich unterhalten uns blendend." Verwundert drehte ich mich um. Nun denn. Wollen mal sehen, was noch so kommt.
Ich stiefelte wieder nach oben und hetzte mich im Bad ab. So ein Mist, dachte ich, immer und immer bin ich zu spät dran. Nie kann ich so wie andere Leute rechtzeitig fertig sein. Den Fön stellte ich auf die höchste Stufe, knetete und bürstete mein Haar, bis es nach zehn Minuten einen einigermaßen passablen Eindruck machte. Gott sei Dank hatte ich mir schon überlegt, was ich anziehen wollte. Nun musste nur noch mein Gesicht geschminkt werden und in der Rekordzeit von zwanzig Minuten war ich fertig.

Bernd, Anton und Pauline saßen einträchtig in der Küche und spielten Mau-Mau, das einzige Kartenspiel, das auch Pauline beherrschte. Vor den Kindern stand ein Becher Kakao und vor Bernd ein Becher Kaffee.
Ich räusperte mich, als ich in die Küche trat. „Mmh, also so war das ja nun eigentlich nicht gedacht", murmelte ich.
„Willst du noch eine Runde mitspielen?", fragte Bernd.
Ich war wohl zum x-ten Male heute verwundert.
„Los, Mama, setz dich hin", forderte Anton mich auf.
„Ich hab schon dreimal gewonnen", rief Pauline begeistert.
Ich setzte mich.
„Du, das macht richtig Spaß", auch Bernd zeigte sich angetan. „Und das ‚Glücksroulette' fängt sowieso erst in einer halben Stunde an."

Pünktlich um viertel nach acht stand Gudrun in der Tür. Sie offenbarte sich Bernd als Schreiberin des Briefes, der Anlass zu unserem heutigen Beisammensein war. Sie und Bernd verstanden sich auf Anhieb, genau wie die Kinder sich von ihrer besten Seite zeigten. Kein Gezanke und Gekabbel, wenn ich nicht gewusst hätte, es waren meine, hätte ich die beiden glatt für Fabelwesen gehalten.
Wir Erwachsenen tranken Wein, die Kinder Apfelschorle, mein Käsegebäck schmeckte allen, und über meinen Auftritt im Fernsehen wurde herzlich gelacht.

Um zehn verabschiedete sich Gudrun. Die Kinder sagten artig gute Nacht und Pauline flüsterte mir ins Ohr: „Mama, du brauchst nicht mitzukommen, Anton betet noch mit mir und bringt mich ins Bett.“
Auch Anton flüsterte mir beim Gute-Nacht-Kuss zu: „Du, der ist echt megacool. Macht euch noch einen schönen Abend.“ Und ohne Murren trabte er mit seiner Schwester davon.
Als ich schließlich mit Bernd allein war, räusperte ich mich und gestand ihm: „Also, so wie heute Abend sind meine Kinder nicht ständig. Das war ‘ne Ausnahme.“
Ich saß im Sessel des dahingeschiedenen Claus und Bernd hockte gemütlich auf der Couch.
„Die sind lieb, die beiden.“
„Joahoa, dat sin’ se woll“, versuchte ich, etwas Witz in die nun leicht angespannte Situation zu bringen.
„Du, Charlotte, ich glaube, ich muss dir etwas sagen.“ Bernd griff zu seinem Weinglas und ich rutschte ungemütlich auf meinem Sessel hin und her. Der Fernseher war inzwischen aus und leise Musik ertönte aus den Lautsprechern der Anlage.
Jetzt kam’s.
Nun kam der Moment, in dem Bernd mir offenbarte, er war nur aus Mitleid gekommen. Damit ich meinen Auftritt im Fernsehen nicht so ganz mannlos erleben musste. Wo mein eigener doch den Weg alles Irdischen gegangen war. Ich zog die Arme über meinem durch einen schwarzen Pulli verhüllten Busen zusammen und wappnete mich.
„Also, Charlotte, ich möchte nicht, dass du etwas Falsches denkst“, begann mein Gegenüber.
Siehste, hatte ich doch Recht.
„Also, normalerweise gehe ich nicht zu meinen Glücksroulette-Kandidaten, um mir mit ihnen die Show anzusehen.“ Er schaute mir tief in die Augen. Ich griff zu meinem Glas, einer Zigarette und versuchte seinem Blick standzuhalten.
„Sondern? Hat dich Antons Spruch, dass sein Vater gestorben sei, veranlasst, aus Mitleid hierher zu kommen?“
„Nein, oder ja, ganz wie du es sehen willst. Der Spruch war schon der Auslöser. Aber Mitleid war es nicht.“ Nun guckte ich erstaunt und mein kleines Herz hüpfte.
Bernd ließ sich nicht beirren und sprach weiter. „Weißt du, ich komme aufgrund meines Berufes ja mit vielen Leuten zusammen.“ Ich nickte. „Und als ich hier zum ersten Mal vor deiner Tür stand und du so gar nicht vorbereitet, aber trotzdem so

umwerfend resolut warst, als du mir zu verstehen gegeben hast, dass man mit dir nicht alles machen kann, da war ich wirklich verblüfft. Und beeindruckt."

Ich schwieg weiterhin und sah Bernd mit großen Augen erwartungsvoll an.

„Und als ich dich dann beim Funkturm so einen ganz kurzen Moment im Arm hielt, da spürte ich die ungeheure Anziehung, die von dir ausgeht. Ich hab das abgetan und gedacht, die Frau ist verheiratet, hat zwei Kinder, doch du bist mir einfach nicht aus dem Sinn gegangen." Nun blickte er mich groß an. „Soll ich weitersprechen oder soll ich lieber gehen?"

„Nein, sprich nur weiter", forderte ich Bernd leise auf.

„Unzählige Male hatte ich den Telefonhörer in der Hand, wollte dich anrufen, aber jedes Mal habe ich mir gesagt: Bernd, lass die Finger von Charlotte. Sie ist gebunden."

Er griff erneut zum Glas. „Was glaubst du, wie sehr ich darauf gewartet habe, dass der Sender endlich mit dem Termin zur Ausstrahlung rüberrückt. Damit ich einen Grund hatte, dich anzurufen."

Er hob die Schultern. „Ja, und gestern war es nun so weit. Deine Nummer kannte ich inzwischen auswendig, also losgewählt. Und als Anton dann vom Tod deines Mannes erzählte, habe ich mir gedacht: Augen zu und durch. Mehr als nein sagen hättest du ja nicht können."

„Aber ich habe es nicht getan."

„Nein, du hast es nicht getan. Und nun bin ich hier. Und ich habe es keinen Bruchteil einer Sekunde bedauert."

„Ich habe mich auch gefreut, Bernd", antwortete ich und erhob mein Glas.

„Prost, Charlotte."

„Prost."

Als Bernd kurz darauf aufbrechen wollte und nach einem Hotel in der Nähe fragte, hatte ich ihm angeboten, er könnte im Gästezimmer übernachten.

Nun lag er im Nebenzimmer, nur durch eine Wand von mir getrennt und ich fühlte mich das erste Mal seit sehr langer Zeit rundherum zufrieden und ausgeglichen. Bernd hatte nicht versucht, die Gunst des verwitweten Bettes zu nutzen, es war nicht mal zu einem Kuss gekommen.

Trotzdem kam es mir so vor, als ob der Mond, der ins Zimmer schien, silberner war als sonst, die Sterne heller funkelten, der Himmel ein kräftigeres Dunkelblau zeigte.

Ich drehte mich auf die Seite, schaute den Mond an, der mir zuzuzwinkern schien und wünschte dem nebenan schlafenden Mann eine gute Nacht.

Lautes Getöse weckte mich.
„Fang mich doch, du Eierloch.“ Das war Pauline.
„Hab ich keine Lust zu.“ Antons Halbstimmbruch.
Ach, was hatte ich herrlich geträumt. Von Bernd Birne, der extra wegen mir nach Wilhelmshaven gekommen war, von einem harmonischen Kartenspiel zu viert, einem ebenso harmonischen Abend und meinem Angebot, ihn in meinem Gästezimmer übernachten zu lassen. Ich kuschelte mich noch einmal richtig in meine Bettdecke ein, bevor der Ansturm der Kinder über mich hereinbrach. Guck mal, Charlotte, dachte ich, selbst im Traum bist du züchtig. Hättest dir ja auch eine tolle Nacht mit dem Birne ausmalen können.
Ein männlicher Brummton ließ mich senkrecht im Bett sitzen.
„Wer ist denn da schon wahach?“
„Wir!!!“ Lautes Kindergelächter erscholl plötzlich aus dem Nebenzimmer.
Hatte ich doch nicht alles geträumt?
Lag da tatsächlich ein Mann in meinem Gästebett?
Bernd Birne? Ich rieb mir die Augen. Schiete, Charlotte, was machste jetzt nur?
So ungeschminkt und im Schlafanzug? Tust du so, als ob du noch schläfst? Oder stehst du auf? Mein Unmut, der so langsam zum Frohsinn gewechselt hatte, wurde ebenfalls wach. ‚Mensch, Charlotte, steh auf. Geh rüber und tob mit. Sooo alt und verknittert bist du ja schließlich auch noch nicht.‘ ‚Hast ja Recht‘, stimmte ich zu, warf mit einem Schwung die Bettdecke nach hinten und schlich dennoch erst einmal ins Bad. Schnell aufs Klo, die Zähne geputzt, einen verschämten Blick in den Spiegel geworfen, den Rest verlaufener Wimperntusche vom Vorabend weggewischt und auf in den Kampf!
Aus dem Gästezimmer kamen laute Juchz- und Kreischgeräusche. Vorsichtig klopfte ich an.
„Herein, wenn es kein Schneider ist“, kam unisono aus drei Mündern.
Ich machte die Tür einen Spalt auf. Im freundlichen Licht der Morgensonne lachten mich meine Kinder und Bernd an. Letzterer sah genauso verknittert aus, wie ich mich fühlte.
„Guten Morgen, habt ihr gut geschlafen?“

Bernd blickte die Kinder an. „Haben wir?“ „Wir haben!“ Alle drei waren erstaunlich guter Laune.
„Ich geh dann mal runter und mache das Frühstück.“ Schon wollte ich mich wieder verabschieden.
„Kommt gar nicht in Frage“, Bernd war anscheinend noch nicht hungrig.
„Komm her, Mama, und tob mit. Das macht so viel Spaß.“ Die Kinder waren begeistert.
„Nun stell dich nicht so an. Vergiss nicht, ich hab dich schon mal ungeschminkt gesehen.“
Bernd zwinkerte.
„Und gefallen hast du mir damals schon.“